Valerie Wilson Wesley
Todesblues

Ein Fall für Tamara Hayle

ROMAN

Aus dem amerikanischen Englisch
von Gertraude Krueger

Diogenes

Die Originalausgabe erschien 1997 bei
G. P. Putnam's Sons, New York,
unter dem Titel: ›No Hiding Place‹
Copyright © 1997 by Valerie Wilson Wesley
Covermotiv: Illustration von Cecilia Carlstedt
Copyright © Cecilia Carlstedt

Die Nutzung dieses Werks für Text und Data Mining im
Sinne von §44b UrhG behalten wir uns explizit vor

Alle deutschen Rechte vorbehalten
Copyright © 1999/2024
Diogenes Verlag AG Zürich
www.diogenes.ch
20/24/852/1
ISBN 978 3 257 30098 7

*Für meine Tochter Thembi,
die mir immer wieder Kraft gibt.*

Oh, the sinner man he gambled, he gambled and fell;
He wanted to go to heaven, but he had to go to hell.
There's no hiding place down here.

TRADITIONAL

I

An dem Abend hatte ich nichts anderes im Sinn als ein Fisch-Sandwich. Ein Sandwich mit frittiertem Dorsch, und zwar von der verräucherten Fischbratbude nahe der Central Avenue in Newark. Ich konnte es fast schon schmecken, wie der leckere Fisch knusprig und fett zwischen zwei weichen Weißbrotscheiben lag, als Beilage gab es einen Haufen Grünzeug, ein kleines Töpfchen Red-Devil-Chili-Sauce wurde mitgeliefert, und vom Tellerrand lachte mich ein heller Klecks Remouladensoße verführerisch an. Dieses Fisch-Sandwich hätte mich beinah das Leben gekostet.

Ich habe ihn nicht kommen hören, er muss sich auf Zehenspitzen angeschlichen haben, wie ein Gespenst. Vermutlich hat er schnell und tief Luft geholt, aber das habe ich nicht gehört, habe auch nicht gesehen, wie er den Blick von einem Ende des Parkplatzes zum anderen wandern ließ, um sicherzugehen, dass wir allein waren. Ich habe das Unheil nicht gewittert. Aber gespürt habe ich es: die Mündung seiner Waffe, die sich in mein Kreuz bohrte und die zitterte, wenn seine Hand zitterte.

»Los, her damit, Alte!« Es war eine Kinderstimme. Ein leises, hohes Wispern, ohne jeden männlich-tiefen Unterton, der Junge war noch nicht im Stimmbruch wie mein

Sohn Jamal. Es dauerte etwas, bis ich die Dinge zusammenbrachte – die zarte Stimme und das harte Stück Metall da in meinem Rücken.

»Los, her damit, hab ich gesagt! Hörst du nicht?«

Das »Hörst du nicht?«, sagte er so, wie es wahrscheinlich seine Mutter zu ihm sagte, halb drohend, halb aggressiv – ein Junge, der ein Mann sein wollte und sich auch so aufspielte. Ich erstarrte und hatte wohl ebenso viel Angst wie er. Vielleicht hatte er sogar noch mehr.

Die Straße war leer, der Parkplatz lag im Halbdunkel. Es war kurz vor Mitternacht. Ich hatte noch spät an letzten Aufzeichnungen über eine Observierung gearbeitet, damit ich meinem Klienten den Abschlussbericht zusammen mit der Rechnung schicken konnte. Hungrig und hundemüde war ich auf den Parkplatz gegangen und hatte nicht einmal gemerkt, wie dunkel es da war. Auf dem schäbigen Gelände in der Nähe meines Detektivbüros brennen mit Glück zwei schwache Laternen, doch an dem Abend war nur eine an und leuchtete etwa einen halben Meter nach beiden Seiten. Ich war auf mein Auto zugegangen und hatte in der Handtasche nach dem Schlüssel gekramt, als er von hinten an mich herantrat. Jetzt stand ich stocksteif da, der Schweiß lief mir den Rücken runter, und ich hielt den Lederriemen meiner Handtasche so fest, dass mir die Hand wehtat.

»Was willst du? Mein Geld? Die Schlüssel? Da.« Ohne eine Antwort abzuwarten, warf ich meine rot-grüne Keniatasche hinter mich und hoffte, das würde ihn aus dem Konzept bringen. Die Tasche traf ihn, und die Waffe bohrte sich tiefer in meinen Rücken, während er sich die Handtasche schnappte und sie zwischen uns auf dem Boden ausleerte.

Meine Sachen fielen auf die Erde, und irgendetwas ging kaputt.

Verdammt! Mein Rouge von Guerlain zu dreißig Dollar!, dachte ich, und im selben Moment wurde mir klar, dass jetzt nichts zählte außer diesem Jungen, der mir seine Waffe in den Rücken stieß. Ich versuchte, mich von ihm loszumachen. Er ließ mich nicht entkommen.

»Aufheben!«

»Was aufheben?«

»Das Zeug aus der Tasche, das Zeug aus der Tasche! Heb's auf!«

Heb's doch selber auf, du kleines Scheusal.

»Okay.« Meine Stimme überschlug sich wie bei einem ängstlichen kleinen Mädchen. Es ärgerte mich, dass ich mir meine Angst anmerken ließ. Mit gewollt fester Stimme sprach ich weiter. »Ich muss mich umdrehen, damit ich es aufheben kann. Okay?« Ich sprach mit ihm wie mit meinem eigenen Sohn, als würde ich ihm etwas erklären, das er womöglich nicht verstand. Mein Herz raste, mein Mund war wie ausgetrocknet. Aber ich wusste, dass er ebenfalls Angst hatte. Ich erkannte es an dem Zittern seiner Stimme, und ich weiß, wie sich ein ängstlicher Junge anhört. Auch die Waffe zitterte jetzt, als er sie in meinem Kreuz herumschob. Ein verängstigtes Kind mit einer Waffe in der Hand ist das Schlimmste auf der Welt. So ein Kind nimmt überhaupt nichts mehr wahr – dich nicht, die Waffe nicht, gar nichts. Das knallt dich ab, wie andere Kaugummi kauen.

»Ich tret jetzt einen Schritt vor. Okay?«

Schweigen.

»Ich will die Sachen aus der Tasche aufheben, damit ich sie dir geben kann.«

Er holte Luft, als wüsste er nicht recht weiter.

»Okay.« Seine Stimme klang nervös, aber umgänglich. Ich spürte einen Schauer der Erleichterung.

Ich drehte mich um, bückte mich und konnte im Licht der trüben Straßenlampe einen raschen Blick auf ihn werfen und sehen, was für ein Gesicht und was für ein Körper zu der Kinderstimme gehörten.

Er war größer, als die Stimme vermuten ließ, aber immer noch gut zehn Zentimeter kleiner als ich, und ich war bestimmt mehr als zehn Kilo schwerer als er. Hagere, leicht gekrümmte Schultern und ein magerer Hals gaben ihm das Aussehen eines jungen Raubvogels. Seine Haut war von dem stumpfen, fahlen Braun, das davon kommt, wenn man sich von Schokodrinks und Orangenlimonade ernährt statt von Milch und Orangensaft. Er war so angezogen wie die Kids in den Gangsta-Rap-Videos – mein Sohn würde wohl auch so herumlaufen, wenn ich nicht ein scharfes Auge auf ihn hätte –, die immer so großspurig und nassforsch tun: Schlabber-Jeans, deren Hosenboden bis fast in die Kniekehlen runterhing, schwarze Ballonjacke, nicht zugeschnürte Timberland-Boots, kahl geschorener Kopf. Ein Junge, der aussah wie die Knackis im Bau, als wüsste er, dass er nichts als Gefängnis oder den Friedhof vor sich hat. Zuchthaus-Schick.

Jetzt richtete ich mich auf und sah ihm direkt ins Gesicht, Brieftasche und Schlüsselbund in der Hand.

Soweit ich erkennen konnte, hatte er ein Milchgesicht ohne den leisesten Anflug eines Schnurrbarts auf der Oberlippe. Gut möglich, dass er auf dem Schulhof und auf der Straße fertiggemacht wurde, weil er so weiche Züge hatte.

»Wenn du mir das jetzt wegnimmst, ist das ein Verbrechen. Du kannst ein paar Jahre Gefängnis kriegen, wenn du mir das aus der Hand nimmst.« Jetzt, wo ich dem Jungen ins Gesicht sah, hatte ich keine Angst mehr vor ihm. Wie alt mochte er sein? Zwölf? Dreizehn? Ich fragte mich, ob der Revolver echt war. Das hatte ich schon gehört, dass Kids wie er ein Ding drehen mit einer Waffe, die bloß eine Attrappe ist. Von der Größe her konnte sie echt sein – sie sah aus wie ein Colt, stupsnasig, eindeutig ein 38er-Kaliber, aber dergleichen hatte ich auch schon als Spielzeug gesehen. Das wirkt heutzutage ja täuschend echt, damit man sich von Kindesbeinen an dran gewöhnt.

»Verstehst du mich? Es ist ein Verbrechen.«

Einen Moment lang schien er verwirrt, als ob er das nicht recht auf die Reihe bekam, sein Gesicht immer noch im Schatten verborgen.

»Wenn es rauskommt.«

Meine Nackenhaare sträubten sich. Mir wurde flau im Magen.

»Du meinst wohl, es kommt nicht raus?« Ich fand meine Stimme wieder und zwang mich, sie energisch klingen zu lassen. Es müsste doch mit dem Teufel zugehen, wenn es mir wegen eines mageren Kindes die Stimme verschlug. Doch kaum hatte ich den Satz ausgesprochen, da fiel mir ein, was ich vor Kurzem im *Star-Ledger* über die Frau gelesen hatte, die bei einem Jungen, der sie womöglich umbringen wollte, an das Gewissen appellierte. Er war mit ihrem neuen Auto in der Gegend herumgefahren, und sie saß auf dem Beifahrersitz und versuchte, ihn zur Vernunft zu bringen, redete auf ihn ein, flehte, argumentierte, und am Ende hat er sie dann doch umgebracht, trotz aller ihrer Reden. Einfach so. Weil ihm gerade danach war. Am Ende war sie genauso tot, als wenn sie ihn unflätig beschimpft hätte. So tot, wie ich am Ende auch sein könnte. Ich betrachtete sein Kindergesicht und den Revolver, den er jetzt tiefer hielt, sodass er auf mein Herz zielte. Und doch hatte der Junge auch etwas Zögerliches und Unsicheres an sich. Ich beschloss, es darauf ankommen zu lassen.

»Machst du so was zum ersten Mal?«

Er sah mich an, als wäre ich übergeschnappt.

»Da.« Ich warf ihm die Schlüssel zu, womit er nicht gerechnet hatte; er sprang zurück, als könnte er sich daran verbrennen oder als wollte ich ihn schlagen, und das Schlüsselbund fiel mit metallischem Klirren zu Boden. »Du willst mein Auto? Nimm's dir.«

Er stand da wie ein verunsichertes Kind und betrachtete die Schlüssel, die zwischen uns auf der Erde lagen, als hätte er noch nie ein Schlüsselbund gesehen und wüsste nicht, was er jetzt tun sollte. Da wurde mir klar, dass er den Revolver nicht einsetzen würde. Sonst hätte er es getan, als ich so plötzlich mit den Schlüsseln nach ihm warf. Wenn er mich wirklich töten wollte, wenn ihm der geringste Vorwand recht gewesen wäre, dann hätte mich diese Dreistigkeit das Leben gekostet.

Er war allein, und das war gut. Er hatte keine Bande im Rücken, vor der er sich aufspielen musste. Da war niemand, vor dem er sich schämen müsste. Verbrüderung und Macho-Gehabe kamen nicht infrage, und das würde letztendlich den Ausschlag geben. Hätte ihm einer seiner Jungs zur Seite gestanden und mit angesehen, wie ich ihn behandelte, wie ich ihm die Schlüssel vor die Füße warf, dann hätte ich keine Chance gehabt. So aber war dies nur eine Sache zwischen uns beiden da auf dem Parkplatz. Wenn er auf mein Geld und mein Auto aus war, dann hatte er sein Ziel erreicht. Er hatte bekommen, was er wollte. Nun konnte er aller Welt die tollsten Geschichten auftischen, und niemand würde sie zurechtrücken und erzählen, wie es wirklich gewesen war.

Er schielte auf die Schlüssel, ohne mich aus den Augen zu lassen, den Revolver weiterhin auf mich gerichtet. Dann bückte er sich und tastete auf dem Boden herum; die Brieftasche, die ich immer noch in der Hand hielt, hatte er offenbar vergessen. Als er aufstand, hatte er die Schlüssel in der Hand.

»Welcher ist es?« Seine Stimme zitterte. Ich konnte hören, wie aufgeregt er war. Er wollte die Sache genauso schnell hinter sich bringen wie ich.

Ich zeigte auf mein Auto, das mein Sohn Jamal spöttisch »der Blaue Dämon« nennt. Es ist ein klappriger blauer Jetta Diesel, der seine beste Zeit seit zehn Jahren hinter sich hat. Auf der Motorhaube haben sich pockenartige Rostflecken festgesetzt, und das Beifahrerfenster hat einen eiförmigen Sprung. Wesentliche Teile sind durch zurechtgebogene Drahtbügel ersetzt – einer wächst zu einer Acht gedreht aus dem Loch in der Motorhaube, in dem früher einmal die Antenne steckte, aber ich bekomme jeden UKW-Sender im Umkreis von fünfzig Meilen herein. Ein Pendant dazu, das mir seit sechs Wochen den Midas-Auspuffdienst vom

Leibe hält, fixiert das Auspuffrohr, damit es nicht am Boden schleift. Der Junge warf einen Blick auf den Wagen, und ihm fiel die Kinnlade herunter.

»Der da!«

Er sagte das in demselben Tonfall wie Jamal, ein lang gezogenes Protestgeheul empörten Entsetzens. Und ich antwortete ihm genau wie meinem Sohn mit jener Mischung von wehmütiger Resignation und Schicksalsergebenheit, die man nur zustande bringt, wenn man kein Geld hat und das Leben einem auch sonst einen Fußtritt nach dem anderen versetzt.

»Der da.«

»Soll das heißen, diese abgefuckte Schrottkarre da ist dein Wagen?«

»Genau das soll es heißen.«

»Au Scheiße!«

»Was hast du denn gedacht – dass ich den Benz da drüben fahre?«, wagte ich spöttisch zu bemerken und deutete mit dem Kopf auf einen schnittigen silberfarbenen Mercedes, der am Bordstein geparkt war und einem kleinen Ganoven aus der Nachbarschaft gehörte, der in einem Club weiter unten an der Straße seinen Geschäften nachging. Er schaute entgeistert zwischen mir und dem Jetta hin und her, und in dieser schrecklichen Sekunde wurde ihm klar, dass er gegen das erste und einzige Gebot der Diebe verstoßen hatte: Man muss wissen, was man klaut.

Er war ganz offensichtlich ein Amateur. Wahrscheinlich war er Hals über Kopf in diese Geschichte hineingeschlittert, weil er auf jemanden sauer war – auf seine Mutter vielleicht oder seine Freundin von der Junior High School. Er hatte gedacht, er könnte mich mit diesem Revolver kleinkriegen, den er sich irgendwo besorgt hatte, und hatte sich damit übernommen.

Aber nun steckte er in der Sache drin.

Ich trat einen Schritt zurück und sah mich um, ob irgendwo Hilfe in Sicht war, betete, dass der Kleinganove um die Ecke käme. Plötzlich ging der Junge auf mich los, und mir lief ein dünnes Schweißrinnsal vom Nacken aus den Rücken hinunter, das sich anfühlte wie eine feuchte Schnur.

Er durfte sein Gesicht nicht verlieren.

»Her damit.«

»Du hast ihn doch.«

»Du weißt, was ich meine. Das Geld. Her mit dem Geld, Alte!« Das letzte Wort zischte er so hervor, dass es gemein und hässlich klang wie nur was, und mir wurde himmelangst, denn ich konnte die Verachtung und Scham in seiner Stimme hören. Verachtung für mich, weil ich ihm hilflos ausgeliefert war, Scham, weil er nicht gewusst hatte, was er hätte wissen sollen, und diese Mischung macht einen Menschen ebenso schnell zum Mörder wie Angst. Jetzt rechnete er sich noch eine Chance aus, wenn er das Spiel ›Ich lass mich doch nicht zum Trottel machen‹ mit mir spielte.

»Her damit!«

Wieder richtete sich der Revolver auf mein Herz, und wieder nahm sein Kindergesicht etwas Drohendes an.

»Du willst mein Geld haben?« Ich versuchte, Zeit zu schinden.

»Was zum Teufel hast du denn gedacht?«

Ich hatte exakt sechs Dollar und fünfzig Cent im Geldbeutel. Das wusste ich genau, weil ich es gezählt hatte, bevor ich aus dem Büro ging. Gerade genug für das Fisch-Sandwich, von dem ich geträumt hatte. Jetzt würde er mich natürlich umbringen, weil es nur so wenig war. Weil er dann doppelt Mist gebaut hätte bei seinem vermutlich ersten Überfall auf eine Frau, die alt genug war, um seine Mutter zu sein. Wahrscheinlich sogar älter als seine Mutter, und da käme es am Ende nur darauf an, sein Gesicht nicht zu verlieren. Er hatte einen Revolver, und jetzt musste er damit auf einen Menschen schießen, nur um zu beweisen, sich selbst zu beweisen, dass er kein Waschlappen war. Diese schlichte Wahrheit war mir so vertraut wie mein eigener Name.

Daher sagte ich die einzigen Worte, die mir garantiert Aufschub verschaffen würden.

»Ich bin von der Polizei.« Ich legte so viel Drohung in diese Worte, wie ich nur konnte, als wäre es die Wahrheit, obwohl ich schon seit fast zehn Jahren nicht mehr bei der Polizei bin. Die meisten Cops kann ich nicht mal besonders leiden. Aber wenn der Junge nicht so clever war, sich ein Auto anzugucken, bevor er die Schlüssel klaute, dann war er auch nicht so clever, nach der Dienstmarke zu fragen, die ich nicht in der Tasche hatte. Niemand ist so dumm und erschießt einen Cop. Ich konnte ihm am Gesicht ansehen, dass ihm das auch klar war.

»Wir überwachen diesen Parkplatz hier. Mein Kollege ist zurück, bevor du noch deine Knarre da wieder ordentlich weggesteckt hast.« Ich log seelenruhig auf Teufel komm raus. »Was glaubst du wohl, warum ich mich von dir kleinem Wicht nicht einschüchtern lasse? Warum ich keine Angst vor dir hab? Was meinst du, wie lange es dauert, bis sie dich schnappen? Du bist drauf und dran, dir dein ganzes Leben zu verpfuschen, und das nur für ein paar Dollars und ein Auto, das älter ist als deine eigene Mutter. Wer einen Cop erschießt, kommt nie und nimmer ungestraft davon.«

Er schluckte heftig. Ich konnte den Adamsapfel in seiner Kehle hüpfen sehen.

»Steck die Knarre weg, mein Sohn.«

Mein Sohn.

Er schaute mich an. Jetzt konnte ich in dem trüben Licht sein ganzes Gesicht erkennen. Er hatte hohe, kräftige, vorspringende Wangenknochen und volle, hübsche, sinnliche Lippen. Seine Augen waren haselnussbraun – braun-goldene Augen, dunkelbraune Haut. Es war ein Jungengesicht, das einmal einem gut aussehenden Mann, einem Herzensbrecher von Mann, gehören könnte. Und in dem Moment wusste ich, dass es ein Gesicht aus meiner Vergangenheit war, ein Schemen aus einer weit zurückliegenden, schmerzlichen Zeit.

Ich kenne diesen Jungen.

»Hast du verstanden, mein Sohn?«

Woher kenne ich diesen Jungen?

Er starrte mich unverwandt an, seine Augen waren weit aufgerissen, aber ich konnte nicht erkennen, weshalb. Dann drehte er sich abrupt um und rannte fort, und seine Turnschuhe trommelten auf dem Asphalt, als wäre der Teufel hinter ihm her.

2

Die gleichen hohen Wangenknochen und hellen Augen sah ich in derselben Woche noch einmal. Ich war gerade mit dem Lunch fertig – ein blödsinniger Vorwand für das Thunfisch-Sandwich, das ich mit viel zu viel fettfreier Mayonnaise zusammengehauen und mit einer Tasse Tomatensuppe aus der Tüte hinuntergespült hatte. Eben hatte ich beschlossen, mir noch einen Schokokrapfen mit Kaffee von dem Dunkin' Donuts gegenüber zu gönnen, da klopfte es an der Tür.

Die Frau schien Anfang sechzig zu sein, aber bei einer Sister weiß man das nie so genau. Die haselnussbraunen Augen waren mit verschmiertem Eyeliner umrandet, der ohne Sinn und Verstand auf das Unterlid aufgetragen war. Die Fingernägel waren abgeknabbert und dünn mit knallrotem Nagellack angemalt, und sie führte ständig ihre mageren Finger an den Mund, als wüsste sie nicht recht, ob sie die Worte herauslassen sollte. Sie hockte sich mir gegenüber auf die Stuhlkante wie jemand, der gleich wieder davonlaufen will. Ich konnte ihr Gesicht ebenso wenig unterbringen wie das des Jungen, erkannte aber die gleichen hohen Wangenknochen und hellen Augen.

Sie trug eine lindgrüne Dienstmädchenuniform, die ihr zu groß war, und das kurze schwarze Haar sah aus, als hätte sie es in einem Wutanfall abgesäbelt. Sie sprach schnell und hektisch und ließ die Worte zwischen ihren dürren, flatterigen Fingern hervorquellen.

»Du kennst mich nicht mehr, stimmt's? Ich kenn dich noch von früher. Von ganz früher. Da warst du noch ein Kind, Tamara Hayle, warst gerade erst dabei, eine Frau zu werden. Du kennst mich nicht mehr, aber das macht nichts. Die Jahre haben mich ziemlich verändert.«

Sie holte eine Schachtel Newports aus der Tasche, riss die Hülle ab, schnippte die Zigarette heraus, sah sich im Zimmer nach einem Papierkorb für das Zellophan um und steckte es schließlich in die schwarze kastenförmige Handtasche zurück, die sie auf meinem Schreibtisch abgestellt hatte. Sie zündete die Zigarette eilig an, nahm einen langen, hastigen Zug, als hätte sie schon den ganzen Tag darauf gewartet, und sah mich dann mit einem entschuldigenden Blick an.

»Darf ich?«

Ich kann Zigaretten nicht ausstehen, aber sie schien eine nötig zu haben, und da der Kunde König ist, ließ ich sie gewähren.

»Bessie. Bessie Raymond.« Sie sprach durch den Rauch hindurch, und ihre Stimme klang, als hätte sie schon reichlich viel von dem abbekommen, was sie sich eben in den Mund gesteckt hatte. »Sagt dir nichts, nein?«

Ich lächelte höflich. »Leider nein. Was kann ich für Sie tun, Ms. Raymond?«

»Hübsch hast du's hier, Tamara Hayle. Wirklich hübsch.« Sie schaute sich mit einem bewundernden Blick in meinem Büro um, was mir mehr über sie verriet, als sie mich vermutlich wissen lassen wollte.

»Hübsch« ist ein Wort, das wohl die wenigsten Leute zur Beschreibung meines Büros verwenden würden. Die Wohlmeinenden nennen es funktional, die Aufrichtigen schäbig. Die Detektei Tamara Hayle Investigative Services, Inc., die ich vor längerer Zeit gegründet habe, liegt im ersten Stock einer heruntergekommenen Bruchbude, die meiner Freundin Annie gehört. Die Wände dieses Büros – eigentlich nur ein großer, quadratischer Raum mit einem Teppichboden, den Annie bei einem Räumungsverkauf wegen Brandschadens billig erstanden hat – sind in einem dumpfen Graubraun oder auch Braungrau gestrichen, je nachdem, in welcher Stimmung man ist, wenn man hereinkommt. Auf den zwei Fenstern, die wahrscheinlich das letzte Mal geöffnet wurden, als noch die Italiener im Rathaus saßen, liegt ein trüber Film unbekannten Ursprungs, und vorn auf dem rechten Fensterbrett steht eine Pflanze, die ich »meine herrenlose Aloe« nenne und von einem anonymen Spender übernommen habe. An dem vor fünf Jahren auf dem Trödel erworbenen Schreibtisch stehen drei Stühle, von denen nur zwei zusammenpassen. Alles in meinem Domizil – von dem Aktenschrank, der nur aufgeht, wenn man ihm einen Tritt an die richtige Stelle versetzt, über den alten Tisch in der Ecke bis hin zu dem Computer, der gut und gerne zwanzig Minuten braucht, bis er betriebsbereit ist – hat einmal jemand anders gehört.

Mein Büro ist mein Reich, und ich liebe es, aber »hübsch« ist es nun wirklich nicht. Einen unruhigen Moment lang dachte ich, Bessie Raymond wolle sich über mich lustig machen, doch ihr Blick sagte mir, dass sie es ehrlich meinte; wer so guckte, der brachte es nicht fertig, andere aus reinem

Übermut zu verspotten. Sie hatte müde Augen, als hätte sie nicht genug Schlaf bekommen oder die Nacht durchgeweint.

»Möchten Sie eine Tasse Tee, Ms. Raymond?« Sie schien verkrampft zu sein. Ich dachte mir, ein Kräutertee würde vielleicht beruhigend wirken; bei mir hilft das immer. Ich habe einen Elektrokessel mit Wasser, ein paar Tassen, eine Schachtel Würfelzucker, Pulverkaffee (für Besucher – ich finde das Zeug abscheulich!) und verschiedene Kräutertees von Celestial Seasonings auf einem kleinen Tischchen stehen. Doch auf den zweiten Blick schien sie mir eigentlich nicht der Typ für Celestial Seasonings zu sein. »Oder vielleicht einen Kaffee?«, fragte ich.

Sie schüttelte verneinend den Kopf und schaute auf ihren Schoß hinunter.

»Gibt es etwas, das Sie mit mir besprechen möchten? Kann ich etwas für Sie tun?«

Sie sah auf die Uhr, und ich tat reflexartig das Gleiche. Es war kurz vor zwei. Wenn das ihre Mittagspause war, dann hatte sie nicht mehr viel Zeit – falls sie nicht von der Nachtschicht kam und auf dem Heimweg war. Den müden Augen nach war das gut möglich.

»Du sollst herausfinden, wer meinen Jungen umgebracht hat.«

Ich schwieg einen Moment und sagte dann: »Das ist die Aufgabe der Polizei, Ms. Raymond. Dafür bin ich nicht zuständig.«

»Die Polizei?« Sie schnaubte verächtlich. »Du weißt doch genauso gut wie ich, dass sich die verdammten Cops einen Dreck scheren um jemand wie mich, jemand wie meinen Sohn.« Ihr verbitterter Ton verriet mir, dass sie wusste, wovon sie sprach.

»Und jetzt kommen Sie zu mir, weil Sie glauben, ich kann mehr ausrichten als die Polizei? Tut mir leid, Ms. Raymond, aber ich weiß nicht, ob ich Ihnen da viel helfen kann.«

Ich bin Privatdetektivin, kein Cop. Ich habe durchaus meine Stärken, aber die Aufklärung von Verbrechen, die eigentlich die Cops aufklären sollten, gehört nicht dazu. Ich kann Leute beschatten, egal, wohin sie mich führen, und beim Beschaffen von Informationen macht mir so schnell keiner was vor, aber ich weiß, wo meine Grenzen sind.

»Ich hab auch Geld dabei.« Sie holte einen dicken Umschlag von der Bank hervor, woraus ich schloss, dass sie direkt vom Schalter hierhergekommen war, und funkelte mich mit einer Entschlossenheit an, wie sie nur eine felsenfeste Überzeugung verleiht. »Du kannst mir helfen. Du musst mir helfen. Ich geh hier nicht weg, bis du mir das versprichst.«

»Erzählen Sie mir doch etwas mehr.« Ich konnte mir ja zumindest anhören, was die Frau zu sagen hatte.

»Jemand hat meinen Sohn umgebracht, und ich will rausfinden, wer das war.« Das sagte sie mit ausdruckslosem Blick, da war keine Wut, kein Schmerz, keine Verzweiflung.

»Das tut mir leid, Ms. Raymond.«

»Wieso soll dir das leidtun? Du hast doch gar nichts damit zu tun.«

»Und Sie sagen, Sie sind zur Polizei gegangen?«

»So ist es.«

»Und jetzt kommen Sie zu mir …?« Ich ließ sie den Satz selbst beenden.

»Weil ich es meinem Jungen schuldig bin und weil ich es den Kindern von meinem Sohn schuldig bin.«
»Ihren Enkelkindern.«
»Yeah.«
»Wie lange ist es her, dass er umgebracht wurde?«
»Er ist jetzt schon sieben Monate tot. Am fünfundzwanzigsten April haben sie ihn umgebracht. Sieben Monate, auf den Tag genau. Sieben Monate hab ich gebraucht, dass ich auch nur einigermaßen drüber reden kann. Die Cops sagen, sie hätten alles versucht, aber du weißt ja, das will überhaupt nichts heißen. Es war ein Donnerstag, da hat mein Junge abends die Tür aufgemacht und jemand reingelassen, und der hat ihn erschossen. Genau wie sie seinen Daddy erschossen haben. Um Mitternacht soll das gewesen sein, wie in dem Stück, das sein Daddy immer so gern gehört hat. *Round Midnight,* genau so. Ein paar Stunden später haben sie ihn dann gefunden.«
»Wer hat ihn gefunden?«
»Der Hausmeister von seinem Haus.«
»Und der hat auch die Polizei gerufen?«
»Yeah.«
»Und dann hat man Sie angerufen?«
»Dann haben sie mich angerufen.«
»Und Sie sind gleich hingegangen?«
»Yeah.«
»Was hat die Polizei denn genau gesagt?«
»Diese Nigger bringen sich gegenseitig um.«
»Das haben sie gesagt?« Jetzt kochte die alte Wut darüber, wie die Polizei mit Menschen umgeht, die aussehen wie ich und Bessie Raymond, wieder in mir hoch.

»Sagen brauchten sie das nicht. Man konnte es ihnen an den Augen ansehen.«

»War Ihr Sohn mit dem Gesetz in Konflikt geraten?« *Hatte er sich auf krumme Sachen eingelassen, als er umgebracht wurde? Drogenhandel? Eine Schlägerei? Hatte er etwas getan, das er besser gelassen hätte?* Das fragte ich nicht, aber sie verstand mich trotzdem.

Sie zuckte die Achseln. »Er hat eine Zeit lang gesessen, als er noch klein war, eine Jugendstrafe, kurz bevor er sechzehn wurde. Dann war da noch mal was, aber das ist lange her. Alles nicht der Rede wert.«

»Und sein Name?«

»Shawn. Shawn Raymond.« Sie sprach den Namen liebevoll aus, als ob ihr das Freude bereitete, so wie sie ihn wohl ausgesprochen hatte, als er noch am Leben war, und da fiel mir alles wieder ein: wer sie war. Wer ihr Sohn war. Von wann und woher ich sie beide kannte.

Shawn Raymond war zwölf Jahre alt gewesen, als mein Bruder Johnny sich umbrachte. Er war ein dürrer kleiner Junge mit hohen Wangenknochen und hübschen Augen wie ein Mädchen. Am Tag von Johnnys Beerdigung hatte er so heftig geweint wie ich, ein durchdringendes Klagegeheul, das mir wie ein Rasiermesser in die Seele schnitt. Er hatte damals neben seiner Mutter gestanden – einem dünnen, unscheinbaren Mädchen, etwa fünfzehn Jahre älter als ich. Bessie. Bessie Raymond.

Ich hatte die beiden auch vorher schon gesehen, drei- oder viermal vielleicht. Sie nahmen an einem Projekt der Polizei teil, das damals, als Johnny ein Cop war, als progressiv galt und bei dem mein Bruder ehrenamtlich mitarbeitete. Es stand unter dem Motto »Herzen gewinnen – Leben verändern«, und Johnny wurde oft genug damit aufgezogen, dass er sich auf so ein kuschelweiches Unternehmen einließ. Aber schließlich war mein Bruder ein hartgesottener Kämpfer, ein Veteran der Schlacht – wie manche Cops das nannten – zwischen Gut und Böse, und als er in das Projekt eintrat und seine tatkräftige Hilfe, seinen Namen und sein Engagement einbrachte, da zogen andere mit.

Das Projekt sollte vaterlose Jungen ansprechen, die Herzen gefährdeter Kinder gewinnen und ihr Leben verändern. Jedem Cop wurde ein »kleiner Bruder« zugeteilt, den er »adoptierte« und so lange wie nötig betreute, indem er den Jungen zu Sportveranstaltungen mitnahm und mit ihm einkaufen ging, sich in der Schule und auf der Straße für ihn einsetzte und ihm mit Rat und Tat zur Seite stand, um Probleme schon im Keim zu ersticken. In einer Stadt, in der es nur allzu viele fiese Cops gab, sollten Projekte wie dieses der Polizei ihren guten Namen wiedergeben, denn so etwas brachte ein Foto und lobenden Bericht im *Star-Ledger* ein.

Shawn Raymond war Johnnys »kleiner Bruder« gewesen. Als sie sich kennenlernten, war er acht Jahre alt – ein Junge, der einem nicht in die Augen schauen konnte, mit Armen so dünn wie Zahnstocher, einem spitzen Gesicht und haselnussbraunen Augen, die so traurig guckten, dass man lieber nicht wissen wollte, was sie schon alles gesehen hatten. Sein Gesicht sah immer aus, als sollte mal jemand mit einem nassen Waschlappen drübergehen, und die Haare waren nie anständig geschnitten. Langsam, aber sicher hatte Johnny ihn auf den richtigen Weg gebracht.

Als das erste Jahr um war, hatte Shawn zugenommen und Muskeln entwickelt, da Johnny ihn fast immer mitnahm, wenn er zum Sport ging. Als das zweite Jahr zu Ende ging, kaufte Johnny ihm schon Kleidung, Bücher, ein Fahrrad – alles Dinge, die seine junge Mutter selbst nie gehabt hatte und von denen sie nicht einmal träumen konnte. Am Ende des dritten Jahres waren sie unzertrennlich.

Ich war damals noch ein Teenager und hatte ständig Streit mit Johnny – über meine Kleider, mein Make-up, meine Freunde, die Johnnys Ansicht nach allesamt »zwielichtige Gestalten« waren. Shawn war jung genug, um die Lücke zu füllen, die ich im Leben meines Bruders hinterlassen hatte – er schaute Johnny noch mit weit aufgerissenen Augen an, wenn der wieder mal große Töne spuckte.

Der Tod meines Bruders bewegt mich immer noch jeden Tag und lässt sich nie ganz verdrängen. Eine Erinnerung, ein Wort, ein, zwei Takte Musik – und schon wallt der alte Schmerz wieder in mir auf, egal, wann und wo. Manchmal ist es eine Stimme, manchmal ein Ort, manchmal ein Name, so wie heute – Shawn Raymond, den Johnnys Tod ebenso erschüttert hatte wie mich.

Was war seit Johnnys Selbstmord aus Shawn geworden? Was hatte dieser gewaltsame Tod von eigener Hand bei einem Jungen angerichtet, der damals doch an der Schwelle zum Mannesalter stand, der in meinem Bruder ein Vorbild gesucht hatte? Ich musste an meinen eigenen Sohn Jamal denken und was so etwas bei ihm anrichten würde.

Wie oft war ich auf der Straße an ihm vorbeigegangen, ohne ihn zu sehen? Wie oft hatte ich neben ihm in einer Schlange gestanden, ohne zu ahnen, was uns verband? Ich hatte meinen Bruder begraben, war mit meinem Kummer fertig geworden und hatte nie wieder an die anderen Trauernden gedacht, hatte nie einen Gedanken an den mageren Jungen und die tapfere junge Frau verschwendet, die seine Mutter war.

Wieder sah ich Bessie Raymond ins Gesicht, und diesmal sah ich sie wirklich an, nicht mit dem flüchtigen, abschätzigen Blick von vorhin. Ich betrachtete das Gesicht mit den hohen Wangenknochen, die weichen Lippen, die müden, schräg stehenden Augen, die sich hinter dem verschmierten Eyeliner verbargen. Sie war nicht um die sechzig, wie sollte das möglich sein? Sie hatte recht: Die Jahre hatten sie ziemlich verändert. Doch ich konnte dahinter noch die junge Frau von früher erkennen, ihr Aussehen, als sie Mitte zwanzig war. Einmal war sie mit Shawn zu uns nach Hause gekommen, um Johnny zu besuchen – Shawns Mama, fein herausgeputzt in einem marineblauen, getüpfelten Musselinkleid mit einem hübschen großen Kragen und kurzen Puffärmeln, so ganz anders, als ich erwartet hatte, so entschlossen, ihrem Sohn eine gute Mutter zu sein, ihrem Shawn, dessen Namen sie immer noch mit gebetsartiger Inbrunst aussprach. Und Johnny wollte ihr helfen, ihn großzuziehen. Bis er alles Gute zunichtemachte, das er je bewirkt hatte. Als er von uns ging, hat er wohl auch ein Stück von ihr mitgenommen, genau wie er ein Stück von mir mitgenommen hat und ein Stück von ihrem Sohn – und von dessen Sohn?

»Sie sagten, Shawn hat Kinder?«, fragte ich.

»Zwei Jungen.«

»Teenager?«

»Der große ist dreizehn.«

»Wie heißt er?«

»Rayshawn.«

»Sieht er seinem Vater ähnlich?«

»Er ist ihm wie aus dem Gesicht geschnitten, zum Verwechseln ähnlich. Warum fragst du?«

Ihr argwöhnischer, beschützerischer Blick zeigte mir, dass ich richtig geraten hatte.

Ohne ihr eine Antwort zu geben, stand ich auf, ging durchs Zimmer und stöpselte den Kessel ein. Ich musste mich beschäftigen. Sie sollte nicht sehen, was mir jetzt wohl im Gesicht geschrieben stand – was die Erinnerung an jene verlorene Zeit wieder in mir aufleben ließ, was ich über ihren toten Sohn wusste … und über ihren Enkel. Doch sie schien es ohnehin zu wissen.

»Ich glaube, wir sind beide noch nicht darüber weg, dass dieser Mann tot ist.« Sie sprach halb zu sich selbst und halb zu mir, während ich dastand und wartete, dass das Wasser kochte und meine Gedanken sich klärten.

Was hatte ich damals von Bessie Raymond gewusst? Was wusste ich jetzt von ihr?

Das Wasser kochte, ich kramte in meinem Teesortiment und entschied mich schließlich für einen Beutel »Tension Tamer« (wenn der wirklich Spannungen löste, war er jetzt haargenau richtig). Ich ließ den Beutel in die Tasse fallen, goss heißes Wasser darauf, verschüttete dabei etwas auf dem Tisch, gab mich aber gar nicht erst damit ab, es wieder aufzuwischen – auf einen Fleck mehr käme es jetzt auch nicht an. Ich ließ den Tee einen Moment ziehen, dann nahm ich die Tasse und setzte mich damit wieder hin, sah zu, wie die Kräuter das Wasser orange färbten, und wich ihrem Blick aus.

»Jetzt weißt du, wer ich bin, stimmt's?«, fragte sie.

»Ja.«

»Und du erinnerst dich an meinen Jungen?«

»Ja.«

»Irgendein Schweinehund hat ihn umgebracht, Tamara. Der hat wohl gedacht, Shawn ist nichts wert, Shawn hat kein Recht zu leben, und damit kann ich nicht leben. Ich hab's versucht, aber ich kann damit nicht leben.« Mit dem Ende der Zigarette zündete sie sich eine neue an und inhalierte tief und schnell, alles in einem Atemzug. Ich starrte in meinen Tee, als hoffte ich, darin eine Antwort zu finden, und begann dann langsam und gedankenverloren zu trinken.

»Er war Ende zwanzig, Anfang dreißig, als er umgebracht wurde?«, versuchte ich, Shawn Raymonds Alter zu erraten.

»Fast dreißig.«

»Können Sie mir etwas mehr über ihn erzählen? Was er so gemacht hat, mit wem er Umgang hatte. Was er für Freunde hatte. War er in irgendwelche illegalen Geschäfte verwickelt?« An der Stelle hielt ich inne und beobachtete sie genau, obwohl es mich ärgerte, dass ich das fragen musste.

Sie sog heftig an ihrer Zigarette und blies den Rauch über unsere Köpfe hinweg, als sei sie froh, ihn loszuwerden. »Er hatte hier und da seine Finger drin, aber er war kein Verbrecher oder so etwas.«

»Hier und da die Finger drin?«

Sie schaute zur Seite und warf mir einen Blick aus den

Augenwinkeln zu. »Ein Mann muss irgendwie sein Geld verdienen. Aber er war nie süchtig oder was. Solche Sachen hat er seiner Mama überlassen.« Das Letzte sagte sie voller Bitterkeit und Selbstverachtung. Bei ihrem stumpfen, leeren Blick, dem hohlwangigen, ausgezehrten Gesicht und den mageren Händen, die sie nicht ruhig halten konnte, hatte ich mir schon etwas Ähnliches gedacht. Ich schaute weg, da ich sie nicht durch mein Starren in Verlegenheit bringen wollte.

»Jetzt bin ich clean«, fügte sie mit hoch erhobenem Kopf rasch hinzu und sah mir direkt und beinahe trotzig ins Gesicht, wie um mir zu zeigen, dass es ihr völlig gleichgültig war, was ich von ihr dachte. »Ich war mal ganz unten im Dreck, aber jetzt bin ich clean.«

»Könnte es sein, dass es irgendwie um Rauschgift ging beim Tod Ihres Sohns?« Ich konnte mich nicht überwinden, »Shawn« zu sagen. Shawn war zwölf und hatte bei der Beerdigung meines Bruders geweint. Er war kein auf die schiefe Bahn geratener junger Mann, der hier und da die Finger drin hatte, und auch nicht der Vater des Jungen mit der hohen Stimme und dem großspurigen Auftreten, der mit einem Revolver auf mein Herz gezielt hatte.

»Meinen Jungen hat kein Rauschgift umgebracht. Keins, das er gekauft hat, und keins, das er verkauft hat.«

»Wer waren seine Freunde?« *Oder wichtiger noch, wer war nicht sein Freund?*

»Mit Männern war er nicht so dicke. Frauen hat er allerdings gehabt. Mein Sohn hatte es sehr mit den Ladys. Er war halt beliebt bei der Weiblichkeit.« Das sagte sie schmunzelnd, als sei sie persönlich stolz darauf.

»Er hatte also viele Freundinnen?«

Wenn die voneinander erfuhren, war das bestimmt Grund genug, dass der Brother erschossen wurde.

»Zwei richtige, soweit ich weiß. Bei den Frauen hatte mein Junge halt einen Stein im Brett.«

»Wie sah denn seine Beziehung zu diesen ›richtigen‹ aus?«

»Das sind die Mamas von seinen Kindern.«

»Ich schreib mir mal ein paar Namen auf und alle Adressen, die Sie haben.«

Ich holte mir einen Stift, schrieb ihren Namen auf ein Blatt Papier, setzte ihre Telefonnummer und Adresse dazu und hielt dann den Stift bereit für weitere Notizen.

»Viola Rudell. Das ist die Mutter von dem Großen, Rayshawn. Rayshawn Rudell – Shawn wollte ihm nicht seinen Namen geben, aus reiner Bosheit. Die hatten sich gesucht und gefunden, Shawn und Viola, die waren wie Feuer und Wasser – da hat ständig einer den anderen aufgeheizt oder erstickt.«

»Sie sagten, Ihr Enkel heißt Rayshawn?«

»Viola hat ihn nach Shawn genannt – Shawn Raymond –, aber sie hat die Namen durcheinandergebracht. Dieses Weib muss immer alles durcheinanderbringen. Da kommt für niemand was Gutes bei raus. Taugt ja selber nichts. Hat noch nie was getaugt.«

»Und die andere? Die Mutter seines anderen Kindes?«

»Gina. Gina Lennox.« Sie lächelte, als sie den Namen des Mädchens nannte, und ihr Blick wurde sanft.

»Die mögen Sie, ja?«

»Sie ist ein liebes Mädchen. Stammt aus einer guten Familie, einer richtig guten. Sie hätte Shawn helfen können, dass er ein Bein auf den Boden bekommt, dass er was aus sich macht.«

»Sie ist die Mutter von dem jüngeren Kind?«

»Meinem Enkelchen. Gus.«

»Gus?«

»Sie hat ihn nach ihrem Vater genannt, seinem Großpapa. Augustus Lennox. Sein vollständiger Name ist Augustus Lennox Raymond. Ein großer Name für so ein kleines Baby, nicht? Sie wohnt bei ihren Eltern, soweit ich weiß.«

Ich hatte den Namen Augustus Lennox schon einmal gehört, vielleicht sogar schon selbst in den Mund genommen, aber ich wusste nicht recht, wann und wo. Ich schrieb ihn auf und unterstrich ihn, dann notierte ich auch noch Viola Rudells Telefonnummer und Adresse.

»Wo hat Ihr Sohn gewohnt?«

»In der South Ward. In so einem Mietshaus gleich bei der Avon Avenue.«

»Und da hat man auch seine Leiche gefunden?«

»Ja.«

»Und die Mütter seiner Kinder?«

»Ginas Familie wohnt auch in der South Ward, in dieser Straße, wo die schönen Häuser stehen, gleich um die Ecke von der Bergen Street. Viola wohnt bei mir in der Straße. Nicht weit von der Clinton Avenue.«

»Und Rayshawn, der Dreizehnjährige, wohnt der bei seiner Mutter?«

»Der wohnt so ziemlich, wo er will. In den letzten Jahren ist er immer wieder von Pflegeeltern betreut worden, aber jetzt ist er meistens bei seiner Mutter. Zu mir kommt er auch, wenn ich ihn zu fassen kriege. Manchmal bleibt er auch über Nacht. Die Leute, bei denen er früher war, die Laytons, die wohnen hier in der Straße, bisschen weiter als dein Büro. Daher weiß ich ja auch, dass du hier bist. Ich hab dein Schild im Fenster gesehen, als ich ihn bei der Familie vorbeigebracht hab.«

»Haben Sie ein Bild von Rayshawn?«

Sie zeigte mir einen Schnappschuss von ihrem Enkel, der mir bestätigte, was ich bereits wusste. Ihre Augen hatten einen merkwürdigen Ausdruck, als sie mir das Bild zeigte, eine Mischung aus Trotz und Stolz. Ich gab es ihr zurück, und sie steckte es wieder in die Brieftasche, wobei sie noch einen Blick darauf warf. »Ein hübscher Junge, nicht? Sieht auch dem Großpapa ähnlich, den es genauso erwischt hat wie meinen Sohn. Von dem anderen, dem Baby, hab ich keins.« Sie wartete meine Frage gar nicht erst ab und wich dabei meinem Blick aus. »Den Kleinen hab ich seit der Geburt nicht mehr gesehen. Ich darf mit dem Kind nichts zu tun haben. Überhaupt nichts zu tun haben.«

»Seine Mutter will nicht, dass Sie es sehen?«

»Ihre Familie.«

»Warum verbieten sie Ihnen, Ihr Enkelkind zu sehen?«

Sie zuckte gleichgültig die Achseln, als wäre es ihr egal, doch die Scham, die sich auf ihrem Gesicht zeigte, und das Zittern ihrer Stimme, als sie dann sprach, sagten alles. »Als der Daddy von meinem Jungen tot war, war ich als Mutter eine Zeit lang nicht zu gebrauchen. Weil ich Dope genommen hab. Getrunken hab ich damals auch. Ab und zu, wenn's gar nicht anders ging, bin ich auch mal anschaffen gegangen. Dafür werd ich wohl eines Tages in der Hölle schmoren. Aber das geht nur mich und den lieben Gott was an und sonst niemanden.« Sie schob mir den mit Geld gefüllten Umschlag hin, fast bis an die Schreibtischkante.

»Als mir aufging, dass den Cops das alles scheißegal ist, da ist mir außer dir niemand mehr eingefallen, der mir helfen kann. Der gute Johnny Hayle war schließlich dein Bruder, und der war das einzig Gute, das meinem Sohn sein Leben lang begegnet ist. Der Kerl, der ihn umgebracht hat, läuft immer noch frei rum, der isst und lacht und furzt auf das Grab von meinem Sohn.«

»Ms. Raymond, ich weiß nicht, ob –«

»Jemand ist hergegangen und hat ein Nichts aus ihm gemacht, als wär er nie was gewesen. Und du weißt, dass er was Besonderes war, Tamara Hayle, einmal vor langer Zeit. Aber jetzt ist er nur noch ein Haufen Knochen. Ein Nichts.« Das murmelte sie leise vor sich hin, ihre Augen waren müde vor Kummer, und plötzlich wusste ich mit absoluter Gewissheit, dass ich ihr etwas schuldig war, weil mein Bruder ihr etwas schuldig geblieben war, und er hatte seine Schulden immer beglichen. Über den Schreibtisch hinweg ergriff ich ihre dünnen, rauen Hände.

»Ich werde tun, was ich kann«, sagte ich endlich. »Ich gebe Ihnen mein Wort.«

3

Bessie Raymond war kaum gegangen, da begann ich mich auch schon zu fragen, ob ich nicht einen hoffnungslosen Fall übernommen hatte. Bessie hatte mich angeheuert, aber mein eigentlicher Klient war Shawn, der allerdings tot war, und ein toter Klient ist etwa so viel wert wie ein toter Zeuge. Eigentlich hätte ich ihr über ihren Möchtegerngangster von Enkel reinen Wein einschenken und ihr erklären sollen, dass es mir nicht im Traum einfiel, für eine Frau zu arbeiten, deren Enkel mich auf dem Parkplatz überfallen hatte.

Aber mir war auch klar, dass ich dieser Frau – und damit auch ihrem Enkel – verpflichtet war, nun, wo ich wusste, wer sie waren. Es ging nicht nur um Rayshawn und auch nicht nur um Shawn. Es ging um meinen Bruder Johnny und das Loch, das er in unser aller Leben hinterlassen hatte. Ich wusste, was Shawn an ihm verloren hatte, denn ich wusste ja, was ich selbst verloren hatte. Um diese unbeglichene Schuld ging es – die Schuld, die er noch bei Bessies Sohn und bei ihrem Enkel offen hatte, und wenn ich nicht aus so hartem Holz geschnitzt wäre, hätte es leicht passieren können, dass er auch noch bei meinem Sohn eine Schuld offen hat.

Bessie Raymond würde sich ebenso wenig mit Shawns

rätselhaftem Tod abfinden können wie ich mit Johnnys. Ihre Seele würde ebenso wenig Frieden finden wie meine. Aber wenn ich ihrem toten Sohn Gerechtigkeit verschaffen könnte, würde das uns beide dem ersehnten Frieden vielleicht ein Stückchen näher bringen. Daher war dieser Fall womöglich doch nicht so hoffnungslos.

Trotzdem hätte ich sie warnen sollen, dass ich wahrscheinlich auch nicht mehr Glück haben würde als die Polizei. Sicher, manchmal bekomme ich etwas aus Leuten heraus, die mit den Cops lieber nicht reden, und ich kann mich unauffällig in Kreisen bewegen, wo man der Polizei einfach nicht traut. Aber dafür stehen den Cops Mittel und Wege zur Verfügung, die ich nicht habe – nämlich das gesetzmäßige Recht, Leuten die Hölle heißzumachen.

Doch ich hatte der Frau mein Wort gegeben, dass ich es versuchen würde, und damit basta. Ich trank noch eine Tasse Tee – der Tension Tamer sollte seine spannungslösende Wirkung voll entfalten können – und wartete, bis mein Computer betriebsbereit war. Dann legte ich eine Datei namens LBAA – Little Brother auf Abwegen – an und tippte alle Namen ein, die Bessie Raymond mir gegeben hatte: Shawn Raymond, Rayshawn und seine Mutter Viola Rudell, Gina und deren Vater Augustus Lennox.

Als ich das Geld zählte, das Bessie in den Bankumschlag gesteckt hatte, wurde mir wohler. Vom Geldzählen wird mir immer wohler. Es war mehr als genug für zwei Wochen Arbeit; ich hatte schon lange nicht mehr so viel Geld auf einem Haufen gesehen. Mir war allerdings auch bewusst, dass Bessie Raymond wohl ihr Lebtag nicht mehr so viel Geld zu sehen bekommen würde, und dieser Gedanke machte mich todtraurig. Ich steckte das Geld in ein Fach meiner Brieftasche und verstaute sie ganz tief unten in meiner Handtasche.

Es war jetzt halb vier; die Bank hatte zu, würde aber gegen fünf wieder aufmachen. Ich fand es vernünftig, so viel Bargeld direkt auf die Bank zu bringen. Da ich bis dahin noch anderthalb Stunden zur freien Verfügung hatte, schaltete ich den Computer aus, packte meine Sachen zusammen und ging runter in Jan's Beauty Biscuit, den Schönheitssalon im Erdgeschoss – das war so ein Ort, wo die Polizei nie hingehen würde, wenn sie etwas herausfinden wollte. Ich musste allmählich anfangen, mir Bessie Raymonds Lebensersparnisse zu verdienen, und wenn jemand Klatsch und Tratsch über die Akteure dieses Dramas wusste, dann Wyvetta Green, die Besitzerin und Chefin des Salons. Im Treppenhaus warf ich einen Blick auf meine Fingernägel und befand, dass sie durchaus mal etwas Nagellack gebrauchen könnten. Bei Wyvetta Green lässt man sich nicht einfach so auf ein Schwätzchen in den Sessel plumpsen, dazu ist sie zu sehr Geschäftsfrau. Ich zog einen Zwanzigdollarschein aus dem Bündel, das Bessie Raymond mir gegeben hatte, und steckte ihn in die Tasche. Außerdem nahm ich mir vor, mir eine Quittung geben zu lassen, damit ich die Maniküre als Geschäftsausgabe geltend machen konnte.

Jan's Beauty Biscuit gehört Wyvetta Green, seit ich sie kenne. Ihr Salon ist das Beste, was diese Bruchbude von Bürogebäude zu bieten hat, und das Einzige, was hier so etwas wie Eleganz verbreitet. Wyvetta und ihr Freund Earl mit den Goldzähnen haben keine Kosten gescheut, als sie vor ein paar Jahren das Biscuit renoviert haben, und darum sind die rosaroten Wände, der Linoleumboden mit dem weiß-rosa Karomuster und die kirschroten Kunstledersessel noch ganz gut erhalten. Die Entlüftungsanlage lässt allerdings zu wünschen übrig. Als ich zur Tür hereinkam, schlug mir der Geruch von Chemikalien, Haaröl und Lysolspray entgegen.

»Hey, Mädchen, wie geht's?«, rief Wyvetta, und ich blieb wie angewurzelt stehen. Fast hätte ich sie nicht wiedererkannt. »Guck's dir gut an, morgen ist das nämlich wieder weg. Ich will dieses Gewuschel entkrausen und mir so einen glatten Schnitt zulegen wie Jada Pinkett. Vielleicht färb ich's auch wieder blond.«

Ich ließ mich in einen der behaglichen Sessel fallen und betrachtete im Spiegel Wyvettas Gesicht. Sie hatte sich die Haare fast ganz abgeschnitten, und was davon noch übrig war, umschwebte ihr Gesicht wie ein zarter schwarzer Heiligenschein. Mir war noch nie aufgefallen, wie hübsch sie mit ihrem schmalen, länglichen Gesicht, der glatten dunkelbraunen Haut und dem ungezwungenen strahlenden Lächeln eigentlich war. Die kurzen Haare brachten das alles erst richtig zur Geltung.

»Was guckst du denn so, Tamara?« Sie musterte mich skeptisch.

»Wyvetta, diese Frisur steht dir ausgezeichnet! Außerdem ist Jada Pinkett erst Anfang zwanzig und kann es sich leisten, mit so kurzen blonden Haaren rumzulaufen.« Mein Taktgefühl hatte mich vorübergehend im Stich gelassen.

»Du findest das gut?« Sie versetzte der korpulenten hellhäutigen Frau, die in ihrem Sessel eingenickt war und der sie eine weiße, schäumende Creme auf das rotbraune

Haar auftrug, einen leichten Stups. Die Frau richtete sich auf, räusperte sich und las wieder in der Zeitschrift, die auf ihren drallen Schenkeln lag. »Alles in Ordnung, Honey?«

»Alles bestens, Wyvetta.« Die Frau rückte die Hornbrille zurecht, die ihr auf die Nasenspitze gerutscht war, und zupfte an ihrer weiten Polyesterbluse.

»Honey, das ist Tamara. Tamara – Honey. Tamara Hayle ist Privatdetektivin, sie arbeitet oben im Haus. Eine Privatdetektivin erster Klasse!«

Die Frau nickte respektvoll und widmete sich dann wieder ihrer Zeitschrift.

»Du findest das gut?«, fragte Wyvetta noch einmal, um ein weiteres Kompliment einzuheimsen.

»Ja. Warum willst du es glätten?«

Wyvetta zuckte die Achseln. »Ich kann nicht hier rumsitzen und mit nichts als kurz geschnittenen Haaren gut aussehen.« Sie guckte mich an wie eine Lehrerin, die bei einer begriffsstutzigen Schülerin allmählich die Geduld verliert. »Was macht denn das für einen Eindruck, wenn ich als Besitzerin von Jan's Beauty Biscuit hier rumsitze und mein Haar so hab, wie es ist, bis auf die Kopfhaut abgeschnitten? Das wär ja, als wenn ein Vegetarier Reklame für Schweinswürste macht. Völlig daneben.«

»Aber Wyvetta ...«

»Ich muss doch Werbung machen für das, was ich hier tue, Tamara.« Sie schaute in den Spiegel und warf einen kritischen Blick auf ihre neueste Frisur. »Meine Kundinnen kommen immer an und wollen, dass ihre Haare so aussehen wie bei mir. Dieselbe Farbe, derselbe Schnitt, derselbe Stil. Ich bin doch eine wandelnde Reklame für mich selbst!«

Ich nickte zustimmend, blieb aber skeptisch. Ich war Zeugin gewesen, wie Wyvettas Haare sich von einer Löwenmähne mit Goldsträhnchen in einen glänzenden, silbergesprenkelten Helm verwandelten. Innerhalb einer Woche war sie erst blond und dann kastanienbraun gewesen. Und einmal waren ihre Haare durch eine unglückliche Mischung von Chemikalien, Farbstoff und zu viel Sonne knallrot geworden.

»Ich hab mir gedacht, ich gönn meinem Haar mal eine Erholungspause«, erklärte sie weiter. »Aber ich muss dieses Gewuschel entkrausen. Was soll denn aus dem Biscuit werden, wenn alle, die hier reinkommen, plötzlich die Haare lassen, wie sie sind? Da könnt ich mit fliegenden Fahnen mein Geschäft zumachen.«

»Mit fliegenden Fahnen?«, fragte ich. Wyvetta brachte immer die Ausdrücke durcheinander. »Biete doch einfach eine Spezialpflege für naturbelassenes Haar an. Das würde deinem Haar gut tun und dem der anderen Frauen auch.«

Wyvetta verdrehte die Augen. »Damit ist kein Geld zu verdienen. Was soll man denn mit naturbelassenem Haar groß anstellen? Das kann ja jeder selber machen. Wozu sollen die Leute noch zum Friseur gehen, wenn sie sich bloß die Haare selber waschen, trocknen und kämmen müssen, und schon sehen sie gut aus? Und auf naturbelassenes Haar kann man keine Farbe drauftun, sonst ist es ja nicht mehr naturbelassen. Ich weiß nur eins, ich bin diesen Wuschelkopf langsam leid«, sagte sie. »Außerdem mag Earl meine Haare lieber lang.«

»Und künstlich!«, fügte Honey hinzu. Beide Frauen gackerten los.

»Was kann ich denn für dich tun, Tamara Hayle?« Wyvetta betrachtete meine Haare und schüttelte missbilligend den Kopf. »Lass mich doch mal was mit deinem Kopf anstellen, Mädchen. Du bist doch ein hübsches Ding, Tamara, und hoffentlich kriegst du das jetzt nicht in den falschen Hals, aber mit der Frisur da kommt das gar nicht richtig raus. Lass mich mal rangehen, und ich gestalte dir eine Frisur – Farbe und Extensions, dann noch ein paar Strähnchen, damit auch ein bisschen Glanz reinkommt –, dann kriegt das Ganze richtig Schwung. Vor der Farbe brauchst du keine Angst zu haben. Schwarze Frauen haben immerzu Angst. Angst, mal was zu wagen!«

»Eigentlich bin ich wegen meiner Nägel hier.« Ich streckte ihr meine Hände entgegen.

»Lucy!«, rief Wyvetta. »Komm mal her, Baby. Da ist Kundschaft für dich.«

Lucy, ein mageres Mädchen frisch von der Highschool, das halbtags bei Wyvetta arbeitete und sich zur Friseuse ausbilden ließ, kam mit einem Besen in der einen Hand und einem kunstvoll geflochtenen Strohkörbchen mit verschiedenen Sorten Nagellack in der anderen anspaziert. Sie stellte den Besen in die Kammer, zog ein kleines Tischchen heran und legte ein Handtuch darüber, dann ging sie zum Waschbecken und kam mit einer Kristallschale voll Seifenwasser zurück. Sie griff nach meiner rechten Hand, betrachtete sie eingehend, als sollte sie operiert werden, und legte sie dann in das warme Wasser.

»Soll's auch eine Modellage sein?«

»Nein, mach einfach das Beste aus dem, was da ist.«

»Das würde sich aber sehr schön machen.«

»Nein, danke. Wenn man mal damit angefangen hat, muss man auch dabei bleiben, und bei mir bricht dann immer der letzte Rest von Fingernagel auch noch ab.«

»Die eigenen Nägel werden wirklich etwas brüchig davon«, zwitscherte Honey von Wyvettas Sessel aus dazwischen.

»Kommt drauf an, wie man es macht, und Lucy kennt sich aus, weil ich ihr das nämlich richtig beigebracht hab«, sagte Wyvetta, geschäftstüchtig wie immer.

»Wenn Sie Modellagen hätten, könnte ich was draufsetzen, Sternchen oder so.« Lucy hatte die Hoffnung noch nicht aufgegeben.

»Nein, danke.«

»Wirklich nicht?«

»Du hörst doch, was die Frau sagt, Lucy«, schalt Wyvetta. »Wie läuft's denn so bei dir, Tamara? Was macht Jamal?«

»Dem geht's prächtig.«

»Ich hab ihn eine ganze Weile nicht gesehen. Alles okay?«

»Yeah. Er setzt grade den Computer von einem Freund wieder in Gang.«

»Einen Computer! Der kleine Jamal – das gibt's doch gar nicht!«, rief Wyvetta. »Ich hab eben erst richtig Schreibmaschine schreiben gelernt.«

»Auf diese Computer fährt er völlig ab.« Ich betrachtete die Bilder an der Wand, als hätte ich keine anderen Sorgen. Zehn Minuten später kam ich dann auf den Grund meines Besuchs zu sprechen. »Wyvetta, war mal eine Frau namens Viola Rudell hier und wollte sich von dir die Haare machen lassen?« Ich hoffte, dass die Frage ganz lässig klang.

»Nö. Nie gehört.«

»Ob Tasha sie vielleicht kennt?«

»Wen kennt?«

»Viola Rudell.«

»Da musst du Tasha fragen.«

»Was macht die denn so?« Ich nahm mir vor, Wyvettas kleine Schwester Tasha demnächst mal anzurufen. Dem Alter nach stand sie Viola Rudell und Shawn Raymond eigentlich näher als Wyvetta und wäre wahrscheinlich eine bessere Informationsquelle. »Wohnt sie immer noch an derselben Adresse?«

»Tasha? Yeah. Sie wohnt noch da, aber diese Woche ist sie verreist. Sie ist runter auf die Bermudas mit diesem alten Mann, mit dem sie seit Neuestem geht. Ein Geschäftsmann. Ihren Jungen hat sie bei mir gelassen. Earls Tochter Sandy passt auf ihn auf.«

»Auf die Bermudas! Wo hat sie denn so einen Mann aufgegabelt? Der sie auf die Bermudas mitnimmt?« Honey schob ihre Brille wieder auf die Nase zurück. »Donnerwetter! Bevor ich Harold geheiratet hab, war Atlantic City das Höchste, wo mich ein Mann mit hingenommen hat. Und die Rückfahrt hab ich selbst bezahlen müssen.«

»Earl hat mich vor einiger Zeit nach Mexico City mitgenommen, als es günstige Angebote gab. Er wollte mir die Reise bezahlen, aber das hab ich nicht zugelassen. Er hat für sich bezahlt und ich für mich. So finde ich das mit Männern am besten. Ich und Earl, wir sind schon lange zusammen, aber ich mach mich nicht gern von einem Mann abhängig. Tut mir nicht gut. Und ihm auch nicht.«

Wir brummten alle etwas Zustimmendes. »Aber du

kennst ja Tasha mit ihrem frechen kleinen Mundwerk und den großen schönen Augen, die lässt sich halt immer wieder mit irgendeinem reichen alten Mann ein. Dafür hat das Mädchen anscheinend ein Talent«, fuhr Wyvetta mit missbilligendem Kopfschütteln fort.

»Ja, das stimmt.« Ich musste unwillkürlich seufzen, als ich an den letzten reichen alten Mann dachte, mit dem Tasha Green sich eingelassen hatte. »Weißt du, wann sie zurückkommt?«

»In ein paar Tagen. Oder einer Woche. Sie ist ja vorgestern erst weggefahren.«

Lucy hob meine Hand aus dem Wasser, trocknete sie ab, betrachtete sie noch einmal, schob sanft die Nagelhaut zurück und feilte die Nägel mit raschen, gleichmäßigen Bewegungen oval zurecht, während meine andere Hand einweichte. Dann trocknete sie die andere Hand ebenfalls ab, feilte mir die Nägel und machte sich daran, sie zu lackieren. »Sie haben so hübsche Hände, Miss Hayle, da sollten Sie wirklich Modellagen machen lassen.«

»Vielleicht ein andermal.«

»Welche Farbe hätten Sie denn gern?«

»Farblos.«

»Farblos! Dann lohnt doch die ganze Mühe nicht, Miss Hayle. Das können Sie ja auch selber machen.«

»Niemand kann sich selbst eine gute Maniküre machen, Lucy.« Wyvetta verteidigte gleich wieder ihre Interessen.

Lucy nickte gehorsam und warf mir einen Blick zu. »Das muss jetzt trocknen, Miss Hayle. Kommen Sie nirgends dran damit. Auch wenn es farblos ist.«

»Gib mir doch bitte die Zeitschrift da drüben, Lucy«,

bat ich, und sie legte mir eine alte Ausgabe von *Essence* auf den Schoß, sodass ich sie mit der Handfläche umblättern konnte, während ich die Finger steif von mir streckte.

Mit Viola Rudell hatte ich kein Glück gehabt, aber ich musste noch drei andere Namen ins Gespräch bringen, bevor ich ging, und Lucy arbeitete schnell. Ich wollte nicht zu rasch mit dem nächsten Namen ankommen, sonst würden die anderen Verdacht schöpfen. Meine Klienten können sich darauf verlassen, dass ich ihre Angelegenheiten vertraulich behandele, und Wyvetta erkennt mit dem Instinkt eines Jagdhunds, wo es etwas auszuschnüffeln gibt, das lieber nicht ruchbar werden sollte. Wenn ich mich im Laufe einer Stunde unverblümt nach mehr als einer Person erkundigte, würde sie bestimmt einen Kommentar abgeben. Und man weiß ja nie, wem das, was man so sagt, alles zu Ohren kommt. Also saß ich eine Weile da und hörte den anderen zu, ließ meine Nägel trocknen, blätterte mit der Handfläche in meiner Zeitschrift und überlegte, wie ich die Sache am geschicktesten angehen könnte. Endlich hatte ich eine Idee.

»Oooh. Ich geh jede Wette ein, so ein schönes Baby habt ihr alle noch nie gesehen!«, schrie ich auf, als sei ich rein zufällig auf ein Bild von einem niedlichen Baby gestoßen. »Lucy, halt mal das Bild hier hoch, damit Wyvetta und Honey es sehen können. Ich hab noch nie so ein süßes Baby gesehen!«

Es war ein schwacher Köder, aber Honey biss sofort an.

»Wenn das niedlich sein soll, dann guck dir erst mal mein Enkelchen an – ich hab schon zu meiner Tochter gesagt, sie soll es zum Wettbewerb für das Baby des Jahres anmelden. Wyvetta, gib mir mal meine Tasche her.« Von Konkurrenzeifer und Großmutterstolz gepackt, kramte sie in ihrer großen Tasche herum und fischte eine teuer aussehende Brieftasche heraus. Mit großem Trara zog sie ein eselsohriges Foto von einem nackten Baby auf einer weißen Chenille-Bettdecke heraus, und alles machte bewundernd Ooh und Aah. Ich betrachtete das Foto eingehend, dann stieß ich einen hoffentlich echt wirkenden Schrei des Erstaunens aus.

»Na, das ist ja ein Ding! Das Baby sieht genau so aus wie das von Gina. Ich hab noch nie ein Baby gesehen, das Ginas Kind so ähnlich sieht.«

»Gina? Was für eine Gina?«, wollte Honey mit finsterem Blick wissen.

»Gina Lennox. Bist du mit Gina Lennox verwandt, Honey?«

»Gina Lennox? Nie gehört.«

»Vielleicht ist dein Schwiegersohn mit ihr verwandt? Kennst du Gina Lennox, Wyvetta? Und du, Lucy? Ich glaube, die wohnt immer noch da in der South Ward.« Bessie Raymond hatte nicht mit Bestimmtheit gesagt, dass Gina noch bei ihren Eltern wohnte, aber ich ließ es drauf ankommen.

Wyvetta zuckte die Achseln. »Ich glaub nicht, dass ich die kenne. Sie war noch nie hier.«

»Ich glaub auch nicht, dass sie mit meinem Schwiegersohn verwandt ist«, meinte Honey nachdenklich. Dann knallte sie die Tasche auf ihren Schoß und sog hörbar die Luft durch die Zähne. »Herr im Himmel, ich will nur hoffen, der Junge hat nicht mit 'ner anderen Frau rumgemacht!

Herrgott, ich will nur hoffen, dass der Junge nicht noch ein Kind mit einer anderen hat. Harold würd einen regelrechten Koller kriegen, wenn er auf die Idee käme, dass der Junge fremdgegangen ist. Ich trau's ihm zu, dass er ihn umbringt und unsere Tochter vor der Zeit zur Witwe macht. O Gott! Was hast du gesagt, wie das Mädchen hieß? Da.« Sie schnappte sich einen Stift von der Ladentheke. »Ich schreib mir mal den Namen auf, damit ich –«

»Nein, nein, nein – ich glaub, da brauchst du dir keine Sorgen zu machen.« Ich trat schnell den Rückzug an und versuchte, jeden möglichen Schaden wiedergutzumachen. »Der Vater von Ginas Kind heißt Shawn Raymond. Das weiß ich genau, ganz genau«, wiederholte ich.

»Shawn Raymond? Von dem hab ich auch noch nie gehört«, sagte Wyvetta als Antwort auf meine ungestellte Frage.

»Traurig, was mit dem passiert ist – mit Shawn Raymond.« Noch einmal nannte ich seinen Namen, in der Hoffnung, Honeys Argwohn restlos zu zerstreuen und vielleicht doch dem einen oder anderen Gedächtnis auf die Sprünge zu helfen. »Die reinste Tragödie. Er ist vor ein paar Monaten ermordet worden. Erschossen.«

»Erschossen!«, riefen alle unisono.

»Hab ich wenigstens gehört.«

Die nächsten fünf, sechs Minuten lang beklagten alle, dass unter den Schwarzen so viele Schusswaffen im Umlauf waren, und trauerten um die vielen rechtschaffenen Männer, die deshalb sterben mussten. Ich sagte nichts davon, dass Shawn Raymond wohl nicht zu dieser Kategorie gehörte. Dann hielt Lucy, die bereits ihre Utensilien wegräumte, plötzlich inne und richtete sich kerzengerade auf, als wäre ihr eben etwas eingefallen. »Gina Lennox?«

»Yeah. Gina Lennox«, bestätigte ich rasch.

»Sie wollen mir erzählen, dass Gina Lennox ein Baby hat?«

Volltreffer.

»Yeah, ein ganz reizendes kleines Ding.« Ich betrachtete meine Nägel, betupfte einen, um zu sehen, ob er schon trocken war, pustete darauf und schaute dann wieder in meine Zeitschrift, als ginge mich das alles gar nichts an.

»Ist sie denn verheiratet?«

»Nicht, dass ich wüsste. Sie heißt immer noch Lennox.«

»Sind Sie sicher, dass es Gina ist, nicht Lena? Sie sind leicht zu verwechseln. Ohne Mann ein Kind zu kriegen, das würd ich eher Lena zutrauen.«

»Yeah, es war bestimmt Gina«, meinte ich vorsichtig; ihr Tonfall verriet mir, dass ich mich hier auf unbekanntem und möglicherweise gefährlichem Terrain bewegte. »Sehen sie sich so ähnlich?«

Als Lucy mit argwöhnischem Blick leicht zurückwich, konnte ich ihr vom Gesicht ablesen, dass diese Frage ein Fehler war. »Sie haben doch gesagt, Sie kennen Gina Lennox.«

»Na ja, ich kenne sie, aber nicht besonders gut. Ihre Mutter ist eine gute Freundin von einer guten Freundin von mir. Eigentlich ist sie besser bekannt mit dem Vater, Shawn Raymond. Sie hat mir das Bild von dem Baby gezeigt.« Ich dachte, notfalls könnte ich sie immer noch an Annie verweisen.

»Gina und Lena Lennox sind Zwillinge. Eineiige Zwillinge.«

»Ich wollte schon immer eine Zwillingsschwester haben«, bemerkte Wyvetta. »Earl sagt, ich hab genug Feuer für zwei in mir.« Lucy kicherte verlegen, und ich speicherte diese neue Information über Gina und Lena Lennox und überlegte, ob sie womöglich bedeutsam war und ob Bessie Raymond davon wusste. Es gab der Sache einen interessanten Dreh, der vielleicht entscheidend war.

Lucy nahm meine Hände und rieb sie mit einer köstlich duftenden Lotion ein, die mich an Erdbeertörtchen erinnerte.

»Wie war dieser Name noch mal?«, fragte Honey. Ich schaute weiter gleichgültig drein, doch jetzt wurde die Sache spannend.

»Gina Lennox?«

»Nein. Davor.«

»Shawn Raymond?«

»Nein, die Frau. Die andere. Hieß die Viola Rudell?«

»Yeah. Viola Rudell.«

»Dacht ich's mir doch. Warum fragst du nach der?«

Ich überlegte. »Ein Bekannter von mir ist mit ihr zusammen.« Das war zumindest die halbe Wahrheit.

»Sag ihm, er soll machen, dass er von ihr wegkommt. Das Weib ist Gift für ihn.«

»Wieso Gift?« Das hatte mir Bessie Raymond auch schon erzählt. Ich wollte mehr erfahren.

»Die ist Gift für ihn«, wiederholte Honey gewichtig. »Sag ihm, wenn er nicht geradewegs ins Verderben rennen will, soll er diese Schlampe wieder genau dahin schicken, wo sie hergekommen ist.«

»Wie meinst du das?«

»Sag ihm einfach, ein anständiger Mensch lässt sich nicht mit Schweinen ein, darum soll er von dieser Viola Rudell bloß die Finger lassen. Mehr will ich nicht gesagt haben. Du weißt ja, ich klatsche nicht.« Sie zwinkerte Wyvetta schelmisch zu.

»Jetzt hast du uns neugierig gemacht, Honey, also rück schon raus damit«, sagte Wyvetta und gab dem Kopf der Frau einen leichten Ruck.

»Au, Wyvetta. Du tust mir weh.«

»Ich hab jetzt Blut geleckt.«

»Also, Wyvetta, du weißt ja, dass ich nicht gern über andere rede.«

Wyvetta verdrehte die Augen. »Los, sag schon, was du zu sagen hast, Honey.«

»Du kennst doch meine Tochter Bellinda, die mit dem hübschen Kind, das ich euch eben gezeigt hab. Also, ihre beste Freundin, Lydia heißt sie, hat einmal mit dieser Viola Rudell Streit gehabt. Du erinnerst dich doch an Lydia, Wyvetta, sie wollte eigentlich mal ins Biscuit kommen, damit du ihr die Haare machst. Ich weiß nicht, ob du sie je gesehen hast – es ist schon eine Weile her, dass ich es ihr gesagt habe.«

»Lydia? War das die mit –«

»Yeah, das war sie«, unterbrach Honey sie mit gedämpfter Stimme. »Diese Narbe, die ihr das ganze Gesicht runterläuft, die hat sie von Viola Rudell.«

»Viola Rudell hat sie so zugerichtet?«

»Ja, und jetzt wisst ihr, warum ich solche Reden führe«, sagte Honey mit einem Seitenblick zu mir. »Sie war so ein hübsches Mädchen. War gerade mit der Highschool fertig, wollte in den Süden runter aufs College, gar nicht viel älter als unsere Lucy hier. Dann ist sie mit Viola Rudell wegen einem Mannsbild aneinandergeraten, und dieses Luder – ich nehm das Wort ja nicht leichtfertig in den Mund –, dieses Luder hat dem Mädchen derartig das Gesicht zerschnitten. Lydias Mutter wär fast tot umgefallen, als sie das zerschnittene Gesicht von ihrer Tochter gesehen hat. Und Lydia kommt noch dazu aus guter Familie. Ich weiß nicht, was in sie gefahren ist, dass sie sich mit einem Mann einlassen konnte, der etwas mit einer Frau wie Viola Rudell hatte. Sie sind von einem Schönheitschirurgen zum anderen gerannt, um Lydias Gesicht wieder hinzukriegen. Hat sie bestimmt eine schöne Stange Geld gekostet, aber ich glaube, ihre Familie war nicht gerade schwach auf der Brust, wenn ihr versteht, was ich meine. Aber, wie ihr wisst, kriegt schwarze Haut leicht Wulstnarben, und das ist bei dem Mädchen passiert. Sie hat eine Wulstnarbe gekriegt, die sich dick wie ein Seil über das ganze Gesicht zieht. Ich hab mir den Namen Rudell gemerkt, weil das schon so klingt wie ›rüde‹. Darum ist er mir im Gedächtnis geblieben.«

Wyvetta legte den Kamm hin, und einen Augenblick lang schwiegen wir alle, um diesem Mädchen unsere Reverenz zu erweisen, das keine von uns kannte, dessen tragisches Schicksal uns jedoch alle berührte.

»Jetzt weiß ich, wer sie ist«, sagte Wyvetta leise. »Sie war tatsächlich einmal hier, und ich hab mir ganz besondere Mühe gegeben. Die Narbe hat sich das ganze Gesicht lang gezogen. An der Seite lang, von oben bis unten.«

»Wieso hat Viola Rudell sie so zugerichtet?«, fragte Lucy.

»Pure Gemeinheit«, schnaubte Honey.

»Gemein sind viele, aber deshalb zerschneiden sie doch nicht anderen das Gesicht«, sagte Lucy.

»Vor allem nicht wegen einem Nichtsnutz von einem Mann, der für beide nichts taugte«, fügte Honey hinzu.

Ich überlegte, wer dieser Nichtsnutz von einem Mann wohl gewesen sein mochte.

»Frauen machen schon verrückte Sachen wegen den Männern«, meinte Wyvetta mit bedeutsamem Kopfnicken.

»Und die meisten sind es nicht mal wert.«

Honey nickte zustimmend. »Ich liebe Harold, und ich würde fast alles für ihn tun, aber ich will verflucht sein, wenn ich wegen ihm einer Frau das Gesicht zerschneiden würde.«

»Ich hab noch nie einen Mann gesehen, der es wert wäre, dass man sich um ihn schlägt«, erklärte Wyvetta und griff wieder zu ihrem Kamm. »Nicht mal Earl. Wenn ein Mann nur irgendwas taugt, will er nicht, dass sich so ein verrücktes Weib um ihn schlägt.«

»Manche schon. Das weißt du genauso gut wie ich«, bemerkte Honey. »Da kommen sie sich wichtig vor. Genau wie es auch viele dämliche Frauen gibt, die es gern haben, wenn sich die Männer um sie schlagen.«

»Ich kenn keinen Mann, der sich jemals um mich schlagen würde, und ich kenn auch keinen Mann, um den ich mich jemals schlagen würde. Ich kenn überhaupt keine Männer. Ich kenn bloß kleine Jungs«, erklärte Lucy. Das brachte eine heitere Note in das Gespräch, und wir mussten alle lachen und waren froh, dass wir das Thema wechseln konnten.

»Die meisten sind sowieso nichts anderes. Kleine Jungs,

die eine große Mama suchen, die für sie sorgt. Ich liebe Earl wie verrückt, aber offen gestanden kann er genauso kindisch und albern sein wie alle anderen auch.«

»Ich wüsste nicht, was Harold ohne mich anstellen würde«, sagte Honey.

»Mehr, als du denkst!«, gab Wyvetta schlagfertig zurück. »Tamara, du hast doch auch einiges zu diesem Thema beizutragen. Hast du noch mal was von diesem Dingsda gehört? Das Letzte, was ich weiß …«

Ich warf ihr einen bösen Blick zu, und sie verstummte. Mein Liebesleben – das bisschen, was davon noch übrig war – ging die Öffentlichkeit nichts an. Aber das Letzte, was Wyvetta gehört hatte, war ziemlich gut. Ich hatte in einem warmen Land eine heiße Nacht mit einem Brother verbracht, der so erquickend war wie ein kühler, erfrischender Drink. Aber das lag jetzt schon eine Weile zurück. Und seitdem hatte ich niemand mehr. Mit Männern tu ich mich schwer, und ich mache es ihnen auch ziemlich schwer. Manchmal vielleicht zu schwer, und da liegt womöglich die Wurzel des Problems. Aber es kann einem schon recht einsam ums Herz werden, und manchmal macht mich das traurig. Und das wusste niemand besser als Wyvetta Green mit ihrer ausgeprägten Menschenkenntnis, die sie zu einer der beliebtesten Kosmetikerinnen in Essex County machte.

»Du bist ein netter Mensch, Tamara Hayle«, sagte sie, da sie den Selbstzweifel in meinem Blick bemerkte. »Da wird dir auch noch was Nettes begegnen. Du hast einem anständigen Mann zu viel zu bieten, als dass du so ganz alleine sitzenbleiben kannst.«

»Hm-hm«, brummte Honey zustimmend.

»Niemand ist klüger als du, und hübsch bist du auch. Wenn ich mal was aus deinem Zottelkopf machen dürfte, wärst du noch hübscher. Außerdem stehst du beruflich auf eigenen Füßen – und das will schon was heißen, glaub mir. Und du hast einen Sohn. Es gibt 'n Haufen Frauen, die gern ein Kind hätten, damit es ihnen den Blues vertreibt.« Den letzten Satz sagte Wyvetta mit überraschender Wehmut. »Du musst einfach einen Mann kennenlernen, der dir das Wasser reichen kann. Und eins muss ich dir sagen, Mädchen, was den Letzten angeht, mit dem du zusammen warst, da hab ich so meine Zweifel. Du weißt schon, wen ich meine.«

Ich hatte den Fehler begangen, Wyvetta ein bisschen zu viel über meine Angelegenheiten – und den erfrischenden, kühlen Drink in dem warmen Land – zu erzählen. Sie hatte sich für mich gefreut, die Sache aber nicht voll und ganz gutheißen können. Was Männer anging, kam für Wyvetta Green Lust erst weit nach Geld. »Such dir einen Geschäftsmann. So jemand, wie du es bist. Einen, der dir mehr bieten kann als nur … ein bisschen Spaß.« Sie schaute zu den anderen Frauen hinüber und wählte ihre Worte voller Taktgefühl.

»Ist doch nichts dabei, wenn man ein bisschen Spaß hat!«, kicherte Honey, die wohl zwischen den Zeilen zu lesen verstand. »Ich wünschte, ich hätte mir mehr Spaß gegönnt, als ich noch konnte.«

»Was hindert dich denn, das jetzt noch zu tun, Honey?«, fragte Wyvetta.

»Nichts außer Harold und seiner 22er. Aber es gibt so einen Spaß und so einen Spaß.«

»Das kannst du laut sagen«, gab ich auch meinen Senf dazu und dachte an meine heiße Nacht mit dem kühlen, süßen Drink.

»Ein bisschen Spaß hält dir die Füße warm, auch wenn du billige Socken trägst«, meinte Wyvetta.

»Da läuten alle Glocken!«, rief Honey dazwischen.

»Solch einen Spaß hab ich noch nie gehabt!« Lucy hatte vor Staunen die Augen weit aufgerissen, und wir schütteten uns alle aus vor Lachen, ergingen uns in Erinnerungen und tauschten Geschichten aus, die wir gern mit anderen teilen wollten. Und nach einer Weile nahm ich – froh, dass ich bekommen hatte, was ich wollte – meine Quittung, sagte allen auf Wiedersehen und machte mich auf zur Bank, um mein Geld einzuzahlen.

4

Als ich in meine Einfahrt bog, ging Jake gerade zu seinem Auto zurück, und mein Herz machte einen Sprung. Wie üblich. Inzwischen ist mir das nicht mehr peinlich, obwohl ich doch einem verheirateten Mann hinterherhechle. Doch mittlerweile habe ich gelernt, meine Gefühle für ihn zu akzeptieren – so wie die fünf überflüssigen Pfunde an meinen Hüften.

An einem süßen, kühlen Drink zu nippen wie ich in jener heißen Nacht auf Jamaika ist ja gut und schön, aber auf die Dauer doch nicht genug. Ich hab nicht so furchtbar viel Glück mit Männern. Entweder sie verlassen mich, oder sie lügen mich an, oder sie sterben. Bis auf zwei: meinen Sohn Jamal und Jake Richards. Das Problem ist nur, dass Jake, der reinste Leckerbissen von einem Mann, einer anderen gehört.

Ich kenne ihn, seit ich denken kann. Er war einer der jungen Brothers, die gierig in sich aufsaugten, was mein Bruder beim Basketballspielen auf unserer Müllkippe von einem Hinterhof, nur einen Katzensprung von Newark entfernt, an vermeintlichen Weisheiten von sich gab. Er ist für mich da, wenn ich aus Angst oder Eigensinn keinen anderen Menschen um Hilfe bitten will, und das ist so gut wie immer der Fall. Er war mein erster großer Schwarm, kaum ein Junge in unserem Viertel sah so gut aus wie er. Und er sieht immer noch umwerfend aus – so umwerfend, dass die Frauen reihenweise dahinschmelzen und die Höschen fallen lassen würden, was sich anscheinend mit jedem grauen Haar und jedem bisschen Traurigkeit in seinen Augen nur noch verstärkt.

Mit der Anerkennung, die er als einer der besten Pflichtverteidiger von Essex County bekommt, geht er ganz locker um und ist überhaupt viel selbstbewusster geworden. Dabei ist er bescheiden geblieben wie eh und je und für alle da, die Beistand brauchen – von dem verstörten, ungebärdigen Teenager, der Hilfe sucht, bis hin zu der verwitweten Dame, die zur Kirche gefahren werden muss. Und immer wieder für mich und Jamal.

An dem Abend war Jake in Arbeitskleidung, seinem jung-dynamischen Anwaltsoutfit mit allem Drum und Dran, und das stand ihm gut. Aber ihm steht alles gut, ob er in eng anliegenden, rot glänzenden Shorts auf dem Sportplatz herumflitzt oder in Nadelstreifenanzug und Halbschuhen in den Gerichtssaal schlendert. Er strahlt eine natürliche Eleganz aus – Duke-Ellington-Charme hat mein Daddy immer dazu gesagt.

Als ich auf ihn zuging, leuchteten seine Augen auf.

»Ich hab grad Jamal heimgebracht. Er hat mit einem alten Computer rumgespielt, den ich aus dem Büro mitgebracht habe. Unter uns gesagt, ich glaube, er will so ein Ding wieder in Gang setzen und dich damit überraschen. Zur Belohnung habe ich ihm im Red Lobster eine Portion Shrimps spendiert«, erklärte er vertraulich.

»Da war er bestimmt begeistert.«

»Überstunden gemacht?«

»Ich bin bei der Bank vorbeigegangen und war dann noch im Pathmark. Das trägt Jamal rein«, sagte ich, als er sich mit einem Blick auf meinen Wagen anschickte, mir mit den Tüten zu helfen, die ich im Auto gelassen hatte.

»Bei der Bank? Hey, dann gibt's wohl gute Neuigkeiten!«

»Kommt drauf an, wie man es sieht.«

Sein Blick verriet Besorgnis. »Also, was ist los?«

»Nichts.«

»Bist du sicher?«

»Nein.«

»Wenn du darüber reden willst, ich hab ein bisschen Zeit. Denise ist babysitten gegangen, und Phyllis –« Er hielt abrupt inne. Ich drang nicht weiter in ihn.

»Natürlich. Komm nur rein.«

Als wir hineingingen, kam Jamal die Treppe heruntergehüpft. Er kommt immer noch angerannt, um mich zu begrüßen, auch wenn inzwischen das ganze Haus wackelt von dem Gestampfe seiner Riesentreter. Anscheinend wacht er jeden Morgen etwa fünf Zentimeter größer auf, als er ins Bett gegangen ist, und Schultern und Brustkorb runden sich so, dass Mädchen im Teenageralter – und auch so manche erwachsene Frau, wie ich zu meinem Leidwesen hinzufügen muss – ihm mit großen Augen nachgucken. Er sieht so gut aus wie mein Bruder und mein Vater, und manchmal entdecke ich an ihm völlig unerwartete Ähnlichkeiten mit den beiden. Zuweilen kann ich ihn nur noch verwundert anstarren. Als er Jake sah, erschien ein geheimnisvolles Lächeln auf seinem Gesicht, direkt unter dem Flaum auf der Oberlippe, auf den er so stolz ist.

»Kannst wohl gar nicht genug von ihr kriegen, Mann? Was hast du eigentlich für Absichten – ob ehrlich oder nicht – gegenüber meiner Mutter?« Die Frage war in neckischem Ton gestellt, doch es schwang auch ein Hauch Feindseligkeit mit, bei dem mir vor Überraschung die Kinnlade runterfiel. Auch Jake war bestürzt. Er fing sich aber rasch wieder.

»Deine Mutter und ich sind gute Freunde, Mann, das weißt du doch. Jetzt geh mal, und trag ihr die Sachen aus dem Auto rein, und red nicht mehr über Dinge, von denen du nichts verstehst«, antwortete er mit einer ruhigen Munterkeit, die Jamal in die Schranken wies. Jamal grinste, als hätte er jemandem eins ausgewischt, und lief zum Auto. Jake sah mich an und schüttelte den Kopf.

»Wir wollen keine große Sache draus machen, aber ich muss wohl mal mit dem Jungen reden«, sagte er leise, wobei er vielleicht dasselbe dachte wie ich. Ich nickte und bestätigte damit das stillschweigende Abkommen zwischen uns, nicht an die Gefühle zu rühren, die uns verbinden. Oder vielleicht auch nicht.

Vor einem Kind, zumal einem so aufgeweckten wie meinem Sohn, lässt sich nun mal nichts verbergen, daher habe ich es mir zur Gewohnheit gemacht, keine Geheimnisse vor ihm zu haben. Aber meine Gefühle zu Jake haben wir nie angesprochen – obwohl Jamal mir alles, was ich vor ihm verbergen will, an der Nasenspitze ansieht, sei es Angst oder Erschöpfung oder die gewissen Triebe, vor denen mein Verstand immer wieder klein beizugeben droht.

Jamal ist mein einziges Kind und wird auch mein einziges bleiben, und wenn eine Glucke nur ein Küken hat, dann ist sie diesem in ganz besonderer Weise verbunden; schließlich ziehen Frauen wie ich ihr Kind ganz allein und meistens ohne Geld, Unterstützung und innere Ruhe auf. Fürsorglichkeit, Anhänglichkeit und bisweilen Überdruss bis zum Gehtnichtmehr schaffen eine Verbundenheit, die anders ist als die, die sonst zwischen Müttern und ihren Kindern herrscht. Ich wünschte, mein Sohn würde mich nicht so gut durchschauen und ich könnte ihm öfter etwas vormachen. Es wäre zu seinem wie zu meinem Vorteil.

Was mein Liebesleben oder das Fehlen desselben angeht, hat Jamal den untrüglichen Instinkt eines naseweisen Kindes, und deshalb würde es mich überhaupt nicht wundern, wenn er gespürt hätte, wie sehr ich mich zu Jake hingezogen fühle. Es würde mich nicht einmal wundern, wenn er Jake wegen seiner sogenannten Absichten zur Rede gestellt und (wie Söhne das so machen, wenn sie sich in die Angelegenheiten ihrer Mütter einmischen) ermahnt hätte, mich ja nicht auszunutzen, obwohl ich weiß, dass er Jake ebenso liebt und achtet wie ich. Und Jake hätte ihm bestimmt ehrlich geantwortet, ganz egal, was er davon hielt, und keiner von beiden würde – da sie auf ihre Art von Mann zu Mann zusammenhalten – mir je Genaueres über dieses Gespräch erzählen, selbst wenn ich danach fragte.

Also machte ich »keine große Sache daraus«. Um die Wahrheit zu sagen, wollte ich mich auch nicht damit auseinandersetzen, was »eine große Sache daraus machen« für mich und Jake – und für mich und Jamal – bedeutet hätte. Manche Gespräche werden besser nicht geführt.

Als Annie Anfang der Woche vorbeigeschaut hatte, weil sie mir die Dias von ihrer zehntägigen Karibik-Kreuzfahrt zeigen wollte, hatte ich eine Flasche Merlot aufgemacht. Ich war nicht in der Stimmung gewesen, mir Geschichten anzuhören, wie sie sich mit ihrem Göttergatten und Freundinnen aus Studienzeiten auf einem Luxusdampfer unter der karibischen Sonne vergnügt hatte, und da sie das spürte, hatte sie klugerweise keine erzählt. Stattdessen hatten wir die Überreste einer Pizza in uns hineingestopft und Wein getrunken. In dieser Flasche war noch genug für zwei Gläser, die schenkte ich Jake und mir ein. So saßen wir ein Weilchen an meinem alten Resopaltisch, tranken unseren Wein und hörten zu, wie der Kühlschrank summte und Jamal sich auf der hinteren Veranda mit den Einkaufstüten abschleppte.

Meine Küche ist voller Erinnerungen – an meine Familie, die Kinderzeit meines Sohns und so manches einsame Frühstück und Abendessen. Jedes Jahr nehme ich mir vor, die Wände zu streichen, den Fußboden zu erneuern, die Schränke aufzupolieren, damit ein bisschen Schick in die Bude kommt, doch meine Hoffnungen zerschlagen sich jedes Jahr wieder an meinem Geldbeutel, daher sieht die Küche noch fast genauso aus wie damals, als meine Familie hier einzog. Aber vormittags scheint schön die Sonne hinein und lässt die verblichene Blümchentapete und die blassgelbe Anrichte erstrahlen, auch wenn abends die runde Neonlampe alle Fettspritzer und jeden Schmutzfleck voll zur Geltung bringt, gegen die anscheinend auch der gute Meister Proper machtlos ist. Als ich Jake an dem Abend so gegenübersaß, fiel mir auf, dass dem Raum auch der leiseste Hauch von Romantik abging. Das war vielleicht ganz gut so.

»Wo soll das hin, Ma?« Jamal durchbrach das Schweigen, als er mit zwei Tüten in jeder Hand durch die Hintertür in die Küche platzte. Es wurde allmählich kühl, und hinter ihm wehte ein Schwall kalter Luft und abgestorbener Blätter herein.

»Am besten da drüben.« Ich deutete mit dem Kopf auf eine Stelle zwischen Kühlschrank und Speisekammer, und er ließ die Tüten dort fallen. Das Telefon klingelte, und er rannte hin, weil er meinte, es sei für ihn, was auch stimmte. Er drückte aufs Knöpfchen und flitzte ohne einen Blick zurück hinaus, um von dem Nebenapparat in seinem Zimmer aus weiterzusprechen.

»Hat ja viel um die Ohren, der Junge«, bemerkte Jake mit einer Kopfbewegung.

»Zu viel.«

»Erinnerst du dich noch an die Zeit, als du nur an dich selbst zu denken brauchtest?« Er sprach versonnen, fast schon traurig.

»Ich will mich gar nicht daran erinnern.«

Wir mussten beide lachen. Ich erschauerte bei dem Gedanken an meine verrückte Jugendzeit, doch das Glitzern in seinen Augen rief mir ins Gedächtnis zurück, was wir in früheren Zeiten alles gemeinsam erlebt hatten. Als er sich anders hinsetzte, fiel mir auf, dass er die Hosenträger anhatte, die ich mit seiner Tochter Denise zusammen letztes Jahr zum Vatertag für ihn ausgesucht hatte. Phyllis war in der Woche im Krankenhaus gewesen, weil sie eine Überdosis Medikamente eingenommen hatte. Er hatte eine entsetzliche Zeit durchgemacht, darum kam das Geschenk genauso von mir wie von seiner Tochter.

Jake ist verheiratet, seit ich Jamals Mutter bin, was mir wie mein ganzes Erwachsenenleben vorkommt. Wir waren einmal befreundet, Phyllis und ich, obwohl sie ein paar Jahre älter ist. Sie war ein reizendes, zartes Mädchen, das sich zu einer verängstigten, gehetzten Frau entwickelt hat. Nach der Geburt von Denise haben ihre Zustände angefangen, wie Jake ihre Tobsuchtsanfälle mit einer bitteren und humorvollen Ungezwungenheit nennt, die mir verrät, dass sie so sehr Teil seines Lebens geworden sind wie Johnnys Selbstmord von meinem. Phyllis hat durchaus ihre guten Tage, aber es gibt auch die anderen, an denen sie ihre Pillen nicht nehmen will, die für Ausgleich sorgen und ihr ein wenig Ruhe verschaffen.

Vor diesem Vatertag hatte sie vier Tage hintereinander ihre Tabletten nicht genommen und dann alle auf einmal geschluckt und war schließlich ins Krankenhaus gekommen, als sie sich mit zu einem stummen Schrei aufgerissenem Mund in Krämpfen wand. Am nächsten Morgen war ich mit Denise einkaufen gegangen, hatte ihr alles gekauft, was sie wollte, und zu ihren ersparten zehn Dollar dreißig Dollar dazugelegt, damit sie ihrem Vater etwas zum Vatertag schenken konnte, das er sich selbst bestimmt nie kaufen würde. Als er mich abends anrief, um sich bei mir zu bedanken, hatte seine Stimme gezittert.

»Wie geht's denn so bei dir?«, fragte ich jetzt und überlegte, ob er wohl an mich gedacht hatte, als er am Morgen diese Hosenträger anzog. Er trank einen Schluck Wein und schenkte mir ein müdes, trauriges Lächeln, das mir sagte, dass seine Kleidung wohl seine geringste Sorge war.

»Etwa wie gehabt«, antwortete er leise und mit einer Entschiedenheit, die wahrscheinlich bedeutete, dass seine Frau wieder im Krankenhaus war und er nicht darüber reden wollte. Ich akzeptierte das und bedrängte ihn nicht weiter.

Wir wollen keine große Sache draus machen.

Ich nahm noch einen Schluck Wein, dann ging ich zu den Tüten, die Jamal auf dem Boden aufgetürmt hatte, und fing an, die Einkäufe systematisch zu verstauen. Mir machten die Gefühle zu schaffen, die ich nicht ausdrücken konnte, und es ärgerte mich, wie wenig Lebensmittel man für sein Geld bekommt. Auch das Geld in dem Umschlag von Bessie Raymond stimmte mich traurig. Als ich es auf der Bank richtig gezählt hatte, waren es vor allem Ein- und Zehndollarscheine – vielleicht ihre Lebensersparnisse, aber sie reichten nur für höchstens drei Wochen. Ich hatte ein schlechtes Gewissen, weil sie einen so hohen Preis bezahlt hatte und am Ende vielleicht gar nicht viel dafür bekam. Sie hatte mir alles gegeben, was sie besaß, um zu erfahren, wer ihren Sohn umgebracht hatte, und dafür konnte man dann gerade mal Lebensmittel für ungefähr einen Monat kaufen. War das nicht eine Sünde und Schande?

»Hast du mal von einem Typ namens Shawn Raymond gehört?«, fragte ich Jake, als ich mich wieder hinsetzte. »Er ist vor ein paar Monaten ermordet worden. Er hat seine Wohnungstür aufgemacht, und da hat ihn jemand abgeknallt – sagt jedenfalls seine Mutter.«

»Das war vor ein paar Monaten?«

»Am fünfundzwanzigsten April.«
»Ich erinnere mich vage.«
»Es war irgendwo in der South Ward.«
»Hmh.«
»Was heißt ›Hmh‹?«
»Ich musste gerade an die South Ward denken.«
»Was ist mit der South Ward?«
»Da wollte ich als Kind immer wohnen. Kannst du dich noch an die Glanzzeit der South Ward erinnern?«

»Da muss es dort aber anders ausgesehen haben als heute.« Ein Viertel, das Menschen wie Shawn Raymond und Viola Rudell hervorbrachte, schien mir keine erstrebenswerte Wohngegend für Jake zu sein.

»Ich weiß noch, wie die Clinton Avenue aussah, als ich klein war. Samstagmorgens hat mein Daddy mich immer dorthin ausgeführt, so wie ich Denise auf die Fifth Avenue in New York ausführe. Es gab dort breite alte Boulevards, prachtvoll und schön. Da wollte man als Kind nur eins, nämlich erwachsen werden und so ein Haus in so einer Straße haben.« Seine Stimme klang bei diesen Erinnerungen so wehmütig, wie ich es bei ihm noch nie gehört hatte. Ich stellte mein Glas ab, hörte ihm zu, sann darüber nach, was sich alles verändert hatte, und fragte mich, ob er wirklich nur die Vergangenheit und Gegenwart der South Ward im Sinn hatte.

»Damals waren dort elegante Geschäfte, Pelzhändler und Juweliere. Auf der Clinton Avenue konnte man Ringe kaufen, die denen von Tiffany in nichts nachstanden.«

»Da hat sich einiges geändert.«

»Wenn ich heute diese Straßen langgehe, fällt mir immer

nur ein Wort ein: ›Damals. Damals war da dies … Damals war da das …‹ Denise meint immer, ich lüge, wenn ich ihr erzähle, wie es früher mal ausgesehen hat.«

»Kam das von den Unruhen?«

»Darauf schieben sie es gern. Die Stadt war schon immer korrupt. Die Politiker haben diese Stadt ausgeplündert, bevor auch nur der erste Stein geworfen wurde. Newark ist wie eine närrische Alte, die dem erstbesten Mannsbild mit blitzenden Augen und flinken Fingern ihren Schmuck in die Hand drückt. Die Unruhen waren nur das Tüpfelchen auf dem i. Die Weißen wollten nicht mehr mit den Schwarzen zusammenwohnen, am liebsten gar nichts mehr mit ihnen zu tun haben. Und die Schwarzen hatten die Nase voll davon, dass die Rassisten im Rathaus nichts für ihre Wohngebiete taten und die Cops ihre Söhne und Brüder und Männer ohne jeden Grund zusammenschlugen.«

»Die Unruhen brachen aus, weil ein Cop ein Kind getötet hatte, nicht wahr?«

»So wurde jedenfalls gemunkelt. Aber damit fängt es ja immer an, nicht wahr, dass irgendein blöder Cop ein Kind erschießt? Die Weißen haben die Stadt praktisch über Nacht verlassen, und damit waren die Steuereinnahmen und was an Geld noch übrig war futsch. Und dann konnte man samstagnachmittags nirgends mehr mit seinem Kind einen Milk Shake trinken gehen.«

»Meine einzige Erinnerung an die Unruhen ist die, dass mir der Rauch in den Augen biss und dass meine Großmutter sich wie in Trance hin und her wiegte, als die Männer von der National Guard behaupteten, sie hätten in der Wohnung unten einen Plünderer gesehen, und wie wild durchs Haus ballerten. Sie haben eine Frau erschossen, eine schwangere Frau, etwa vierzig Kugeln haben sie aus der rausgeholt.« Meine Stimme wurde vor Bitterkeit rau, als ob Tränengas die Kehle reizte. Wenn ich mich konzentrierte, hatte ich selbst jetzt noch den Geschmack im Mund. »Johnny haben sie über Nacht im Gefängnis festgehalten. Angeblich hatte er nicht die nötigen Papiere, um frei herumlaufen zu dürfen. Das und wie sie die schwangere Frau umgebracht haben, hat meine Grandma aufs Sterbebett gebracht.«

»Bei den Unruhen sind viel mehr Menschen umgekommen, als die Zeitungen zugeben wollten; das waren durchgedrehte weiße Kids aus den Vororten, die noch nie im Leben was mit einem schwarzen Menschen zu tun hatten. Es ging zu wie in einer belagerten Stadt. ›Wir‹ standen auf der einen Seite und ›die‹ auf der anderen, und seitdem ist nichts mehr so, wie es mal war«, sagte Jake.

»Wir sind kurz danach weggezogen. Ich glaub nicht, dass es wegen der Unruhen war. Ich glaub, Daddy hatte einfach genug Geld gespart, um uns endlich aus den Sozialwohnungen rauszuholen, und das Haus hier kam mir damals wie ein Palast vor.« Ich sah mich mit belustigtem Lächeln in der Küche um und dachte an den ersten Abend in diesem Raum zurück. Damals meinte ich, jetzt wären wir reich.

»Vielen Kindern käme es immer noch wie ein Palast vor«, sagte Jake. »Damals sind viele Leute so wie ihr von Newark weggezogen. Meine Familie auch, nur ein paar Jahre später. Aber nicht alle. Es sind auch welche in die schönen Häuser in der South Ward eingezogen, wo sie früher nicht wohnen konnten, und wollten so ihren Traum wahr machen. Und schon waren die Spekulanten da, die rochen das große Geld und verkauften die Häuser an Leute, die weit weg waren und an den ersten besten Idioten vermieteten, und dann haben sie die Häuser abgebrannt, um die Versicherung zu kassieren. An manchen Tagen hat es in der ganzen Stadt geflackert wie auf einer Geburtstagstorte, und alle taten, als wüssten sie nicht, wie es zu den Bränden gekommen war. Da wurden ganze Häuserblocks abgefackelt, und so machte man damals Vermögen – nur hat dieses Vermögen anscheinend nie in Newark Wurzeln geschlagen.

Die Banken gaben keine Kredite mehr, und ehe man sich's versah, sind da Leute eingezogen, die nur einen Traum hatten, nämlich den nächsten Tag noch zu erleben. Aber manche sind auch geblieben, haben ihre Kinder dort großgezogen, haben zugesehen, wie die Grundstückswerte den Bach runtergingen, und still vor sich hin geflucht, wenn die Drogenhändler aus der Nachbarschaft im Haus nebenan auf Kundschaft warteten. Und dann kam Crack – die Armeleuteversion einer Reicheleutedroge. Ein paar Jahre noch, und die Stadt hatte ihre Seele verloren.« Er zuckte die Achseln und kicherte dann verlegen in sich hinein. »Wie bin ich bloß darauf gekommen? Ich hatte eigentlich nicht vor, dich mit sozialpolitischem Geschwätz vollzusülzen. Innerstädtischer Verfall – ein Grundkurs von Jake E. Richards«, fügte er mit einer kleinen Verbeugung hinzu.

»Predige nur weiter, einen Chor hast du ja.«

Er hielt sein Weinglas hoch und betrachtete es halb im Scherz. »Vielleicht sollte ich lieber nichts mehr davon trinken, wenn ein paar Schlückchen schon solche Auswirkungen haben. Was sagtest du, wie der Typ heißt?«

»Shawn Raymond. Seine Familie gehörte zu denen, die

nur einen Traum haben, nämlich den nächsten Tag noch zu erleben.« Dann erzählte ich ihm von Bessie Raymond, was sie mir über den Tod ihres Sohnes berichtet hatte und dass sie überzeugt war, den Cops wäre das alles völlig egal und ich könnte ihr helfen. »Ich bezweifle, ob ich was rausbekomme, aber wenn doch, dann übergeb ich die Sache den Cops, die für den Fall zuständig sind.«

Jake dachte einen Moment nach. »Weißt du, wer die Ermittlungen geführt hat?«

»Ob du das wohl für mich rausfinden kannst?«

»Ich hör mich mal um.« Wieder überlegte er kurz. »Wie's aussieht, hat Shawn Raymond seinen Mörder – oder seine Mörderin – gekannt, er hat ihn oder sie ja hereingelassen.«

»So sieht es aus.«

»Womit hat er denn sein Geld verdient?«

»Mit kleinen Schiebereien wahrscheinlich. Nach dem, was seine Mutter sagt, schien er mir nicht gerade ein wohlanständiger Bürger zu sein, auch wenn sie schwört, dass er nicht mit Drogen gedealt hat.« Ich verschwieg ihm, was ich mit Rayshawn auf dem Parkplatz erlebt hatte. Sonst würde Jake sich wieder als großer Bruder aufspielen, und ich hatte keine Lust, mir seine Reden über meinen Leichtsinn und meine unmöglichen Arbeitszeiten anzuhören. »Und mit den Cops hat sie wahrscheinlich recht. Denen war das womöglich völlig einerlei, weil sie ihn schon kannten und wussten, dass er kein Unschuldsengel war.«

»Vielleicht haben sie gedacht, er hat es sich selbst zuzuschreiben. Diese Gangster bringen sich gegenseitig um.«

»›Diese Nigger bringen sich gegenseitig um‹«, zitierte ich Bessie Raymond.

»So weit würde ich nicht gehen. Cops sind auch nur Menschen. Es gibt gute und schlechte – du weißt das. Wenn sie Überstunden machen müssen und entweder der Kugel nachspüren können, die einen künftigen College-Studenten umgepustet hat, oder der, mit der ein kleiner Ganove erledigt wurde, dann weißt du selbst, wofür sie sich entscheiden. Man kann es ihnen nicht verdenken.«

»Und was heißt das für Bessie Raymond?«

»Dass sie sich Hilfe suchend an dich wenden musste. Wie alt war der Typ denn?«

»Keine dreißig.«

»Eine verfluchte Schande. Hast du eine Vorstellung, was er für ein Mensch war, mit was für Leuten er zusammen war? Wo er sich amüsiert hat?«

»Ich will morgen mal bei seiner Mutter vorbeischauen. Wenn ich mir seine Sachen ansehe, kann ich mir ein genaueres Bild von ihm machen.«

»Hat sie dir irgendwelche Namen genannt?«

»Ein paar. Willst du das auch wirklich alles wissen?« *Will ich dir das auch wirklich erzählen?* Jake hat einen guten Riecher und ein phänomenales Gedächtnis, aber ich wusste nicht recht, ob ich ihm das alles erzählen durfte oder ob das ein Vertrauensbruch war. Doch andererseits gehen viele Namen über seinen Schreibtisch, und vielleicht wusste er etwas, das mir nützlich sein könnte.

»Viola Rudell? Schon mal gehört?«, fragte ich schließlich. Vielleicht hatte sie ja noch andere mit ihrem Messer aufgeschlitzt. »Sie soll gewalttätig sein, äußerst gewalttätig. Einem Mädchen hat sie das Gesicht zerschnitten.«

»Herr des Himmels.« Jake erschauerte. »Wegen dem

Kerl, der da umgebracht wurde? Vielleicht hat er sie wieder betrogen, und sie hat das spitzgekriegt und gemeint, diesmal ist er selbst dran.«

»Möglich wär's.«

»Sei vorsichtig, wenn du mit ihr sprichst.«

»Da brauchst du dir keine Sorgen zu machen. Hast du mal von Gina Lennox gehört? Lena Lennox?«

»Sagt mir nichts. Auch aus der South Ward?«

»Wahrscheinlich. Zwillinge. Die Familie wohnt in einer Nebenstraße der Bergen Street.«

Seine Augen leuchteten auf. »Du meinst doch nicht etwa die Töchter von Gus Lennox, oder?«

»Gus Lennox, als Kurzform von Augustus Lennox?«

»Er nennt sich Gus. Er hat immer gesagt, Augustus hört sich an wie ein römischer Kaiser.«

»Ich dachte mir gleich, dass mir der Name bekannt vorkommt.«

»Gus Lennox.« Jake wiederholte es leise und ehrerbietig. »Was macht er denn so?«

»Keine Ahnung. Das war einfach ein Name, den Bessie Raymond ausgespuckt hat.«

»Wie meinst du das – ausgespuckt?«

»Genau wie ich es sage, sie hat seinen Namen ausgespuckt.«

»Du glaubst doch nicht etwa, Gus Lennox hätte was mit dieser Geschichte zu tun?«

»Der Freund seiner Tochter ist ermordet worden. Vielleicht war es –«

»Tamara, zieh den guten Namen von Gus Lennox nicht in so eine Geschichte hinein. Wenn du keinen schwerwiegenden, unwiderlegbaren Beweis in der Hand hast, dann kannst du seine Familie nicht –«

»Wovon redest du eigentlich, Jake?« Wütend über mich selbst, weil ich ihm unter Missachtung meines Berufsethos den Namen überhaupt genannt hatte, fiel ich ihm ins Wort. »Gus Lennox, oder Augustus Lennox, steckt bereits mittendrin. Der Freund seiner Tochter ist ermordet worden. Nicht nur das, er sorgt auch dafür, dass Bessie Raymond ihr Enkelkind nicht sehen darf. So stellt jedenfalls Bessie Raymond es dar.«

»Wahrscheinlich hat er gute Gründe für diese Entscheidung.«

»Gute Gründe? Für wen hält er sich denn? Für den lieben Gott?«, schoss ich zurück, weil ich daran denken musste, wie verletzt Bessie Raymond geguckt hatte.

»Ich kenne Gus Lennox und achte ihn. Er hat für die gute Sache gekämpft, solange es da noch was zu kämpfen gab. Hast du mal von der Prince Street Gang Ende der Fünfziger-, Anfang der Sechzigerjahre gehört? Gegen die sind die Latin Kings, die Crips, die Bloods und alle anderen Gangsterbanden von heute die reinsten Waisenknaben. Die schreckten tatsächlich vor nichts zurück – das kannst du mir glauben! Heroin, illegales Glücksspiel, Prostitution, Erpressung – die haben nichts ausgelassen, wo man auf schmutzige Weise absahnen konnte.

Gus Lennox trat als Rekrut in den Polizeidienst ein, arbeitete als Undercover-Agent – der erste schwarze Cop, der Undercover-Agent wurde – und verdiente sich seine Sporen damit ab, dass er so viele Erkenntnisse über die Bande sammelte, wie er nur konnte. Den Weißen war die

Prince Street Gang und wie diese Gangster den Familien dort das Leben zur Hölle machten herzlich egal, aber Gus nicht, und er wollte das nicht einfach so hinnehmen. Am Ende hat er einen Mann umgelegt, bevor er sie hat hochgehen lassen. Bis heute weiß eigentlich keiner so genau, wie er es geschafft hat, in die Bande einzudringen. Später hat er dann so viele korrupte, rassistische weiße Cops auffliegen lassen, dass ich mich heute noch wundere, wie er lebend das Pensionsalter erreichen konnte. Er hat allen anderen den Weg geebnet, Tamara.« Um seinen Worten Nachdruck zu verleihen, knallte er sein Glas auf den Tisch.

Einen Moment lang schwiegen wir beide. Jake und ich haben nur selten Meinungsverschiedenheiten, und ich war mir nicht sicher, was ich von seinem Eintreten für Gus Lennox halten sollte. Außerdem wusste ich nicht, ob ich ihm noch mehr über meinen Fall anvertrauen wollte.

Jake brach das Schweigen in versöhnlicherem Ton. »Ich hab vorhin von den Familien in der South Ward erzählt, die geblieben sind, als alle anderen sich davonmachten. Gus Lennox war einer der Brothers, die sich von nichts und niemandem von ihrem Grund und Boden vertreiben ließen. Er blieb hartnäckig. Er hat die Stadt nie im Stich gelassen, und ich habe große Achtung vor ihm. Er redet nicht nur, er handelt auch danach.« Er leerte sein Glas in einem Zug, als wolle er auf die Beharrlichkeit von Gus Lennox trinken.

»Du meinst also, Gus Lennox hätte Shawn Raymond umgebracht, weil er nicht wollte, dass der es mit seiner Tochter treibt?« Meine Frage war nur halb scherzhaft gemeint.

»Hey, wie kommst du denn darauf?« Er hob abwehrend die Hände, und plötzlich lag ein Lachen in seiner Stimme.

»Du redest wie ein Strafverteidiger, und wo ein Strafverteidiger ist, da ist auch jemand zu verteidigen.«

»Bei der Strafjustiz findest du ein halbes Dutzend Leute – und zwar aufseiten der Anklage wie der Verteidigung –, die sich allein schon deshalb für Gus Lennox einsetzen würden, weil sie nicht wollen, dass sein Name in den Schmutz gezogen wird. Mich wundert, dass du dich nicht an ihn erinnerst. Ich weiß, dass Johnny –«

»Ich sag ja gar nicht, dass ich mich nicht erinnere«, warf ich rasch ein. »Ich erinnere mich nämlich sehr wohl an Gus Lennox.« Das war nicht die reine Wahrheit. Als Bessie Raymond den Namen nannte, hatte er mir nichts gesagt, doch jetzt, im Zusammenhang mit der Polizei, war es mir wieder eingefallen. Aber der Lennox, an den ich mich wirklich erinnerte, war Ben, Gus' kleiner Bruder.

Ben Lennox hatte als Quarterback in der Footballmannschaft seiner Highschool gespielt. Er war intelligent, groß und kräftig und sah einigermaßen gut aus, ein junger Mann, wie ihn sich jede Mutter – und jeder große Bruder – für ein junges Mädchen erträumt. Ein Junge, wie ihn sich jedes vernünftige junge Mädchen gewünscht hätte. Nur ich nicht, die junge Tamara Hayle. Ich fand Ben Lennox mit seinen guten Noten, seinen tadellosen Manieren und seinem Wohlverhalten so langweilig wie einen Teller kalten Haferschleim. Ein netter, aufstrebender junger Mann? Nichts für mich – jedenfalls damals nicht. Der großmäulige, lahmarschige kleine Gangster, der mal im Knast landen würde – das war mein Fall.

Ben hatte mich – wahrscheinlich, um seinem Bruder das Maul zu stopfen, wie mir inzwischen scheint – zu seinem

Highschool-Ball eingeladen, und ich war mitgegangen, um meinem eigenen Bruder das Maul zu stopfen. Und wir hatten uns sogar gut amüsiert, obwohl ich jedes Mal wütend wurde, wenn mein eigentlicher Schwarm Randy, ein Süßholz raspelnder Schönling, eng umschlungen mit dem Flittchen von Cheerleadermädchen vorbeitanzte, das ihn eingeladen hatte. Und dennoch hatte ich mich mit Ben Lennox amüsiert, hatte mich ungezwungen mit ihm unterhalten und über seine Witze gekichert (was vor allem an dem Gras lag, das ich mit einer Freundin auf dem Hinterhof geraucht hatte, bevor er mich abholte).

Das letzte Highschool-Jahr hatte Ben Lennox auf einem Internat in einem anderen Staat verbracht, dann war er aufs College gegangen, und ich hatte ihn erst kurz nach meiner Scheidung wiedergesehen. Mittlerweile wäre mir ein anständiger, langweiliger Brother, der mir bei der Erziehung meines Sohnes helfen könnte, ganz gut zupassgekommen. Wir waren fünf- oder sechsmal zusammen ausgegangen, bevor ich schließlich mit ihm ins Bett ging. Ich weiß nicht genau, warum, außer dass ich ihn mochte und wusste, dass er mich auch mochte, und ich dachte, es könnte sich was daraus ergeben, was sich dann aber als Irrtum erwies. Er schickte mir Rosen, rief mich ein-, zweimal an und versprach, wir würden uns wieder treffen. Ich wartete und ärgerte mich über mich selbst, dass ich mich zum Narren halten ließ und mir das so viel ausmachte. Als Nächstes hörte ich dann, dass er verheiratet war. Als ich jetzt wieder an Ben Lennox dachte, konnte ich mir das wehmütige Lächeln eines durch Schaden klug gewordenen Menschen nicht verkneifen, und ich senkte den Kopf, damit Jake es nicht merkte, aber er merkte es natürlich trotzdem.

»Hattest du nicht was mit seinem Bruder – wie hieß er noch gleich, Jim? Tim? –, nachdem du dich von DeWayne getrennt hast?«

»Ben hieß er, und wir sind zusammen auf den Ball gegangen, als wir noch Kids waren, danach waren wir ein paarmal essen, und das war's. Was weißt du denn über Gina und Lena Lennox?« Ich wechselte rasch das Thema.

»Nicht viel. Welche war denn mit diesem Shawn zusammen?«

»Gina.«

»Hübsche junge Mädchen. Sehen gut aus«, sagte Jake, als fiele ihm das jetzt erst ein. »Eine hat ziemlich über die Stränge geschlagen, soweit ich mich erinnere, hatte ein paar Probleme. Er behütet sie sehr. Du weißt ja, wie Väter von Töchtern so sind.« Er schmunzelte verlegen in sich hinein, weil er jetzt bestimmt an Denise denken musste.

»Zu Gus Lennox geh ich wahrscheinlich gleich nach dem Besuch bei Bessie Raymond«, sagte ich eher zu mir selbst, in Gedanken bei Gus Lennox und Ben. Komisch, wie sie nach so langer Zeit alle wieder in mein Leben traten: Bessie Raymond, Shawn Raymond, Gus Lennox, Ben.

Jake sah auf die Uhr. »Ich glaub, ich muss gehen.« Er stand auf, und ich begleitete ihn hinaus.

»Wie sieht's denn aus, Jake?«, fragte ich ihn auf dem Weg zur Tür. Jetzt konnte nichts mehr passieren. Er war auf dem Heimweg. Er konnte mir anvertrauen, wie viel er wollte, und aufhören, wann er wollte. Und schon war der altbekannte Kummer in seinen Augen zu lesen.

»Sie ist wieder eingeliefert ... einstweilen.«
»Was kann ich für euch tun?«

Er warf mir einen dankbaren Blick zu, der mir bestätigte, was ich bereits wusste.

»Was du immer tust, Tam. Sei einfach für Denise da ... und für mich.« Er hielt kurz inne und sprach dann weiter, wobei er von mir wegschaute und die Wand über der Tür ansah. »An guten Tagen ist es schöner, als ich je zu hoffen wagte, und ich bereue nichts. Nichts hätte die Frau, die sie einmal war ... ist ... war ..., davon abgehalten, zu mir zu stehen, wenn es mich so erwischt hätte wie sie. Es ist das Schlimmste, was mir je im Leben passiert ist. Aber ich liebe sie und alles, was sie ist, war und jemals sein wird, und daran lässt sich auch nichts ändern. So einfach ist das.«

Dann küsste er mich auf die Stirn, sein Duft und seine Nähe gingen mir durch und durch, und er lief mit leicht gesenktem Kopf zu seinem Auto. Ich sah ihm nach und fragte mich, ob ich wohl jemals einen Mann finden würde, der mich so liebt.

5

Mit Gus Lennox' Wohngegend hatte Jake recht gehabt. Es war eine Oase mittelständischer Stabilität in einer Wüste urbaner Hoffnungslosigkeit. Ich hatte mir von Jake telefonisch die Adresse besorgt und parkte das Auto eine Straße weiter, da ich noch nicht für die Befragung von Lennox und seiner Familie gewappnet war. Das Haus war ein großes rotes Backsteingebäude im Kolonialstil von ebenso gepflegtem Äußerem wie alle anderen ringsum, die jeweils durch alte Bäume und wohlgestutze Hecken voneinander getrennt waren. Ein paar Männer in Jogginganzügen harkten Laub, und eine ältere Frau fegte schwungvoll den Schmutz von ihrer vorderen Veranda. Es war das übliche Samstagmorgen-Ritual aller Vororte von New Jersey, ganz anders als die Straße nur ein paar Ecken weiter, in der ich zuvor Bessie Raymonds kleine Wohnung aufgesucht hatte.

Bessie hatte mich gebeten, frühmorgens zu kommen, weil sie nachts in einem Hotel arbeitete und tagsüber meist schlief. Am Eingang ihres einstmals prachtvollen Hauses direkt neben einem stattlichen Geschäftsgebäude, das jetzt Ausübende des ältesten Gewerbes der Welt beherbergte, prangten noch Reste von Schnörkelwerk und Wasserspeiern. Das Haus stand auf dem Gipfel eines Hügels, von wo aus ich die spitzen grauen Schatten der New Yorker Skyline sehen konnte. Da hatte einmal jemand einen Haufen Geld hingelegt, um sich jeden Morgen von dieser Aussicht begrüßen zu lassen. Ich musste an Jake denken und verstand seine tiefe Trauer um diese Stadt, die er liebte.

Eine Kinderstimme riss mich aus meinen Gedanken. »Kommst du von der Behörde? Du siehst aus wie jemand von der Behörde.«

Sie war etwa sechs Jahre alt und saß im Schatten einer angelehnten Tür. Wenn sie nichts gesagt hätte, hätte ich sie gar nicht bemerkt. Ihr Haar war zu raffinierten, glänzenden Cornrow-Zöpfchen geflochten, in denen gelbe Perlen steckten, und ihr Gesicht sah aus, als hätte es jemand heftig mit Lotion bearbeitet. Sie trug ein leichtes Röckchen mit Rüschen, das eher für den Frühling als für den Herbst geeignet war, ein *Pocahontas*-T-Shirt und Spitzensöckchen, die halb in ihre derben Ledersandalen gerutscht waren. Zwischen ihren dünnen Knien klemmte der schokoladenbraune Abklatsch einer Barbiepuppe, und sie hielt eine kleine rosa Bürste in der Hand.

»Nein, ich will nur jemand besuchen.« Ich beugte mich zu ihr hinunter. »Ich will Mrs. Raymond besuchen.« Ich überlegte, ob ihr die Mutter, die der Frisur und dem Gesicht nach zu schließen offenbar gut für sie sorgte, eingeschärft hatte, nicht mit fremden Leuten zu reden. Wie die meisten Kinder vergaß sie das bestimmt in dem Moment, wo sie aus dem Haus war. »Weißt du, wo Mrs. Raymond wohnt?« Bessie hatte mir zwar ihre Adresse gegeben, aber nicht die Nummer ihrer Wohnung.

»Du kommst wegen Shawn, stimmt's? Kriegst du raus,

wer ihn umgelegt hat?«, fragte sie mit theatralisch aufgerissenen Augen.

»Ich weiß nicht.« Kinder konnte ich noch nie anlügen.

»Wie heißt du denn, meine Kleine?«

»Pandora. Und du?« Sie bürstete ihrer Puppe mit kräftigen, gleichmäßigen Strichen das Haar, so wie sie es wahrscheinlich selbst gebürstet bekam.

»Tamara Hayle. Ich bin Privatdetektivin.«

»Privatdetektivin! So wie im Fernsehen?«

»So wie im Fernsehen. Weiß deine Mutter, wo du bist?«

»Sie ist bei der Arbeit.«

»Wer passt auf dich auf?«

»Mein Bruder.« Sie verdrehte die Augen und deutete zu einem offenen Gitterfenster im Erdgeschoss hinüber, wo ich den Kopf eines etwa dreizehnjährigen Jungen vor einem Fernsehapparat sehen konnte.

»Pandora, du sollst nicht mit fremden Leuten reden!«, rief er durch das Gitter.

»Kümmer dich um deinen eigenen Mist, Blödmann!«, schrie Pandora zurück und lächelte mir verschmitzt zu. »Was willst du Mrs. Raymond denn fragen?«

»Ich frag sie nach Shawn. Hast du ihn gekannt?«

»Ein bisschen. Mrs. Raymond wohnt bei mir nebenan. Manchmal passt sie auf mich auf, wenn mein Bruder nicht kann. Shawn war auch oft da.«

»War er nett?« Da Kinder auf die Freundlichkeit der Erwachsenen angewiesen sind, haben sie manchmal eine recht gute Menschenkenntnis. Pandora legte den Kopf auf die Seite, als würde sie ernsthaft über meine Frage nachdenken.

»Ziemlich.«

»Ziemlich was?«

»Einmal hat er mir zehn Dollar gegeben.«

»Zehn Dollar? Das ist aber mehr als ›ziemlich‹ nett.«

Sie lachte tief und herzhaft, ein Vorgeschmack auf den Humor, den sie als Erwachsene einmal haben würde. »Ich hab mir das Geld verdient!«

»Verdient? Wie denn?«

»Ich hab einen Job für ihn gemacht.«

»Was für einen Job hat er dich denn machen lassen?« Besorgt setzte ich mich neben sie auf die Veranda.

»Du darfst meiner Mama nichts verraten.«

»Ich verrat's niemandem. Was hast du für Shawn tun sollen?«

»Aufpassen.«

»Auf was aufpassen?«

»Auf Chee-chee.«

»Chee-chee?«

Sie zuckte die Achseln und erklärte dann: »Er hat gesagt, ich soll ihm Bescheid sagen, wenn Chee-chee kommt.«

»Wie sah Chee-chee denn aus?«

»Hör auf, mit der Frau da zu reden, Pandora, sonst sag ich's Mama!«

Als die Stimme ihres Bruders aus dem Fenster dröhnte, sprang Pandora auf.

»Komm jetzt rein. Sonst komm ich raus und hol dich!«

»Spinn doch nicht rum, Blödmann!«

»Wer ist hier ein Blödmann, hey?«

»Dreimal darfst du raten.« Pandora sah zum Fenster hin, schüttelte den Kopf wie eine weise alte Frau und streckte ihrem Bruder die Zunge raus. Wir standen beide auf, und sie machte sich auf den Weg nach drinnen.

»Vielen Dank für deine Hilfe, Pandora. Das war wirklich sehr nett von dir. Kannst du mir noch eine letzte Frage beantworten?«

»So wie im Fernsehen?«

Ich hielt ihr die Tür auf und schämte mich etwas, dass ich ein Kind aushorchen musste. »Yeah, etwa so wie im Fernsehen. Wie hat Chee-chee ausgesehen?«

Sie zuckte die Achseln. »Wie diese Leute, mit denen Shawn rumhing.« Dann riss ihr Bruder die Wohnungstür auf, zog sie rein und warf mir einen bösen Blick zu, noch ehe ich mich vorstellen konnte. Während ich an der Nachbartür klingelte, nahm ich mir vor, Bessie zu bitten, sie solle der Mutter der Kleinen erklären, wer ich war, falls die Rede darauf käme, was ich allerdings bezweifelte.

Immerhin hatte ich jetzt einen Namen, und das war schon mal ein Gewinn.

Chee-chee. Ich war davon ausgegangen, dass das ein Mann war, aber es hätte auch eine Frau sein können – es hätte ebenso gut ein Männername wie ein Frauenname sein können, und wenn eine Sechsjährige von »rumhängen« sprach, konnte sie seine Freundin meinen oder auch jemand, der ab und zu mal auf einen Drink vorbeikam.

Chee-chee.

Die Wände im Hausflur zu Bessie Raymonds Wohnung waren etwa von derselben trübsinnigen Farbe wie die in meinem Büro – graubraun, und in der raffinierten Dreieckstäfelung an ihrer Wohnungstür fehlte jede vierte Platte.

Die Klingel funktionierte anscheinend nicht, deshalb läutete ich ein zweites Mal und wollte eben ein drittes Mal klingeln, da öffnete Bessie mir in einer gelben Ausgabe der lindgrünen Uniform von damals die Tür.

»Komm nur rein. Ich hab grade noch mal seine Sachen durchgesehen. Ich zeig dir, wo sie sind.« Sie wich meinem Blick absichtlich aus, und ich merkte, dass sie geweint hatte. Sie führte mich in einen sehr langen, engen, von einer trüben Glühbirne erleuchteten Flur, der in ein merkwürdig geschnittenes Wohnzimmer führte. Es roch nach Zigarettenkippen und verbranntem Schweinefleisch. An der einen Wand war eine kleine schwarze Kunstledercouch mit zwei gleichartigen Beistelltischchen, und an der anderen Wand thronte ein großer Farbfernseher auf einem hölzernen Bücherschrank. Auf dem Apparat stand ein riesiger, kunstvoll gearbeiteter Silberrahmen mit einem alten Foto von einem Mann Anfang oder Mitte zwanzig. Der Oberkörper des jungen Mannes war nackt, die Hosen saßen tief auf den properen Hüften. Er hatte eine Zigarette im Mund und hielt ein Baby im Arm, das etwa so alt war wie der kleine Gus.

Auf einem der Tischchen standen die Reste eines Frühstücks-Rühreis, Toast und Würstchen auf einem angeschlagenen Teller. Die Wände waren kahl bis auf einen Kalender, der im Monat April aufgeschlagen war, dem Monat, in dem ihr Sohn starb. In einer Ecke waren ein großer, offener Koffer und mehrere Pappkartons aufgetürmt. Sie sah den Stapel an und schüttelte den Kopf.

»Das ist alles, was von ihm noch übrig ist. Das Bett, die Kommode und die Couch hat sein Vermieter weggegeben.

Das da ist sein Fernseher. Die Stereoanlage habe ich mit den anderen guten Sachen Rayshawn gegeben. Seine Kleider, Goldschmuck – alles, was so aussah, als ob es was wert sein könnte. Ich kann nur hoffen, dass diese verfluchte Viola Rudell nichts davon in die Finger kriegt. Was soll bloß aus dem kleinen Baby werden, das hat von seinem Daddy ja nichts als den Namen.« Mit verzweifelter Miene schüttelte sie den Kopf. »Ich schaff das alles weg, ich stell es irgendwo unter danach.«

Ich fragte nicht, was »danach« hieß, denn ich wusste es: nachdem ich seinen Mörder gefasst hatte; nachdem sie etwas Frieden finden konnte.

»Macht es dir auch nichts aus, wenn ich mir jetzt seine Sachen ansehe?«

»Dazu bist du doch hergekommen?«

In der Küche pfiff ein Wasserkessel, und sie ging, um ihn abzustellen.

»Wonach suchst du eigentlich?«, fragte sie, als sie zurückkam.

»Das weiß ich, wenn ich es gefunden habe.«

Zuerst nahm ich mir die Kartons vor, in denen nur wenige Sachen waren, die eine Geschichte zu erzählen hatten. In einem alten Fotoalbum steckten schief und ungeordnet Bilder von Shawn in wechselnden Lebensaltern und mit wechselnden Frauen. Außerdem waren da an die zwanzig CDS von Sängerinnen unserer Zeit – Mary J. Blige, TLC, Whitney Houston. Die Sisters hatten es Shawn Raymond eindeutig angetan. Ich nahm das Foto von ihm in die Hand, das am neuesten aussah, und betrachtete es. Er war groß und gut gebaut gewesen. Der Anflug von Schönheit, den ich in Rayshawns Gesicht entdeckt hatte, war in dem seines Vaters voll zur Entfaltung gekommen. Sein Lächeln war schelmisch und doch charmant, und er hatte ein Glitzern in den Augen wie ein Mann, der das leichte Leben und noch leichtere Frauen zu genießen weiß; solche Männer sterben jung und lassen einen Schwarm wütender Frauen zurück.

Mir fiel ein Foto in einem Papprahmen auf, das in einer Bar aufgenommen war. Er hielt ein hübsches junges Ding umarmt, an dessen Hals er sich schmiegte; die Frau hatte sich eng an ihn gekuschelt und hielt in der einen Hand einen Drink und in der anderen eine brennende Zigarette. Sie war eine College-Schönheit mit kurzem Haar, makelloser brauner Haut und Zähnen, denen man ansah, dass sie an ihrem dreizehnten Geburtstag eine Zahnspange getragen hatte. Der mit einem Hauch von Arroganz erhobene Kopf verlieh ihr ein selbstbewusstes Aussehen und die Ausstrahlung eines Menschen, der weiß, was ihm zusteht, als habe sie nur das Beste verdient und würde es auch sicher bekommen. Auf der Suche nach einem Namen oder einem Datum drehte ich das Foto um, aber es stand nichts darauf. Ich hielt es Bessie hin. Sie legte die Hände über die Augen.

»Ich will keine Bilder von ihm sehen!«

»Kannst du es versuchen, Bessie? Ich muss wissen, wer diese Frau ist.« Sie warf ganz rasch einen Blick darauf und schaute dann weg.

»Sieht aus wie Gina. Gina Lennox.«

Es gab mehrere Fotos von Bessie und eins mit zerfledderten Rändern von Shawn als kleinem Jungen. Ich sah mir die verschwommenen Gestalten nicht weiter an, da wahrscheinlich mein Bruder dabei war, und danach war mir jetzt nicht zumute. Ich war auch nicht besser als Bessie. Es gab noch ein weiteres Bild von dem Mann auf dem großen Foto in dem Silberrahmen, offenbar ein kleinerer Abzug. Ich nahm es und betrachtete es.

»Das ist Antoine, Shawns Daddy«, erklärte Bessie, ehe ich auch nur fragen konnte, und die Ähnlichkeit war nicht zu übersehen. Er war ebenso hübsch wie sein Sohn. Auch wenn Shawn Raymond die Augen und Wangenknochen seiner Mutter geerbt hatte, sein Draufgängertum musste er vom Vater haben: Man sah es an der Haltung des Kopfes und dem Leuchten in den Augen, das trotz des Alters des Fotos noch zu erkennen war.

»Und das auch, dort auf dem großen Foto?« Ich deutete mit dem Kopf zu dem Bild auf dem Fernseher hin.

»Yeah.«

»Er wurde erschossen, hast du gesagt.« Ich dachte daran, was sie mir in meinem Büro erzählt hatte.

»Ein halbes Jahr nach der Aufnahme da war er tot, ermordet wegen einem Scheißdreck, für nichts und wieder nichts. Shawn hat ihn gar nicht gekannt, bloß von solchen Bildern.«

»Er hieß Antoine Raymond?«

»Ich sagte doch, dass er Shawns Daddy war. In dem Koffer da ist der Rest von Shawns Kleidern.« Sie deutete mit dem Kopf in die Ecke, wie um das Thema zu wechseln. »Die Taschen hab ich schon durchgeschaut. Da gibt's nichts zu finden. Dieser Schweinehund von einem Vermieter hat seine Sachen durchgewühlt, bevor er sie mir geschickt hat.«

Die »guten Sachen«, die sie Rayshawn gegeben hatte,

mussten schon verflixt gut gewesen sein. Mir kam der Rest auch noch ziemlich gut vor. Mehrere Pullover, die sich wie Kaschmir anfühlten, drei neue Hemden und ein rundes Dutzend Unterhosen und Unterhemden von Calvin Klein. Außerdem drei schwarze Seidenpyjamas. Offenbar hatte er großen Wert darauf gelegt, wie er aus dem Haus ging und ins Bett stieg.

»Er hatte wohl gern hübsche Sachen«, sagte ich in neutralem Ton. Die schwarze Prinzessin und die schwarzen Seidenpyjamas hatten ihn bestimmt eine schöne Stange Geld gekostet.

»Wieso soll man keine hübschen Sachen mögen, wenn man es sich leisten kann.«

»Und er konnte es sich leisten?«

»Hast du keine Augen im Kopf?«

Ich legte Shawns Kleider zusammen, tat sie wieder in den Koffer und stand auf.

»Da gibt's nichts zu finden. Ich hab's dir ja gesagt«, erklärte Bessie.

»Hat Shawn mal von einem Menschen namens Cheechee gesprochen?«, fragte ich sie.

»Chee-chee? Und wie weiter?«

»Ich weiß nur diesen Namen. Chee-chee.«

»Was soll denn das für ein Name sein, zum Teufel noch mal – Chee-chee? Ist das eine Frau oder ein Mann?«

»Ich weiß nur den Namen«, wiederholte ich.

»Du weißt nicht mal, ob das eine Frau ist oder ein Mann?« Sie sah mich ungläubig an.

»Nein.«

»Den Namen hab ich noch nie gehört, aber Shawn hat

mir auch nichts von seinen Angelegenheiten erzählt. Er war ja erwachsen.«

»War er oft hier? Vielleicht abends, wenn du bei der Arbeit warst?«

»Warum sollte er, wo er doch seine eigene Wohnung hatte?«

»Hat er sich vielleicht abends hier mit Leuten getroffen, wenn du bei der Arbeit warst? Hatte er einen Schlüssel?« Vielleicht kam dieser oder diese Chee-chee nachts zu Besuch und er wollte ihn oder sie nicht in seiner Wohnung haben, dachte ich, ohne es auszusprechen. Vielleicht wollte er nicht, dass sie – falls es eine Frau war – seiner anderen Freundin Gina Lennox begegnete. Vielleicht wollte er mit Chee-chee alleine sein. Sollte Pandora ihm das Kommen dieses Menschen melden, damit er gewarnt war, oder nur, damit er Bescheid wusste?

»Yeah, er hatte einen Schlüssel. Er hat ab und zu nach mir geschaut und geguckt, ob alles in Ordnung ist.« Sie zündete sich eine Zigarette an, inhalierte und wedelte so heftig mit der Hand, um das Streichholz zu löschen, dass ich schon Angst hatte, sie würde sich das Handgelenk verstauchen.

»Und du gehst so gegen sechs Uhr abends aus dem Haus?«

»Sechs oder sieben.«

»Und kommst morgens etwa um diese Zeit zurück?«

»Worauf willst du hinaus? Er hätte hier nichts angestellt, was er nicht sollte, ohne dass ich es erlaube. Also stell auch keine unverschämten Behauptungen auf!«

»Ich stell ja gar keine unverschämten Behauptungen auf, Bessie.«

»Was willst du dann sagen? Ich hab dir nicht das ganze Geld gegeben, damit du schlecht über meinen Sohn redest.«

»Wir wollen mal eins klarstellen, Bessie. Ich hab dein Geld genommen, damit ich herausfinden kann, wer deinen Sohn umgebracht hat. Ich weiß nicht, wo ich dabei lande und ob es dir gefällt, wo ich lande, aber so läuft das nun mal. Wenn du jetzt dein Geld wiederhaben willst, dann sag's gleich, damit ich nicht dein Geld und meine Zeit verschwende. Willst du dein Geld zurück?«

»Das hab ich nicht gesagt, oder?«, schmollte sie. »Mach weiter, und behalt's.«

»Es kann sein, dass ich unschöne Dinge herausfinde, Bessie«, sagte ich in sanfterem Ton. »Du musst dich jetzt entscheiden, ob du wirklich wissen willst, was ich möglicherweise herausfinde. Manchmal ist es das Beste, die Dinge einfach ruhen zu lassen und einen guten Menschen in guter Erinnerung zu behalten. Die Wahrheit kann manchmal sehr wehtun. Es kann schwer sein, damit zu leben.«

»Mach nur, und finde die ganze Wahrheit heraus. Es ist das Einzige, was ich habe«, sagte sie nach einem Moment des Nachdenkens. »Was hat dieser Mann doch gleich gesagt, die Wahrheit wird euch befreien? Also, ich hab's satt, mich von dem Tod meines Sohnes zum Sklaven machen zu lassen, darum muss mich diese Wahrheit befreien.«

Aber Bessie hatte sich sofort angegriffen gefühlt, als ich von der Möglichkeit sprach, dass Shawn ihre Wohnung für anderweitige Zwecke benutzt hatte. Es kam mir so vor, als gäbe es im Zusammenhang mit ihrem Sohn etwas, wovon sie nicht reden oder das sie nicht sehen wollte. Ich speicherte diese Information im Hinterkopf.

»Ich will nur rausfinden, was wirklich mit Shawn passiert ist«, erklärte ich noch einmal.

»Und wann willst du damit anfangen?«

»Ich hab in dem Moment angefangen, als du mir mein Honorar gegeben hast.«

»Und was machst du jetzt?«

»Ich red mal mit der Familie Lennox.«

Sie ließ sich vor ihrem kalten, halb aufgegessenen Frühstück auf das Sofa fallen. »Sagst du den Leuten, sie sollen mich bitte mein Enkelchen sehen lassen?«, fragte sie mit trauriger, schwacher Stimme.

Und als ich jetzt vor Gus Lennox' Haus in meinem Wagen saß, erwog ich ernsthaft, ob ich das zur Sprache bringen sollte. Aber dann fand ich eine andere Taktik doch klüger. Ungeachtet dessen, was ich zu Jake gesagt hatte, glaubte ich eigentlich nicht, dass Gus Lennox etwas mit dem Mord an Shawn Raymond zu tun hatte – dass Jake die Ehre dieses Mannes verteidigte, fiel bei mir schon ins Gewicht. Gina Lennox war allerdings ein anderer Fall.

Mein Instinkt sagte mir, ich hätte umso mehr Chancen, etwas über Shawn Raymond und seine Beziehung zu Gina herauszufinden, je weniger ich von Bessie Raymond erzählte. Das Entscheidende wäre, dass ich Gus und Gina, falls sie heute Nachmittag da war, dazu brachte, mir zu vertrauen und offen zu mir zu sein. Doch ich wollte ihr Vertrauen nicht dadurch gewinnen, dass ich meinen Bruder ins Spiel brachte. Es kam mir irgendwie ungehörig vor, sein Andenken für diesen Zweck auszunutzen.

Daher hatte ich mich für den ältesten Kniff in der Trickkiste der Privatdetektive entschieden – die alte Masche mit »Ich komme wegen eines Geldbetrags, der Ihnen möglicherweise zusteht«. Das lockert den Leuten immer die Zunge, vor allem, wenn sie nichts zu verbergen haben. Ich zückte eine amtlich aussehende Aktenmappe mit ein paar maschinengeschriebenen Unterlagen, legte noch eine Schicht Rum-Raisin-Lippenstift auf und ging auf das Haus zu.

Der Mann öffnete mir so schnell, dass er mich vom Fenster aus beobachtet haben musste, und das brachte mich noch mehr aus der Fassung als sein Aussehen. Er war ganz in Grau gekleidet – von den verschossenen Jeans bis hin zu dem kurzärmeligen Unterhemd, das eine große, hässliche Narbe sehen ließ, die sich so tief in seinen Arm schnitt, dass sie wie gemeißelt wirkte. Selbst seine Haut war gräulich-fahl, als hätte er überhaupt kein Blut in den Adern. Sein Gesicht war aufgedunsen, und das fliehende Kinn verschwand ganz in seinem Gesicht und ließ es platt und gleichsam eingedrückt erscheinen. Seine Augen waren vollkommen leblos. *War das Augustus Lennox? Kann die Zeit so viel Unheil anrichten?* Ich musterte sein Gesicht eingehend, konnte aber höchstens eine entfernte Ähnlichkeit mit seinem Bruder Ben darin entdecken.

»Was wollen Sie?«

Er war furchterregend, doch ich wollte mir keine Furcht einjagen lassen. Ich räusperte mich, hob den Kopf und trat ihm ebenso feindselig entgegen. »Ich suche Gus Lennox. Er soll hier wohnen.« Dann endlich brachte ich es fertig, den Blick von der Narbe abzuwenden, und sah ihm ins Gesicht.

»Was wollen Sie von ihm?«

»Ich bin Tamara Hayle, Mr. Lennox. Jake Richards, ein Anwalt, hat mir Ihre Adresse gegeben.«

»Ezekiel, wer hat da geklingelt?« Eine andere Stimme, die fast genauso klang wie die des Mannes mir gegenüber, kam aus einem anderen Teil des Hauses. »Wer ist es denn, Zeke?«

Der Mann zuckte zusammen, als hätte er Angst, und gab keine Antwort. Jemand kam die Treppe heruntergesprungen – zwei Stufen auf einmal, wie es sich anhörte – und ging rasch über einen teppichbelegten Boden. Als er um die Ecke bog und den kurzen, engen Flur betrat, erkannte ich ihn sofort. Die Jahre hatten ihn überhaupt nicht verändert.

Augustus Lennox hatte breite Schultern und kräftige Arme wie ein junger Mann und hielt sich sehr gerade, als habe er einen Metallstock im Rücken. Selbst in Jeans und einem zerknitterten marineblauen Pullover bewahrte er eine militärische Haltung, als wolle er jeden Moment salutieren – jeder Zoll der hervorragende Cop, den Jake mir geschildert hatte. Sein Haar war silbergrau, und im Unterschied zu dem anderen Mann vor mir war seine Haut von einem gesunden Braun, als hätte er wie ein junger Spund draußen in der kühlen Herbstluft Laub gefegt. Sein breites, freundliches Lächeln sollte wohl beruhigend wirken. Doch sein durchdringender Blick wirkte verstörend und unergründlich. Er schaute mich neugierig an.

»Sie kenne ich doch. Und das sag ich nicht nur, weil Sie ein hübsches Mädchen sind, das uns da am helllichten Nachmittag ins Haus geschneit kommt. Es ist noch etwas anderes. Teufel auch, das Gesicht kommt mir bekannt vor!«

»Ich bin Tamara Hayle. Die Schwester von Johnny Hayle«, platzte ich heraus, meinem Vorsatz zum Trotz, dies nicht zur Sprache zu bringen; bei diesen Augen konnte ich nicht anders.

Johnnys Name tat wie immer seine Wirkung. Gus schien einen Moment lang erschrocken, wie alle, wenn ich von meinem Bruder spreche und sie sich erinnern, wie er gestorben ist, doch er hatte sich bald wieder gefangen, und sein Blick wurde sanfter. »Den Namen habe ich seit fünfzehn Jahren nicht mehr gehört«, sagte er mit aufrichtiger Herzlichkeit. »Komm nur rein, mein Schatz. Zeke, warum hast du mir nicht gesagt, dass Johnny Hayles Schwesterchen hier vor der Tür steht? Du kennst doch meinen Bruder Zeke?« Er zog mich von Zeke fort und in sein Haus hinein.

Das Haus machte einen geradezu unbewohnten Eindruck. Der eierschalenfarbene Teppich war makellos rein, und die hellen Wände hatten denselben Cremeton wie die lange Ledercouch, die sich durch den halben Raum zog und zwei gleichartigen gelben Sesseln gegenüberstand. Auf einem Glastischchen, das glänzte, als wäre es eben mit Windex behandelt worden, waren zierliche Kristallnippes aufgestellt. In der Tür zu einem benachbarten Zimmer sah ich den Rand eines kleinen Stutzflügels hervorlugen. Durch die blitzblanken Fenster fiel die Nachmittagssonne herein, und ich erinnerte mich mit Schrecken, in welch schmutzigem und unordentlichem Zustand ich mein eigenes Haus zurückgelassen hatte. Aus der Richtung der Schwingtür zwischen Küche und Speisezimmer drang mir der Rosmarinduft eines Lammschmortopfs in die Nase, und einen flüchtigen Moment lang überlegte ich, wie ich mich zum

Abendessen einladen könnte – es roch so verdammt köstlich.

»Meine Frau Mattie ist eine ausgezeichnete Köchin«, sagte Gus Lennox belustigt, als er bemerkte, wie meine Augen glänzten. »Mattie, komm doch mal her. Hier ist jemand, den du unbedingt kennenlernen musst.«

Eine dünne Frau in einem Hausanzug aus beigefarbenem Samt kam aus der Küche und setzte sich neben ihren Mann auf die Couch. Ich hockte ihnen gegenüber auf der Sesselkante und guckte mich um, ob Zeke sich wohl zu uns setzen würde, aber er war schon verschwunden.

Mattie Lennox war etwa im gleichen Alter wie Bessie Raymond, aber da hörte die Ähnlichkeit auch schon auf. Ihre makellos braune Haut ließ auf teure Kosmetika und einen wöchentlichen Besuch im Schönheitssalon schließen. Aus dem straffen Knoten auf ihrem Kopf lösten sich dünne Strähnchen von seidigem, eisengrauem Haar. Die Fingernägel waren fein säuberlich maniküuert, und an den Ohren guckten dezente Perlenohrringe hervor. Die faltenlose Haut und das glatte Haar ließen auf ferne indigene Vorfahren schließen. ›Indianisches Blut‹, hätte meine Großmutter dazu gesagt. *Sie hat indianisches Blut in den Adern.* Auch ihr Blick war stolz und unergründlich wie der einer alten indigenen Frau.

»Erinnerst du dich noch an Johnny Hayle? Das ist seine Schwester Tamara. Teufel auch, siehst du deinem Bruder ähnlich!«, rief Gus mit offenkundigem Wohlgefallen aus, während er in gespielter Ungläubigkeit den Kopf schüttelte. »Ich hab den Schlingel gerngehabt, so wahr ich hier sitze.«

Matties Lächeln war verkniffen und gezwungen, als hielte sie mit etwas hinter dem Berg.

»Möchtest du etwas trinken? Tee vielleicht?« Ihre Stimme klang wie weit entfernt und so leise, dass ich sie kaum verstehen konnte. Ich beugte mich vor, und sie wiederholte ihre Frage.

Gus lachte herzhaft und schüttelte den Kopf. »Ist es noch zu früh für einen Drink? Wenn du auch nur entfernt deinem Bruder nachschlägst, dann vergiss den Tee!«

»Nein, danke.« Ich wollte ihn so rasch wie möglich von Johnny ablenken.

»Und was führt dich hier in die Gegend? Wohnst du immer noch da in der Chestnut Terrace, oder bist du auch nach Montclair oder South Orange gezogen oder wo die Leute sonst hinziehen, wenn sie sich für Newark zu fein vorkommen?«

»Ich wohne noch in East Orange. Ich bin jetzt Privatdetektivin.«

Sein Blick verdüsterte sich. »Muss wohl in der Familie liegen. Allesamt Gerechtigkeitsfanatiker.«

Ich lächelte, nickte zustimmend, und wir plauderten über dies und das, bis ich die Unterhaltung auf den Grund meines Besuches lenken konnte. »Ich bin leider in keiner sehr erfreulichen Angelegenheit hier. Ich komme im Auftrag einer Versicherungsgesellschaft. Leider hat es mit deiner Familie zu tun.«

Er rutschte auf der Couch herum, und seine Frau erstarrte. »Mit meiner Familie? Wie das?«

Ich nahm meinen ganzen Mut zusammen. »Ein gewisser Shawn Raymond hat ein paar Wochen vor seinem Tod eine hohe Versicherung abgeschlossen, und die Gesellschaft will Näheres über seine Erben herausfinden, bevor sie die Summe auszahlt. Er ist unter sehr traurigen und sehr geheimnisvollen Umständen gestorben. Angehörige deiner Familie können auf das Geld Anspruch erheben, wenn ich der Versicherung noch ausstehende Angaben liefern kann. Deine Tochter Gina und ein Kind, ich glaube, es hieß Gus« – ich legte eine Kunstpause ein und warf einen Blick auf die Unterlagen, die ich in die Mappe gesteckt hatte –, »sind hier als Erben aufgeführt.« Das klang alles unaufrichtig, weil ich ungern lüge, darum blätterte ich wieder in der Mappe herum und wünschte, ich hätte dem Mann schlicht und einfach die Wahrheit gesagt.

»Du bist hierhergekommen, um mich über Shawn Raymond auszufragen?« Gus' Stimme klang beherrscht, doch ich hörte einen zornigen Unterton heraus, und seine rotbraune Haut wurde noch röter. »Dieser dreckige Schweinehund hat seinen Schmutz in meine Familie getragen, und jetzt streckt er noch aus dem verfluchten Grab die Finger nach uns aus? Ich kann's gar nicht glauben, dass die Schwester von Johnny Hayle sich dazu hergibt ... Hör mir gut zu, du, Tamara Hayle, wenn dieser Schweinehund meiner Tochter irgendwelches Geld hinterlassen hat, dann will sie nichts damit zu tun haben, verstanden? Egal, was für Geld –« Er verstummte abrupt, als seine Frau ihm beschwichtigend die Hand aufs Knie legte.

Auf der Treppe hörte man das Rascheln von Seide, und wir schauten alle dorthin. Eine junge Frau kam langsam herunter, sie hatte ein etwa einjähriges Baby auf dem Arm und hielt sich mit der anderen Hand am Treppengeländer fest.

»Ich hab gehört, dass du von ihm sprichst, Daddy. Schreist du wegen Shawn so herum? Shawn ist jetzt tot, und das wolltest du doch, warum lässt du ihn dann nicht einfach in Frieden ruhen?«

Gus schaute sie an und ließ dann den Kopf sinken, als ob er sich schämte. »Tut mir leid, Baby«, sagte er.

Gina quetschte sich zwischen ihre Eltern auf die Couch, gab das Baby ihrer Mutter, die es auf das Köpfchen küsste, während es sich in ihre Halsbeuge schmiegte.

»Red vor dem kleinen Gus nicht so von seinem Vater. Bitte, tu ihm das nicht an.« Ginas Stimme hatte genau dieselbe Höhe und Klangfarbe wie die ihrer Mutter, den gleichen flatterigen Ton, bei dem man sich vorbeugen musste, um sie zu verstehen.

»Entschuldige, Baby. Ich dachte, du schläfst noch.« Gus' Blick verriet Kummer und Traurigkeit, als er das sagte. Er tat mir leid.

»Ich bin Gina«, sagte sie, die dunklen Augen auf mich gerichtet. Sie war zierlich, kaum einen Meter fünfzig groß, und wirkte so zart, dass man meinte, sie würde zerbrechen, wenn man sie fest in die Arme nahm. Ihre Haare waren viel länger als auf Shawns Foto, und sie hatte sie wie ihre Mutter zu einem lockeren Knoten auf dem Kopf aufgetürmt. Sie trug einen blutroten Satinmorgenrock, vermutlich ein Geschenk von ihrem toten Freund. Die verwegene Farbe und der Stoff schienen mir sein Stil zu sein und nicht ihrer – jedenfalls jetzt nicht mehr. Die Stimme und die zögerliche, unsichere Art, wie sie die Treppe heruntergekommen war, das alles ließ sie unentschlossen, gebrochen wirken, als erhole sie sich von einer tödlichen Krankheit. Das sprühende

Selbstvertrauen des Mädchens auf dem Foto war vollkommen verschwunden.

»Ich bin Tamara Hayle. Ich komme in einer Versicherungsangelegenheit«, sagte ich und schämte mich mit jedem Wort mehr über die Taktik, die ich gewählt hatte.

»Versicherung?« Ihre Augen leuchteten auf.

Ich räusperte mich. »Also, es ist noch nicht klar, ob und in welcher Höhe Ansprüche geltend gemacht werden können.« Ich redete schnell und ohne Überzeugungskraft, überlegte, ob ich meine Taktik noch ändern könnte, ohne dass es sich anhörte, als wollte ich sie an der Nase herumführen.

»Versicherung?«, fragte sie noch einmal. »Wollen Sie damit sagen, dass Shawn mir Geld aus einer Versicherung hinterlassen hat? Ich wusste doch, dass er mich und den kleinen Gus nicht vergisst. Ich wusste es!« Sie sah ihren Vater triumphierend an, doch Gus musterte mich mit leicht schräg gelegtem Kopf wie ein Hund, wenn er ein Geräusch hört, das er nicht einordnen kann. Mir wurde ganz übel, weil ich ja wusste, dass ich das Mädchen mit meiner ›taktischen‹ und ganz und gar nicht cleveren Lüge hereinlegte. Aber jetzt war es zu spät; mir blieb nichts anderes übrig, als tapfer weiterzumachen.

»Also, es ist noch nicht hundertprozentig klar, wie sich die Ansprüche im Einzelnen gestalten. Ich bin nicht berechtigt, zum gegenwärtigen Zeitpunkt nähere Angaben preiszugeben. So ein Verfahren kann Monate, Jahre, Jahrzehnte dauern, und ich habe strikte Anweisung …«

»Du bist eine verdammte Lügnerin. Was fällt dir ein, hier in mein Haus zu kommen und mich anzulügen!«, rief Gus Lennox.

Jetzt hatte er mich wirklich mit nacktem Arsch erwischt, wie Wyvetta Green sich ausgedrückt hätte, und ich schämte mich doppelt, weil er ja die Wahrheit sagte.

»Entschuldigung«, konnte ich nur stammeln, und das war ehrlich gemeint.

»Lüg mich nicht an – das verbitte ich mir ein für alle Mal!« Seine Stimme klang heiser, er sprang auf, zeigte mit dem Finger auf mich, und die kleinen Muskeln an seinem dicken Hals schwollen an, während er das Wort für Wort wiederholte. Ich wich zurück, die Heftigkeit in seiner Stimme und der dicke Finger, der so dicht vor meinen Augen herumwedelte, hatten mich völlig aus der Fassung gebracht. In der Gewissheit, dass er mich gleich schlagen würde, legte ich mit klopfendem Herzen die Hände vor das Gesicht.

Und dann lächelte er, ein Lächeln, das ebenso bösartig wie triumphierend war. Dieses Lächeln hatte ich schon bei anderen Cops – brutalen, ausfälligen Cops – beobachtet, wenn sie jemand gedemütigt sahen, wenn sie zuschauten, wie sich ein schwacher Mensch angesichts der Macht ihrer bloßen Gegenwart vor Angst in nichts auflöst. Es war ein sadistisches Lächeln, dem die Schmach eines anderen nur noch mehr Nahrung geben würde. Ich warf einen raschen Blick auf seine Frau und seine Tochter. Sie guckten mit versteinerter Miene starr geradeaus.

Gewalttätige Menschen waren mir schon immer zuwider, und genau das war Gus mit seinen fauchenden Reden und seinem bohrenden Blick. In dem Moment hasste ich ihn mit einem Hass, der in der Magengrube anfing und sich bis in die Kehle hinaufwand. Doch irgendetwas in mir, das ebenso tief saß wie dieser Hass, wollte nicht zulassen, dass ich mich fürchtete. Ich klappte die Mappe mit den fingierten Unterlagen zu und steckte sie ganz unten in meine Tasche. Dann sah ich ihm direkt ins Gesicht.

»Ich habe mich entschuldigt, und mehr kann ich dazu nicht sagen. Mir ist nichts anderes eingefallen, um die Wahrheit von dir zu erfahren«, erklärte ich ruhig.

»Wer zum Teufel hat dich hergeschickt?«

»Ich vertrete einen Klienten, der seinen Namen nicht genannt wissen möchte.«

»Du hältst mich wohl für blöd! Als du mir erzählt hast, womit du dein Geld verdienst, als du den Namen von diesem toten Schweinehund ausgesprochen hast, da wusste ich sofort, was du im Schilde führst. Mach, dass du hier rauskommst, verdammt noch mal!«

Ich nahm meine Sachen und wollte schon den Rückzug antreten.

Doch da meldete sich Gina mit ihrer leisen, ängstlichen Stimme zu Wort. »Warten Sie bitte. Mir ist es egal, warum sie hier ist, Daddy, es ist mir egal, wer sie hergeschickt hat und ob sie uns angelogen hat. Wenn es um Shawn geht, dann möchte ich mit ihr reden.« Ihre Ängstlichkeit verriet mir, dass sie sich ihm nicht oft widersetzte und dass sie dafür büßen müsste, aber das kümmerte sie nicht. Ich konzentrierte mich jetzt auf sie, froh, dass ich Gus nicht mehr ansehen musste.

»Danke, Gina. Ich würde mich freuen, wenn Sie mir ein paar Fragen beantworten könnten. Es tut mir leid, dass ich nicht offener war …«

»Das macht nichts.« Sie hatte Tränen in den Augen.

»Halt den Mund, Gina«, sagte Gus.

»Daddy …«

»Die Frage ist, wer dich angeheuert hat. Eins von seinen Flittchen, die drogensüchtige Hure von seiner Mutter, seine –«

»Bitte lass das, Daddy!«

»Tut mir leid, Baby. Die Cops haben das schon alles mit uns durchgekaut. Red doch mit denen«, sagte er zu mir, die Augen schmal vor Zorn.

»Wenn es Ihnen nichts ausmacht, würde ich gern alles erfahren, was Sie mir über ihn erzählen können, über seine Bekanntschaften und warum Ihr Vater ihn so gehasst hat.« Ich sprach wieder sie an und fügte die letzte Frage spontan hinzu.

»Ich habe ihn nicht gehasst. Ich habe verabscheut, was er meiner Tochter angetan hat, was er aus ihr gemacht hat«, gab er an ihrer Stelle in vernünftigerem Ton zur Antwort. »Und sie hat es ja auch bald genug selbst erkannt, nicht wahr, Gina? Auch wenn du weißt, wie sehr ich diesen kleinen Kerl, den kleinen Gus hier, liebhabe. Wir wussten doch alle, dass er einfach nicht der Richtige für dich war. Das hast du doch nun endlich eingesehen, Baby? Nicht wahr?«

»Was hat er denn aus ihr gemacht?«

Gina ließ den Kopf hängen, und die Frage blieb unbeantwortet.

Ich stellte eine neue, ohne Gus' wütend funkelnde Augen zu beachten. »Haben Sie ihn kurz vor seinem Tod noch gesehen?«

»Da hatte sie sich schon von ihm getrennt«, antwortete Gus für sie.

»Stimmt das, Gina?«

»Ja. Das stimmt«, sagte sie, ohne ihn anzuschauen.

»Da hatte sie bereits erkannt, dass er keinen feuchten Kehricht wert war, nicht wahr, Baby?«

»Ja.«

»Und es kam überhaupt nicht infrage, dass dieser Abschaum noch einmal in unser Leben treten würde, nicht wahr, Baby?«

»Hör auf«, sagte Gina.

»Mrs. Lennox?«

»Mein Mann spricht für uns beide. Er spricht für die ganze Familie.« Mattie sprach mit einer hartnäckigen Widerspenstigkeit, die mich erstaunte.

»Es tut mir leid«, sagte Gus zu Gina und dann zu mir. »Es tut mir leid, Tamara. Es tut mir leid.« Er verbarg das Gesicht in den Händen. Der abrupte Wechsel in seinem Verhalten war verblüffend.

Was zum Teufel führte er nur im Schilde?

»Die ganzen letzten Monate, seit dieser Mann tot ist, ermordet, die ganzen Begleitumstände, der Kummer meiner Tochter, den ich nicht teilen konnte – all das hat unsere Familie stark mitgenommen. Ich will dir helfen, wenn mein Baby es möchte.« Er ergriff die Hand seiner Tochter.

»Wo warst du am fünfundzwanzigsten April?« Ich kam rasch zur Sache. Ich wusste nicht, was für ein Spiel er da spielte, und wollte ein paar Punkte gewinnen, bevor er wieder ausstieg.

»Das haben wir schon der Polizei erzählt.«

»Würdest du es mir auch erzählen?«

Wieder erschien das katzenhafte, triumphierende Lächeln

auf seinen Lippen. »Wo waren wir, Mattie? Waren wir da noch in Costa Rica?« Er lehnte sich auf seiner Couch zurück.

»Costa Rica?« Ich ließ den Stift sinken.

»Puerto Caldero, um genau zu sein. Fast hätte ich da das verfluchte Schiff verpasst – wenn dieser Junge nicht gesehen hätte, wie ich gerannt bin, um das letzte Zubringerboot noch zu erwischen, ich weiß nicht, was ich dann gemacht hätte.« Er schmunzelte und nickte, und seine Frau schmunzelte mit.

»Ich hab dir immer wieder gesagt, das Schiff fährt gleich ab«, sagte sie, scheu wie ein kleines Kätzchen.

»Moment mal. Ihr wart alle im Ausland?«

»Yeah, Costa Rica.« Gus wandte sich mit ausdrucksloser Miene wieder an mich. »Meine Frau, ich, mein Bruder Ben und seine Frau – mittlerweile wohl Ex-Frau, sie haben sich gerade getrennt – waren alle miteinander auf einer Kreuzfahrt, *Odyssey* hieß das gute Schiff, zehn Tage lang, durch den Panamakanal. Wir haben so ein günstiges Angebot erwischt. Ben – du erinnerst dich doch an Ben – und seine Frau Vera sind zum halben Preis mitgekommen.«

»Du willst mir sagen, ihr wart zu der fraglichen Zeit auf einer Kreuzfahrt?« Ich fiel ihm noch immer völlig verdattert ins Wort.

»Yeah, das will ich sagen. Bist du schwerhörig, Tamara Hayle?«

Dreckskerl, dachte ich bei mir.

Er sprach weiter. »Ich, meine Frau Mattie, mein Bruder Ben und seine Frau Vera, wir befanden uns auf einer zehntägigen Kreuzfahrt durch die südliche Karibik. Wir sind am

Sonntag vor dem Fünfundzwanzigsten abgereist – wann war das genau, Mattie? Der Einundzwanzigste? Waren wir in Cartagena am Fünfundzwanzigsten oder in dem Hafen davor, in Costa Rica, wo wir den Kaffee bekommen haben, den Ben so mochte, diesen Tres Díos oder wie der noch hieß?«

»Tres Ríos. Es war Costa Rica.« Mattie ließ mich nicht aus den Augen.

»Vielleicht willst du unsere Pässe sehen, mit dem Reisebüro oder dem Schiffskapitän sprechen. Schätzchen, das habe ich alles bereits der Polizei erzählt, und sie haben alles nachgeprüft, von den Stempeln in allen unseren Pässen als Beleg der Ein- und Ausreise bis zu Datum und Uhrzeit unserer Rückkehr. Das State Department nimmt es heutzutage sehr genau damit, wo wir doch jetzt diese ganzen illegalen Einwanderer haben, die hier reinwollen. Als dieses Stück Dreck ermordet wurde, waren wir auf einer Kreuzfahrt vor der kolumbianischen Küste. Wenn du hergekommen bist, um uns deshalb zu belästigen, dann hast du verdammt noch mal deine Zeit verschwendet.«

»Und Sie?«, fragte ich Gina.

»Gina war mit ihrer Schwester Lena auf einer Party«, antwortete Gus für sie. »Sie waren drüben in South Orange und sind erst um zwei heimgekommen. Sie waren beide da, ihre Freunde können das bezeugen. Der Kleine war hier mit einem Babysitter.«

»Und Zeke?«

Plötzlich war Gus wieder wütend und aufgebracht. »Hör mal zu, wir haben das alles schon der Polizei erzählt, sie haben alles nachgeprüft. Hast du überhaupt schon mit dem Beamten gesprochen, der den Fall bearbeitet hat? Hast wohl nicht glauben wollen, was der dir erzählt, was?«

Jetzt war ich dummerweise gezwungen zuzugeben, dass ich noch nicht mit der Polizei über den Fall gesprochen hatte.

Er lächelte selbstgefällig. »Du hältst dich wohl für schlauer als die Polizei? Ich dachte, du bist eine gestandene Privatdetektivin. So fängt man eine Sache doch nicht an, Schwesterchen, dass man Dinge ermittelt, die bereits längst ermittelt worden sind.«

»Ich bin seit fünfzehn Jahren niemandes Schwesterchen mehr, Gus. Den Blödsinn kannst du auf der Stelle vergessen«, sagte ich.

»Glaubst du etwa, einer von uns hätte etwas mit der Sache zu tun?«, fauchte er. »Da.« Er schnappte sich mein Notizbuch vom Tisch und kritzelte einen Namen und eine Telefonnummer hinein. »Ruf ihn an.«

Ich holte es mir wieder, ohne einen Blick darauf zu werfen. »Ich will nur herausfinden, was mit dem Mann passiert ist.«

»Dann will ich dir als alter Cop mal einen guten Rat geben, weil du eigentlich schlauer sein solltest. Du bist auf dem Holzweg. Knöpf dir mal seine Freunde vor, seine Freundinnen. Die zwielichtigen Typen aus seiner Bekanntschaft. Ich konnte ihn nicht ausstehen. Daraus hab ich kein Geheimnis gemacht. Er hatte kein Recht, meiner Tochter irgendwie nahezukommen. Er sollte nicht mal auf demselben Planeten leben wie meine Familie, aber ich will verdammt sein, wenn ich so blöd gewesen wäre, den Dreckskerl umzubringen.«

»Kennt irgendwer hier einen Menschen namens Cheechee?«

Mattie Lennox zuckte so leicht zusammen, dass es mir gar nicht aufgefallen wäre, wenn ich nicht darauf geachtet hätte.

»Nein«, sagte Gus kategorisch.

»Sie, Mrs. Lennox? Gina?« Ich wusste nur zu gut, dass ich von ihnen nichts erfahren würde.

»Nein«, antworteten sie unisono.

»Gina, wäre es möglich, dass wir uns einmal alleine unterhalten?«, fragte ich rasch, und sie sah ihren Vater an, bevor sie lauter als unbedingt notwendig antwortete.

»Ja«, sagte sie und schrieb eine Telefonnummer in mein Notizbuch.

»Ich rufe Sie sehr bald einmal an, okay?«

»Ja.« Sie schaute niemanden an, als sie das sagte.

Wir saßen alle noch einen Moment da, im Zimmer war es still bis auf das Schnarchen des Babys. Dann kam ein Geruch aus der Küche, als ob da etwas anbrannte, und das lieferte allen den nötigen Vorwand zum Gehen. Mattie gab ihrer Tochter mit einem flüchtigen Blick zu ihrem Mann hin das Baby zurück und ging eilends dem Geruch nach. Gina hob das schlummernde Kind auf ihre Schulter und ging wieder nach oben. Ich stand auf, zog meine Visitenkarte hervor und reichte sie Gus, der sie betrachtete, als hätte er so etwas noch nie gesehen.

»Vielen Dank für deine Hilfe.« Ich versuchte, meinen Ärger hinter professioneller Abgeklärtheit zu verbergen.

»Nun hör mal zu, Tamara. Ich hoffe, ich war nicht zu grob zu dir?« Das hörte sich aufrichtig an.

»Grob zu mir? Wieso? Weil du mich zur Schnecke gemacht hast? Nein, Gus. Du warst nicht zu grob. Bloß ein gemeines, übellauniges Ekelpaket.« Er hatte es selbst herausgefordert, und ich konnte nicht widerstehen.

Er schmunzelte gutmütig in sich hinein. »Du hörst dich an wie dein Bruder.«

Fick dich doch ins Knie, dachte ich im Stillen bei mir.

»Es tut mir wirklich leid. Ich verlier in letzter Zeit oft die Beherrschung. Die ganze Sache hat mir sehr zugesetzt. Die verdammten Cops haben uns die Hölle heißgemacht, haben mir die Hölle heißgemacht, obwohl sie wussten, wer ich bin, wahrscheinlich sogar weil sie wussten, wer ich bin. Da haben die Brüder ihre Chance gewittert, mich und meine Familie zur Sau zu machen, und sie haben mich unerbittlich in die Mangel genommen. Alle wussten, wie ich zu dem Mistkerl stehe, aber mit seinem Tod hatte ich nichts zu tun, und das ist jetzt allgemein bekannt.« Er senkte den Blick. »Ich hab deinem Bruder sehr nahe gestanden, Tamara.«

Ich setzte eine völlig ausdruckslose Miene auf.

»Ich hab manchmal einen rauen Ton an mir. Garstig, so wie eben zu dir. Ich weiß, ich hatte kein Recht, dich so zu beschimpfen.« Er schaute weiter zu Boden, als wäre es ihm peinlich. »Das kommt davon, wenn man so lange bei der Polizei war. Ich möchte nicht, dass du einen schlechten Eindruck von mir oder meiner Familie bekommst, weil ich so grob mit dir umgesprungen bin. Ich möchte nicht, dass du mir das übel nimmst. Im Allgemeinen rede ich in Gegenwart von Damen nicht so daher. Ich weiß nicht, was da über mich gekommen ist. Kannst du einem ungehobelten Alten mit einem dreckigen Mundwerk verzeihen?«

Ich fragte mich, was für ein Spiel er spielte.

»Es tut mir leid, Tamara. Aber der bloße Gedanke an diesen Mann, möge er in Frieden ruhen, macht mich immer noch fertig. Ich habe ihn nicht umgebracht. Manchmal glaube ich, meine Tochter denkt, ich wäre es gewesen, aber ich war es nicht. Ich kann es gar nicht gewesen sein. Hoffentlich finden sie das Schwein, das es getan hat, damit meine Tochter mich nicht mehr dafür verantwortlich macht. Meine Tochter ist für mich das Einzige im Leben, das zählt. Das Einzige.«

Und was ist mit der anderen?

»Ich bin nicht böse«, sagte ich schließlich.

Er lächelte so herzlich wie vorhin bei der Begrüßung. »Du bist doch mal mit meinem Bruder Ben gegangen, nicht wahr?«, fragte er so nebenbei, als er mich zur Tür brachte.

»Wir sind vor Jahren mal zusammen essen gegangen.« Ich wich seinem Blick aus und kramte wieder in meiner Handtasche, als ob ich meinen Schlüssel suchte.

»Hast du in letzter Zeit mal was von ihm gehört?«

»Nein.«

»Er wohnt noch in Connecticut, aber er überlegt, ob er sich hier in der Gegend niederlassen soll. Hättest du etwas dagegen, wenn ich ihm deine Karte gebe? Es ist ihm in letzter Zeit nicht so gut gegangen. Gleich nach der Rückkehr von unserem Urlaub ist seine Ehe zerbrochen. Es würde ihm guttun, wenn er mal eine schöne Frau ausführt. Würde ihn aufmuntern. Wenn es dir nichts ausmacht. Es wäre doch kein Interessenkonflikt, oder?«

Ich beschloss, ihm den Anflug von Sarkasmus in der Stimme durchgehen zu lassen.

»Natürlich«, sagte ich. »Es wäre nett, mal wieder von ihm zu hören.«

Aber ich fragte mich, was zum Teufel er im Schilde führte, wenn er mir sein Brüderchen so zum Fraß vorwarf.

»Noch mal vielen Dank«, setzte ich mit zuckersüßem Lächeln hinzu.

»Es war mir ein Vergnügen.«

»So siehst du aus, du Arschloch«, murmelte ich auf dem Weg zum Auto vor mich hin.

Ich weiß nicht, woher ich dieses intuitive Gespür für Gefahr habe, das mich überfällt, wenn sich Unheil zusammenbraut. Vielleicht von meiner längst verstorbenen Großmutter, die mehr zu meiner Erziehung beigetragen hat als meine Mutter. Jetzt war dieses Gefühl wieder da, als ich noch einen letzten Blick zum Haus der Familie Lennox zurückwarf und am Fenster etwas erspähte, eine ganz in Grau gekleidete Gestalt, zusammengekrümmt und mit dem starren Blick einer Katze, bevor sie springt.

Dieses Haus ist voll von bösen Geheimnissen, dachte ich, und mir lief ein Schauer über den Rücken.

6

»Du bist gar nicht von der Polizei«, sagte Rayshawn Rudell. Der Klang seiner Stimme ließ mich erstarren. Es ging ein säuerlicher Geruch von ihm aus, als hätte er sich tagelang nicht gewaschen und nicht die Kleider gewechselt.

»Ich kenne deine Grandma, Junge. Sieh dich vor.«

»Wieso quatschst du rum, du wärst von der Polizei?«

Ich ging den gleichen Weg wie damals, nur diesmal vom Parkplatz weg, und es war Vormittag und nicht nachts, genau zwei Wochen nach dem Tag, als seine Großmutter zu mir ins Büro gekommen war. Er ging schnell, um mit mir Schritt zu halten, und sah sich ständig um, als ob jemand hinter uns herkäme.

»Mit dir hätte ich ja nun am allerwenigsten gerechnet, Rayshawn. Hast wohl deine Knarre vergessen?«

»Woher weißt du, wie ich heiße?«

»Hab ich doch gesagt. Ich kenne deine Großmutter.«

»Hast du ihr was erzählt?« Diesmal klang seine Stimme ängstlich, aber vielleicht bildete ich mir das nur ein. Jünger als damals wirkte er aber auf jeden Fall: ein Paar spindeldürre Arme, aschfahle Haut und Augen, die eine Frau bis ans Ende ihrer Tage verfolgen könnten – falls er das noch erleben sollte. Seinem Aussehen und Geruch nach zu urteilen ging er allerdings bereits jetzt vor die Hunde.

»Das hätte deiner Großmutter den Rest gegeben. Wieso hast du eigentlich neulich diese dämliche Show abgezogen? Weißt du nicht, wie bescheuert das war?«

»Ich hab Geld gebraucht.« Er guckte mich unsicher an und senkte den Blick. Ich fragte mich, ob er Drogen genommen hatte.

»Das hätte dich kleinen Wicht glatt ins Gefängnis bringen können.«

»Was willst du schon machen? Du bist ja kein Cop.«

»Stimmt, aber ich kenne genug Cops, um dich einbuchten zu lassen. Und bilde dir bloß nicht ein, ich hätte vergessen, was da passiert ist, nur weil ich jetzt hier mit dir rede, als wärst du ein vernünftiger Mensch.« Ich ging langsamer, und er holte mich ein. »Wo hattest du den 38er her? So ein Ding ist nicht gerade billig.«

»War ja keine Glock oder so.«

»Wie lange hast du den schon?«

»Lang genug, dass ich weiß, wie man damit umgeht.« Er grinste mich anzüglich an.

Ein Weilchen liefen wir schweigend nebeneinanderher. Ich fragte mich, was er hier zu suchen hatte; dann erinnerte ich mich, dass Bessie gesagt hatte, seine Pflegeeltern wohnten hier in der Nähe. »Willst du jemand besuchen?«

Er ging nicht auf die Frage ein. »Hast du meinen Daddy gekannt?«

Ich drehte mich zu ihm um und versuchte, aus seinem Blick schlau zu werden. »Früher, ja.«

Jetzt versuchte er es auf eine andere Tour. »Lass ja meine Mama in Ruhe, verstanden? Was meine Grandma sagt, ist mir egal. Und ich weiß jetzt, dass du kein Cop bist.«

Das sollte so drohend klingen wie neulich, aber es klappte nicht.

»Du weißt überhaupt nichts von mir, mein Sohn.«

»Ich bin nicht dein Sohn, verdammt noch mal.« Er drehte sich um und ging, diesmal mit lässigem Schritt, als wäre ihm alles egal, aber mir fiel auf, dass sein Gang schleppend und unsicher war.

Im Büro schaltete ich den Computer ein und rief die Datei LBAA auf, um den Namen von Rayshawns Pflegeeltern nachzusehen, den ich als Layton in Erinnerung hatte. Sie standen im Telefonbuch. Außerdem schaute ich in meinem Notizbuch den Namen des Beamten nach, den Gus Lennox mir aufgeschrieben hatte. Das hingekritzelte G-soundso Osborne konnte ich kaum entziffern, aber die Telefonnummer war deutlich zu lesen.

Bevor ich die Nummer wählte, rief ich meinen alten Chef, Captain Roscoe L. DeLorca von der Polizei in Belvington Heights, an und erzählte ihm, dass ich an einem Fall arbeitete und ein Alibi überprüfen musste. Ich bat ihn, den zuständigen Beamten anzurufen und ein gutes Wort für mich einzulegen, damit ich nicht ganz bei null anfangen musste. DeLorca würde es zwar nie zugeben, aber er meint, er hätte bei mir etwas gutzumachen wegen all der rassistischen und sexistischen Pöbeleien, die ich mir von seinen Männern anhören musste, bis ich schließlich die Kündigung einreichte. Stämmig und nach Tabak riechend, versuchte er eine Art Mentor für mich zu sein, und bei Bedarf kann ich mich immer noch auf ihn verlassen. Er ist einer der wenigen weißen Männer, zu denen ich volles Vertrauen habe, und ich möchte wetten, ich bin die einzige schwarze Frau, mit der er je mehr als ein flüchtiges Wort gewechselt hat. Uns verbindet eine prekäre Freundschaft, die gemeinsame Bekannte verwirrend finden, aber ich war mir sicher, dass er mir den Gefallen tun würde.

Nach dem Gespräch mit DeLorca rief ich die Nummer an, die Gus Lennox mir gegeben hatte. Ich erklärte dem Anrufbeantworter von G-soundso Osborne, woher ich seinen Namen hatte und dass ich die Bestätigung einiger Angaben brauchte. Als das erledigt war, ging ich an den Anfang der Datei zurück, schaute mir die dort eingetippten Namen an und überlegte bei jedem einzelnen laut vor mich hin, warum sie sich Shawn Raymonds Tod gewünscht haben könnten.

Da mir nichts einfiel, ging ich auf den Flur hinaus, um an dem Waschbecken in der Toilette den Teekocher zu füllen, dann sah ich müßig aus dem Fenster und wartete, dass das Wasser kochte. Ich machte mir eine Tasse Kamillentee in der Hoffnung, dass er mein Gehirn in Gang setzen würde. Ich tippte ›Rayshawn Rudell‹ und dann in Großbuchstaben ›SOHN‹ ein und hoffte auf Inspiration. Er war der Sohn von Viola Rudell, deren Namen er trug, und von Shawn Raymond, dessen Namen er nicht trug.

War es denkbar, dass er seinen Vater getötet hatte?

Ich dachte an das verrückte Gemisch von Hormonen, Ungebärdigkeit und schlichter Dummheit, das das Seelenleben eines halbwüchsigen Jungen bestimmt.

Was hast du eigentlich für Absichten – ob ehrlich oder nicht – gegenüber meiner Mutter? Jamals witzig gemeinte

Stichelei an Jakes Adresse hatte mich durch ihre beschützerische Attitüde und ihren ungewöhnlichen Argwohn verblüfft. Je älter er wurde, desto weniger wusste ich, was er als Nächstes von sich geben würde. Ich meinte ihn zu kennen, und doch war es mir offenbar nicht gegeben, seine Entwicklung zum Mann voll und ganz zu begreifen. Auch Jamal hatte eine heftige Wut auf seinen Vater, meinen Ex-Mann DeWayne Curtis, und die brach sich in letzter Zeit häufiger Bahn als früher, auf merkwürdige Art und Weise und mit erschreckender Wucht.

Wohin konnte der Zorn eines wütenden Sohns führen?

Jamal hatte mich und eine Reihe anderer Leute, die ihn bei Bedarf zurechtweisen konnten. Rayshawn hatte nur eine ehemals cracksüchtige Großmutter und eine Mutter, die einem jungen Mädchen das Gesicht zerschnitten hatte, eine Frau, der es hundertprozentig zuzutrauen war, dass sie die Wut ihres Sohns für ihre eigenen finsteren Zwecke benutzte.

Lass ja meine Mama in Ruhe.

VIOLA RUDELL. Ich schrieb den Namen in Großbuchstaben hin und setzte den Namen Chee-chee darunter.

GUS LENNOX. In ungeordneter Folge tippte ich ein, was mir spontan zu ihm einfiel: ›guter Kerl/guter Cop; Ehre und Tradition; hartgesotten; fies; freundlich? von den eigenen Leuten in die Mangel genommen; von den eigenen Leuten geachtet; von den eigenen Leuten gehasst?‹ Außerdem machte ich mir eine Notiz, dass ich die Reederei anrufen wollte, mit der er und seine Frau gefahren waren, obwohl er bei einem so leicht nachprüfbaren Detail ganz bestimmt nicht lügen würde.

ZEKE LENNOX. Ein durch und durch verschlagener Hund. Was hatte er für ein Leben gehabt, und wo war er in der bewussten Nacht gewesen?

MATTIE LENNOX. Die Sister hatte es mit der Sauberkeit, das war sonnenklar. Da gab es keine Staubflusen oder fettigen Fingerabdrücke. Manche Mütter leben ja ihre eigenen Fantasien über ihre Töchter aus, doch Shawn Raymond kam dafür wohl kaum infrage: Der war der Albtraum einer jeden Mutter. Oder vielleicht nicht? Ich konnte mich da nur auf die Aussage von Gus Lennox verlassen.

LENA LENNOX. Die heimliche Zwillingsschwester, die Gus Lennox bei seiner Litanei über Vaterliebe vergessen hatte.

GINA LENNOX. Ich hatte schon dreimal bei Gina angerufen, um einen Termin auszumachen, damit wir uns allein unterhalten konnten, und sie hatte nie zurückgerufen, also hatte sie wahrscheinlich kein Interesse daran. Vielleicht hatte Gus ihr zugesetzt. Aber es war nun einmal so, dass sie trotz ihrer Einwilligung keinen zwingenden Grund hatte, mit mir zu reden, wenn sie nicht wollte. Ich bin nicht bei der Polizei, wie Rayshawn richtig gesagt hatte. Aber sie konnte bestimmt nützliche Angaben machen über Lena und die Freundin, bei der sie beide in jener Nacht gewesen waren. Kündigten sich damals womöglich weitere dramatische Entwicklungen in ihrer Beziehung zu Shawn an, war die Sache noch nicht ausgestanden? Das brachte mich wieder auf Shawn Raymond und die Frage, was für ein Mensch er war und warum er so zu Tode gekommen war. Ich rief noch einmal bei Familie Lennox an und ließ abermals ausrichten, Gina möge mich zurückrufen, aber inzwischen rechnete ich schon damit, dass sie es – egal, aus welchem Grund – nicht tun würde.

Lass ja meine Mama in Ruhe.

Warum?

Als das Telefon klingelte, fuhr ich zusammen, dann meldete ich mich in professionell knappem Ton. Ich hoffte, es wäre Gina, aber vermutlich war es der Cop.

Doch es war keiner von beiden.

»Ich kann dir gar nicht sagen, wie ich mich gefreut habe, als mein Bruder mir deine Karte gab«, sagte Ben Lennox mit seiner sanften Baritonstimme. Ich setzte mich kerzengerade hin, speicherte gleichzeitig die Namen seiner Familienangehörigen ab und stellte mit einer raschen, schuldbewussten Geste den Computer aus.

»Ben?«, fragte ich, obwohl ich verdammt gut wusste, wer es war. Sein herzhaftes, sexy Lachen verriet mir, dass das nicht mehr der schüchterne Junge war, der als Teenager mit mir Händchen gehalten hatte, und auch nicht jener andere, der mich ganz umfangen hatte, als wir uns in jener Nacht vor langer Zeit liebten.

»Höchstpersönlich.« Ich musste unwillkürlich lächeln.

»Wie geht's denn so, Tamara Hayle?«

»Prächtig. Und dir? Wie geht's dir? Was für eine Überraschung, von dir zu hören«, log ich, wenig überzeugend.

»Mir ist es schon besser gegangen.«

Es folgte ein verlegenes Schweigen, und dann fingen wir beide gleichzeitig an zu reden, um die Stille zu durchbrechen. Er hielt inne, wie immer ganz Gentleman, und ließ mich weitersprechen.

»Du wohnst also immer noch in Connecticut?« Gus hatte davon gesprochen, dass Ben sich mit Umzugsplänen trug, aber ich wusste nicht, ob er sie schon realisiert hatte.

Er zögerte ganz kurz. »Ja. Meine Firma hat mich in die Zentrale versetzt, von New Haven nach Manhattan. Und du? Gus sprach davon, dass du im Justizwesen arbeitest.«

»So könnte man es vermutlich ausdrücken. Ich habe eine Privatdetektei.« Dass die Firma nur aus einer Person bestand, erwähnte ich nicht. Außerdem überlegte ich, ob er das gleiche Spielchen spielte wie ich und nicht alles verriet, was er wusste. »Sonst hat sich wenig verändert – nur dass ich jetzt älter, ärmer und rundlicher bin.«

»Geht das nicht allen so? Wohnst du noch in dem alten Haus?«

»Es ist das Haus meiner Eltern. Außer meiner Schwester ist ja niemand mehr übrig. Ich meine ...« Ich verzog das Gesicht wegen des taktlosen Spruchs, der mir da herausgerutscht war, und suchte nach Worten.

»Ich weiß, was du meinst«, unterbrach er mich sanft. »Du brauchst es mir nicht zu erklären. Aber im Prinzip ist alles okay?«

»Im Prinzip, ja.«

»Wie geht's deinem Sohn? Jamal, so hieß er doch? Er muss jetzt schon ein Teenager sein. Die Zeit vergeht doch verflixt schnell, nicht wahr?«

»Manchmal zu schnell.«

Wieder trat eine Stille ein, die aber nicht mehr so unbehaglich war, und ich hörte ihn am anderen Ende der Leitung seufzen. »Das habe ich am meisten bereut, als meine Ehe so auseinandergegangen ist.«

»Es tut mir leid, Ben, das mit deiner Ehe.«

»Mir noch viel mehr. Sie fehlt mir wirklich sehr, meine Frau. Ich habe sie geliebt. Aber noch mehr fehlen mir meine Träume, unsere Träume. Kinder gehörten auf jeden Fall dazu. Wir haben es lange versucht. Wir haben es noch versucht, als es zu Ende ging«, erklärte er mit überraschender Offenheit.

»Du hast doch noch Zeit, Ben. Dein ganzes Leben lang. Für Männer läuft ja keine biologische Uhr ab.«

»Yeah, aber je älter man wird, desto schwieriger wird es, eine Frau zu finden, mit der man Kinder haben will, glaub mir. Ich hatte gedacht, ich hätte sie gefunden.«

»Wenn es auch nur annähernd so schwer ist, wie einen anständigen Mann zu finden, dann glaube ich dir.« Darüber mussten wir beide lachen, zwei Geschiedene, die ihre Sorgen teilten; da hatten wir zumindest vorübergehend etwas gemeinsam. »Aber du suchst ja noch nicht sehr lange, nicht wahr?« Ich fragte mich, wann er wohl auf den Grund seines Anrufs zu sprechen käme.

Ob sein Bruder ihn darum gebeten hatte?

»Ich hab keine Zeit mehr für Balzrituale. Ich bin es einfach müde – dieses Getue mit ›wer ruft wen zuerst an‹ und das ganze Drum und Dran ist doch Kinderkram.«

»Aber die Männer bestimmen die Regeln, Ben. Ihr ergreift die Initiative. Und ihr trefft eure Wahl.« Der schrille Ton in meiner Stimme tat mir sofort leid.

»Man muss durch eine Menge Spreu, bevor man zum Weizen kommt. Meist fehlt mir einfach die Energie dazu.«

»Es gibt eine Menge anständige Frauen, Ben.« Das sagte ich, weil es so war, nicht um ihn zu trösten.

»Und das, Tamara Hayle, bringt mich auf den Grund meines Anrufs zurück.« Er ging das Thema mit einem leisen Lachen an, bei dem ich schmunzeln musste.

»Und der wäre, Ben?«

»Na komm, Tamara, wir kennen uns schon so lange, dass wir nicht um den heißen Brei herumreden müssen.«

»So lange nun auch wieder nicht. Und seit einiger Zeit gar nicht mehr.«

»Würdest du heute Abend mit mir ausgehen?«, fragte er geradeheraus.

»Ich glaube nicht, Ben.«

»Weil es dir heute nicht passt oder weil es dir überhaupt nicht passt?«

»Letzteres.«

»Hmm.«

»Tut mir leid.«

»Wenn du mit niemandem ausgehen möchtest, der den Namen Lennox trägt, kann ich das voll und ganz verstehen. Ich hab gehört, dass mein älterer Bruder sich neulich wie der letzte Idiot aufgeführt hat. Was soll ich dazu sagen? Er kann manchmal ein richtiger Stinkstiefel sein. Aber mit meinem Anruf hat er nichts zu tun«, setzte er ein wenig zu schnell hinzu.

»Nichts, Ben?«

»Ich hab ihn nicht mehr um Rat gefragt, mit wem ich ausgehen soll, seit ich dich damals zu dem Ball eingeladen habe.«

Darüber mussten wir beide lachen, ein behagliches Lachen, als wären wir wirklich alte Bekannte. »Ich mach dir deinen Bruder nicht zum Vorwurf. Aber ich habe gewisse

Bedenken, mit dir auszugehen … Die Gründe liegen ja wohl auf der Hand.«

»Für mich nicht.«

»Hat dein Bruder dir erzählt, woran ich arbeite?«

»So in etwa.«

»Dann weißt du ja, dass es mit deiner Familie zu tun hat.«

Er schwieg, und ich wünschte, ich könnte sein Gesicht sehen. »Glaubst du wirklich, Gus oder vielleicht auch meine Nichte hätten etwas mit dem Tod von Shawn Raymond zu tun?«

»Ich weiß es nicht.«

»Ich kann dir aufrichtig versichern, dass keiner von uns etwas damit zu tun hatte.«

»Ich wünschte, ich könnte jetzt sagen, dass mir das genügt, aber es genügt mir nicht.« Ich schenkte ihm reinen Wein ein.

»Nein, vermutlich nicht.«

»Tut mir leid, Ben.«

»Ich kann dich verstehen. Nein, wirklich. Aber wenn du es dir noch anders überlegst, dann würde ich dich liebend gern mal ausführen. Vielleicht, wenn die ganze Sache vorüber ist. Würdest du das in Erwägung ziehen?«

Ich zögerte. »Natürlich, ich werde es in Erwägung ziehen.«

Wieder dieses unbehagliche Schweigen. Ben sprach als Erster wieder. »Du hast aus deinem Herzen nie eine Mördergrube gemacht, nicht wahr? Bei dir gab es keine krummen Sachen, Tamara Hayle. Das hat mir immer Achtung eingeflößt.«

»Immer? Ben, wir haben jahrelang nicht miteinander gesprochen. Du kennst mich eigentlich gar nicht mehr, seit wir Kinder waren.«

»Keine Kinder, Tamara. Jung, aber keine Kinder mehr. Beim letzten Mal nicht.«

»War schön, mal wieder mit dir zu reden, Ben.« Bei der Erwähnung dieses letzten Zusammenseins wurde mir unbehaglich zumute, und ich wollte das Gespräch gern beenden.

»Wenn du es dir anders überlegst?«

»Werd ich nicht.«

»Dann pass gut auf dich auf, Tamara Hayle.«

»Das tu ich immer, Ben.« Damit legte ich auf.

Kaum hatte ich den Hörer hingelegt, da klingelte das Telefon schon wieder. Meinen letzten Worten zum Trotz schmeichelte es mir, dass er es so schnell wieder versuchte, und ich meldete mich mit einem Lächeln. »Ben?«, fragte ich mit neckischer Stimme.

»Nä, hier ist kein Ben. Spreche ich mit Tamara Hayle von den Tamara Hayle Investigative Services?«, wollte G-soundso Osborne schroff und geschäftsmäßig wissen.

»Am Apparat«, gab ich ebenso schroff und geschäftsmäßig zurück. Ich erklärte ihm rasch noch einmal, was ich ihm auf den Anrufbeantworter gesprochen hatte, wobei ich hervorhob, dass ich seine Nummer und seinen Namen von Gus Lennox hatte und auf dessen Rat hin anrief.

»Was haben Sie noch mal gesagt, für wen Sie arbeiten?«

»Davon habe ich nichts gesagt.« Vielleicht reagierte er ebenso feindselig auf den Namen Bessie Raymond wie Gus

Lennox auf den von Shawn, auch wenn er als Cop eigentlich für sie arbeiten sollte.

»Sie sagten, Gus Lennox hätte Ihnen geraten, mich anzurufen?« Sein Tonfall ließ erkennen, dass er mir nicht glaubte und das nachprüfen würde, was ich äußerst aufschlussreich fand. »Von mir erfahren Sie nichts, solange ich nicht weiß, wo diese Informationen landen.«

»Ich arbeite für die Mutter des Verstorbenen«, gab ich zu.

Schweigen. »Sie meinen, er hatte eine?«

»Wir haben alle eine Mutter, Detective Osborne, und diese Mutter trauert genauso, wie meine oder Ihre trauern würde – falls Sie eine haben.« Diese Bemerkung konnte ich mir nicht verkneifen, und ich machte keinen Hehl aus meinem Ärger.

»Der Fall ist eigentlich schon abgeschlossen.«

»Dann haben Sie den Mörder von Shawn Raymond gefasst?«

»Das habe ich nicht behauptet.«

»Dann ist der Fall auch nicht abgeschlossen, oder?« *Diese Nigger bringen sich gegenseitig um?*

»Was kann ich für Sie tun, Miss Hayle?«

»Shawn Raymond wurde am fünfundzwanzigsten April erschossen, gegen Mitternacht, korrekt?«

»Korrekt.«

»Wissen Sie, welches Kaliber die Kugel hatte?«

Er schwieg einen Moment, als überlege er, was er mir erzählen sollte. Schließlich sagte er: »Man hat ihm eine 38er aus dem Herzen geholt. Direkt aus dem Herzen.« Er wiederholte das in einem Ton, der bewundernd klang. Ich stutzte kurz, dann schrieb ich das auf und unterstrich es.

»Wissen Sie genau, dass es eine 38er war?« *Konnte der Zorn eines wütenden Sohns so weit gehen?*

»Hab ich das nicht eben gesagt? Was wollen Sie eigentlich von mir, und wie schreiben Sie sich überhaupt?« Damit gab er mir zu verstehen, dass er sich selbst Notizen machte. Ich überlegte, ob DeLorca wohl mit ihm gesprochen hatte; dann wurde mir klar, dass er mich andernfalls gar nicht erst angerufen hätte.

»H-a-y-l-e. Mein Bruder Johnny war früher bei der Polizei. Ist schon ziemlich lange her.« Ein Cop vergisst seine Kollegen nicht, auch wenn er sie nur vom Hörensagen kennt, und Johnny hatte bis zum Schluss bei allen, die je von ihm gehört hatten, Achtung genossen, auch wenn sie abscheulich fanden, was er sich angetan hatte.

»Lennox hat Ihnen also geraten, mich anzurufen?«

»Ja.«

»Und was wollen Sie noch wissen – inoffiziell natürlich.«

»Wissen Sie sonst noch etwas über die Waffe?«

»Nein.«

»Ich bin nicht von der Presse, Detective Osborne, und was Sie mir hier sagen, bleibt völlig –«

»Mehr sage ich nicht«, unterbrach er mich, und ich versuchte es anders.

»Hat sich das Alibi, das die Mitglieder der Familie Lennox für Datum und Uhrzeit des Mordes an Shawn Raymond vorbrachten, als stichhaltig erwiesen?«

»Sonst hätten wir sie wohl eingebuchtet. Das war schließlich schon im April.«

»Alles absolut hieb- und stichfest?«

»Absolut.«

»Sie haben mit der Reederei gesprochen und sich die Pässe angesehen?«

»Hab ich Ihnen nicht eben gesagt, dass alles hieb- und stichfest war?« Jetzt war er wirklich ärgerlich.

»Und sie sind alle wiedergekommen, zurück in die Staaten, nachdem die Leiche von Shawn Raymond gefunden worden war?«

»Yeah, ein paar Tage danach.«

»Bis auf die Töchter?«

»Die Töchter hatten ein wasserdichtes Alibi.«

»Und der andere Bruder?«

Kurzes Schweigen. »Yeah, der auch. Das beste, das man sich vorstellen kann.« Danach kam so etwas wie ein Kichern.

»Und das wäre?«

»Ich sagte es ja bereits«, schnauzte er in einem Ton, der mir bedeutete, mehr würde ich nicht erfahren. Dann musste ich mich also bei anderen erkundigen.

»Die Mädchen sind Zwillinge, nicht wahr? Meinen Sie, dass das dem Ganzen einen anderen Dreh gibt?«

»Einen Dreh? Wovon reden Sie da? Hören Sie mal, ich hab gesagt, dass alles aufging, also ging alles auf.«

»Und was ist der gegenwärtige Stand?«

»Was soll das heißen – der gegenwärtige Stand?«

»Genau das, was ich sage. Mord verjährt doch nicht, oder?«

»Wir ermitteln noch. Wenn Sie was rausfinden, geben Sie mir Bescheid«, meinte er sarkastisch.

»Würden Sie mir bitte noch eine letzte Frage beantworten, Sir?«, fragte ich liebenswürdig und setzte das »Sir«

hinzu, um ihn womöglich milder zu stimmen. Es nützte nichts.

»Was?«, blaffte er.

»Warum haben Sie Gus Lennox so hart angefasst?«

»Hart? Was soll das heißen?«

»Ich zitiere: ›Die verdammten Cops haben uns die Hölle heißgemacht, haben mir die Hölle heißgemacht, obwohl sie wussten, wer ich bin, weil sie wussten, wer ich bin. Da haben die Brüder ihre Chance gewittert, mich und meine Familie zur Sau zu machen, und sie haben mich unerbittlich in die Mangel genommen.‹ Zitat Ende.«

»Das hat Gus gesagt?«

»Yep.«

Er kicherte.

»Demnach haben Sie – seine ehemaligen Kollegen – ihn ziemlich hart angefasst, oder nicht?«

Er kicherte wieder. »Der Zweck heiligt die Mittel, nicht wahr, Miss Tamara Hayle? Sind wir jetzt fertig? Ich hab noch zu tun.«

»Ja. Ich danke Ihnen sehr für Ihre Mühe, Detective Osborne.«

»Wenn Sie DeLorca das nächste Mal sehen, dann richten Sie ihm aus, er könnte mir mal die Füße küssen, okay?« Er legte auf. Ich saß da und grübelte über das nach, was er mir eben erzählt hatte, warf noch einen Blick auf meine Notiz zu Rayshawns Pflegeeltern, den Laytons, und rief dann Ben Lennox an und erklärte ihm, ich hätte es mir anders überlegt.

Wir trafen uns am selben Abend in einem Restaurant, in das ich nur gehe, wenn jemand anders bezahlt. Das Pinnacle lag oben auf einem Hügel in einem der Vororte, in dem die Weißen Zuflucht suchten, als sie von Newark fortliefen. Der große, blassgelbe Raum bestand fast nur aus Fenstern, war mit Mahagoni getäfelt und – wie es aussah – von tausend winzigen Kerzen erleuchtet. Alles war von einer unaufdringlichen Eleganz, auf Gäste abgestimmt, die es zu etwas bringen würden oder bereits gebracht hatten. Ich hatte mich etwas verspätet, und Ben Lennox stand auf und rückte mir den Stuhl zurecht, wie es seiner Erziehung zum Gentleman entsprach. Das gefiel mir. Manche Männer, mit denen ich in den letzten Jahren ausgegangen bin, hätten mich dafür zum Teufel gejagt.

»Also, die Jahre haben es entschieden gut mit dir gemeint«, sagte Ben, nachdem wir etwas zu trinken bestellt und es uns gemütlich gemacht hatten. Ich hätte das Gleiche von ihm sagen können. Ben Lennox hatte unbestreitbar gehalten, was er als Kind versprach. Er sah immer noch gut aus – was fürs Auge, wie meine Großmutter gesagt hätte. Reine, walnussbraune Haut, dunkelbraune Augen, ein säuberlich gestutzter Schnurrbart über einem Mund, der vielleicht ein bisschen zu bereitwillig lächelte. Im Laufe der Jahre hatte er ordentlich Muskeln angesetzt, doch der Druck seiner Hände war sanft, und seine Nägel waren maniküRt und poliert – so gepflegt wie sein Anzug, der dunkel und teuer war und durch eine gestreifte Seidenkrawatte, ein Hemd mit Umschlagmanschetten und dezente silberne Manschettenknöpfe akzentuiert wurde. Die Krönung des Ganzen war ein leiser Hauch von Herrera for Men. Ein solider, wohlanständiger Brother, ein Typ, dem man Herz und Geld anvertrauen konnte. Wyvetta Greens Beifall hätte er gefunden.

Ein Weilchen widmeten wir uns unseren Drinks – ein ladyliker Chardonnay für mich, für ihn Bourbon mit Wasser, wie es sich für einen echten Mann gehört –, und dann erzählte er mir auf mein Drängen hin aus seinem Leben: was er in den Jahren seit unserer Bekanntschaft so getrieben hatte, welche Jobs er hatte, welche Hoffnungen er für die Zukunft hegte, was er in seiner Freizeit machte. Ich lauschte und gurrte, lauschte und gurrte – die perfekte Zuhörerin, wie sie im Buche steht, las ihm jedes Wort von den Lippen ab, gab ab und zu ein leises Lachen von mir und erzählte so gut wie nichts von meinem eigenen Leben und meinen Träumen. Doch dieser Wahnsinn hatte Methode. Ich wollte ihm Gelegenheit geben, sich ausgiebig über seine Familie zu verbreiten.

Das leise Lachen von G-soundso Osborne – dieses durchtriebene, neunmalkluge Grunzen – hatte mir verraten, dass Gus Lennox noch immer einer der Ihren war und dass das »Verhör«, dem man ihn unterzogen hatte, wohl nicht peinlicher gewesen war als ein kameradschaftliches Zwinkern und ein brüderlicher Klaps auf den Hintern. Sicher, der Zweck heiligt die Mittel, aber hier hatte niemand auch nur nach Mitteln und Wegen gesucht, das wusste er ebenso gut wie ich. Bevor ich aus dem Büro ging, hatte ich die Reederei Odyssey Adventures angerufen, mich als vergessliche, zerstreute Touristin ausgegeben und den Angestellten dort mit meinen Fragen nach den Daten, Ankunftszeiten und Abfahrtszeiten des Kreuzschiffs *Odyssey* im April zur Verzweiflung getrieben, und alles, was Gus mir erzählt hatte, wurde voll und ganz bestätigt. Aber es ging mir zu glatt auf, und ich spürte, dass da noch etwas anderes dahintersteckte. Ich wusste nur nicht recht, was.

Man hatte ihm eine 38er-Kugel »direkt aus dem Herzen« geholt, wie Osborne sich ausgedrückt hatte, und ich war mir nicht sicher, was das zu bedeuten hatte. Ein Schuss, ein Treffer. Vielleicht war es reine Glückssache, wenn man einen Mann direkt ins Herz traf. Vielleicht hatte ein Anfänger die Waffe gehalten, ein Junge zum Beispiel, der nicht sehr groß war und Angst hatte und einfach die Waffe festhielt und mit geschlossenen Augen geradeaus schoss. Oder es war ein Experte, der genau wusste, wie er stehen und wohin er zielen musste, damit die Kugel ihr Ziel traf. Man konnte es einfach nicht wissen.

Rayshawn Rudell besaß einen Revolver Kaliber 38, das stand fest. Doch es gibt viele 38er auf der Welt. Obwohl ich ihn von seiner hässlichsten Seite kennengelernt hatte, konnte ich nicht darüber hinwegsehen, dass er noch ein Kind war, etwa im gleichen Alter wie mein Sohn, und ich wollte den Gedanken nicht zulassen, dass Wut so weit gehen konnte, ihn zum Vatermörder zu machen. Natürlich musste ich noch mehr über Rayshawn und seine Mutter herausfinden, aber ich musste auch noch mehr über Familie Lennox erfahren. Über das Verhör bei Osborne hatte Gus mich angelogen – bestimmt nicht ohne Grund. Ben Lennox war die beste Quelle, die mir über die Familie zur Verfügung stand. Außerdem musste ich zugeben, dass ich – nach all der Zeit – auch auf Ben Lennox selbst neugierig war.

»Jetzt habe nur ich geredet, seit wir uns hingesetzt haben. Bist du es nicht auch langsam leid, immer nur meine Stimme zu hören?«, scherzte Ben nach einem etwa fünfzehnminütigen Nonstop-Monolog.

»Ach nein. Ich hör gerne zu.« Ich lächelte sittsam und trank ein Schlückchen Wein.

»Erzähl mir von dir.«

»Da gibt's nicht viel zu erzählen.«

»Fang doch einfach damit an, warum du es dir wegen heute Abend so plötzlich anders überlegt hast.« Es lag ein Hauch von Argwohn in seiner Stimme, deshalb gab ich ihm die Antwort, die der Wahrheit entsprach.

»Neugier.«

»Neugier?« Er sah mich skeptisch an, doch um seine Lippen spielte ein Lächeln.

»Ja. Warst du nicht neugierig?«

»Anfangs, ja. Darum hab ich ja angerufen.«

»Es war also nicht nur, weil dein Bruder es dir aufgetragen hat?« Damit wollte ich meinen ersten Schlag landen. Ganz lässig. Ganz spielerisch.

Er trank rasch einen Schluck von seinem Drink und wich mir aus. »Möchtest du was essen?«

»Die Calamari hören sich gut an«, sagte ich mit einem Blick auf die Speisekarte, und Ben winkte der Kellnerin, einer schwarz gekleideten Blondine, die zu viel grinste.

»Du willst wahrscheinlich die Wahrheit hören«, sagte er, nachdem er bestellt hatte.

»Hast du denn etwas zu verbergen?«

»Das habe ich nicht gesagt.«

»Warum wollte Gus, dass du mich anrufst?«

»Ich weiß nicht, ob er das wirklich wollte. Die Absichten meines Bruders sind nicht immer leicht zu durchschauen.«

»Was soll das heißen?«

»Er hat mir nur erzählt, dass du gut aussiehst, was ja auch stimmt, und dass es mir guttun könnte, den Kontakt zu einer alten Freundin wiederaufzunehmen, was auch stimmt.«

»Freundin?«

»Seine Wortwahl, nicht meine.«

»Was genau hat er denn gesagt?«

»Willst du das wirklich alles wissen?« Er schaute etwas unbehaglich drein, aber ich ließ trotzdem nicht locker.

»Yeah, wenn es dir nichts ausmacht.«

»Nein, macht es nicht. Tja …« Er hielt kurz inne, als versuche er sich an die Worte zu erinnern. »Er hat gesagt: ›Die kleine Schwester von Johnny Hayle war bei uns und wollte irgendeinen Blödsinn, aus dem keiner schlau geworden ist, aber die Frau ist eine Wucht – ruf sie doch mal an, vielleicht hebt das deine Laune.‹« Er lächelte und nickte. »Das war's so ungefähr.«

Ich lächelte nicht zurück. »Und er hat dich nicht gebeten herauszufinden, was ich im Schilde führe? Deinen männlichen Charme spielen zu lassen, um zu gucken, ob ich mehr gegen ihn in der Hand habe, als ihm lieb ist?«

»Mein Gott, Mädchen, nun mach dich mal nicht schlechter, als du bist. Und wenn's so wäre, meinst du wirklich, ich würde es dir erzählen?« Das Letzte sagte er mit einem verschmitzten Unterton.

»Natürlich nicht.«

»Es war aber nicht so. Er hat mir einfach deine Karte

gegeben, und ich fand es auch eine gute Idee, deshalb hab ich angerufen.«

»Und mit Shawn Raymond hat das alles nichts zu tun?«

»Das will ich nun auch nicht sagen.«

»Wenigstens bist du ehrlich.« Ich trank ein Schlückchen und fragte mich, ob das auch stimmte.

»Hör zu, Tamara, die Wahrheit sieht so aus. Was mich betrifft, hat es überhaupt nichts mit Shawn Raymond zu tun. Ich bin dem Kerl nie begegnet, ich hab ihn nie gesehen, also hatte ich auch nie Stress – wie die jungen Leute so sagen – mit dem Brother. Aber um ehrlich zu sein, ich kann nicht für Gus sprechen, und ich kann dir nicht sagen, was er von mir oder von dir erwartet und was ihn zu der Anregung bewogen hat, wir sollten mal miteinander ausgehen.« Mit gespieltem Misstrauen guckte er hinter sich, neben sich und unter den Tisch. »Aber siehst du ihn hier irgendwo herumkriechen? Das ist unser Abend, nicht wahr? Wir zwei sind miteinander ausgegangen, und zwar ohne Augustus Lennox.«

Ich musste unwillkürlich lächeln.

»Mein Bruder ist mein Bruder. Ich weiß, dass er einem ganz schön auf die Nerven gehen kann, das war schon immer so. Ich weiß, dass er immer das Regiment führen will, das war auch schon immer so, und das ist mit ein Grund, warum ich so weit wie möglich von New Jersey weggezogen bin. Aber Gus hat nicht über mein Leben zu bestimmen. Das würde ihm wahrscheinlich so passen, er macht es ja auch bei allen anderen so, aber das kommt überhaupt nicht infrage.« Er nahm meine Hand und hielt sie einen Moment fest, dann ließ er sie los.

Ich rutschte etwas auf meinem Stuhl zurück und musterte ihn.

»Jetzt will ich von dir aber auch die Wahrheit hören«, sagte er.

»Von mir?«

»Du musst fair sein, Tamara.«

»Okay.«

»Du bist hier, weil du deinen weiblichen Charme spielen lassen wolltest, um etwas über meine Familie in Erfahrung zu bringen, stimmt's?«

»Nicht nur.«

»Wenigstens bist du ehrlich.«

»Dann haben wir also beide so unsere Hintergedanken?«

»Ich nicht«, sagte er, und es klang aufrichtig. »Für solche Spielchen hab ich auch keine Zeit mehr, Tamara, wie ich schon am Telefon sagte. Ich hab das alles einfach satt.« Einen Moment lang sah er wütend aus, als würde er gleich aufstehen und gehen, dann fuhr er fort. »Vera hat mich gerade verlassen – indirekt wegen meiner Familie, sollte ich wohl dazusagen, aber sie hatte zu viel Stil, um das zuzugeben, und ich habe es nie forciert. Meine Frau hat nie recht verstanden, wie sehr ich mit meinen Brüdern verbunden bin – egal, was da kommt. Man ist ein paar Jahre verheiratet, und alle Frauen, mit denen man gerne mal ausgehen möchte, sind mit jemand anders zusammen oder so sauer, weil man nicht mehr angerufen hat und nicht der Mann ist, der man in ihren Augen sein sollte, dass die meisten einem nicht mal mehr guten Tag sagen.«

Ich sah ihn erstaunt an und fragte mich, ob ihm bewusst war, dass er über das sprach, was sich zwischen uns abgespielt hatte, aber er redete weiter und merkte nicht einmal, dass er da auf das kleine Hühnchen zu sprechen gekommen war, das ich noch mit ihm zu rupfen hatte.

»Ich habe dich immer gemocht, schon als Kind, darum hab ich dich angerufen, als ich deinen Namen hörte. So einfach ist das. Wenn du das Ganze vergessen willst, dann verstehe ich das vollkommen, und wir können wieder ausgehen, wenn die ganze Geschichte vorbei ist.« Er nahm einen großen Schluck von seinem Drink und lächelte mich charmant an. »Weißt du, mir macht es nichts aus, auf etwas Schönes zu warten.«

»Woher willst du wissen, dass ich so etwas Schönes bin?«

»Wer so viel erlebt hat wie ich, der bekommt einen Blick dafür, wenn ihm etwas Schönes über den Weg läuft.«

»Ich gehe nie mit Leuten aus, die auch nur entfernt etwas mit einem Fall zu tun haben, an dem ich arbeite«, sagte ich ernst.

»Dann gehst du in einer Stadt wie Newark wohl nicht sehr oft aus, was?«, sagte er lässig, neckisch.

»Tjaaa«, machte ich gedehnt, und dann mussten wir beide lachen, weil ich mittlerweile glaubte, dass ich mich in der ganzen Sache vielleicht doch geirrt hatte. Es wäre ja nicht das erste Mal. »Ein Drink kann wohl nicht schaden. Aber ich warne dich gleich: Alles, und ich meine wirklich alles, was du sagst, kann gegen dich verwendet werden.« Das war nur halb im Scherz gemeint.

»Ich betrachte mich als gewarnt«, sagte er und hob sein Glas, um darauf zu trinken.

»Aber gilt das auch für deine übrige Familie?« Ich hatte ihn schließlich gewarnt.

»Ich kann nur für mich selbst sprechen. Ich gebe mir alle erdenkliche Mühe, mich von meiner Familie zu lösen, auf jeden Fall von meinem großen Bruder.«

»Warum willst du dann nach New Jersey zurückziehen?«

»Wer hat dir das erzählt?«

»Gus.«

»Den Teufel werd ich tun.«

Ich ließ das auf sich beruhen und kostete die frittierten Calamari, die uns eben vorgesetzt wurden. Sie waren knusprig und doch zart, und es war eine Soße dabei, die gerade so pikant und würzig schmeckte, dass sie das Ganze interessant machte. Ben brütete über seinem Drink, während ich die Calamari verschlang.

»Der Kerl soll verflucht sein!«, sagte er aus heiterem Himmel.

Ich tupfte mir mit der Serviette etwas Soße von den Lippen und sah ihn an. »Was war das denn?«

»Frag mich lieber nicht.«

»Darf ich dir eine Frage stellen?« Er nickte und nahm sich einen der letzten Tintenfischringe.

»Was hast du gemeint, als du sagtest, deine Frau hat dich wegen deiner Familie verlassen?«

»Indirekt wegen meiner Familie.«

»Aber sie hat sie doch kennengelernt, bevor ihr geheiratet habt?«

Ben bedeutete der Kellnerin, sie solle noch eine Portion bringen, und als ich merkte, dass ich den Teller fast ganz allein aufgegessen hatte, war mir das einen Moment lang peinlich – aber nur einen Moment lang.

»Du kennst doch meinen Bruder, nicht wahr?« Er lehnte

sich zurück und nippte weiter an seinem Drink. »Ich meine, du hast ihn in voller Aktion erlebt.«

»Nein, nicht richtig.«

»Aber du weißt, wie er ist. Du brauchst nicht höflich zu sein, Tamara. Mattie hat mir erzählt, wie er dich wegen Shawn Raymond fertiggemacht hat. Du weißt, wie er ist.«

Ich nickte zustimmend.

»Gus lässt einen ganzen Saal nach seiner Pfeife tanzen. Er macht sich zum Herrn über dein ganzes Leben, wenn du ihn lässt. Er nimmt allen anderen die Luft zum Atmen. Das war immer so, schon als ich ein kleines Kind war.«

»Tja, ich verstehe …«

»Du verstehst gar nichts, Baby. Gus …« Er seufzte. »Teufel auch.« Er schüttelte wütend den Kopf, und ich sah, wie seine Augen sich verdüsterten.

»Was ist denn, Ben?«

»Vielleicht sollten wir das Thema wechseln.«

»Ja, vielleicht.« Ich fragte mich, ob ich womöglich nicht so fair zu ihm war wie er zu mir. Doch andererseits, ich hatte ihn ja gewarnt.

»Ich glaub, ich schaff das gar nicht. Man wird sein Elternhaus nie los, nicht wahr?«, sagte er nach einer Weile.

Jetzt wurde ich philosophisch. »In Wirklichkeit ist es wohl so, dass das Elternhaus einen nie loslässt.«

»Als ich noch jünger war, hab ich ihn lange Zeit gehasst und später auch, weil er Mattie und die Mädchen so behandelt hat. Ich hab mit angesehen, wie gemein und ausfallend er ihnen gegenüber war, und ich konnte die Angst nicht ertragen, die ich dann in ihren Augen sah, auch wenn er ihnen nie körperlich Schaden zufügen würde, niemals, und es ist auch sicher nicht mehr so schlimm wie früher. Er hat die Mädchen immer sehr streng an die Kandare genommen. Er hat ihnen nicht die Freiheit gelassen, sich zu entfalten und Fehler zu machen. Ich liebe meinen Bruder, aber manchmal kann ich ihn nicht ausstehen. Ich liebe ihn, aber ich mag ihn nicht.«

Mir fiel wieder ein, wie Gus Lennox' tyrannische Art an dem Tag unseres Zusammentreffens auf mich gewirkt hatte, und ich nickte zum Zeichen, dass ich wusste, was er meinte. Mein Verständnis ging aber noch weiter. Mein Verhältnis zu meiner Mutter war auch so gewesen, Liebe und Sehnsucht nach ihrer Anerkennung, gepaart mit Abscheu und Wut auf ihre Grausamkeit. Ja, ich verstand, wie Ben zu seinem Bruder stand, aber ich war noch nicht bereit, ihm das näher zu erklären.

»Für mich sind meine Brüder …«, sagte er, was mich wieder in unsere Unterhaltung zurückholte.

»Gus?«

»Und Zeke. Mein ältester Bruder. Du hast ihn gesehen. Welchen Eindruck hat er auf dich gemacht?«

Ich suchte nach diplomatischen Worten, doch Ben lieferte sie selbst.

»Tot. Er wirkt vollkommen tot.«

»Das ist nicht das Wort, nach dem ich gesucht habe.«

»Aber es beschreibt ihn richtig, nicht wahr?«

Als wäre alles Leben aus ihm herausgepresst. »Dann ist Zeke also älter als Gus?«

»Yeah, etwa fünf Jahre. Aber Gus dominiert ihn genau wie alle anderen. Bei meinem Bruder kannst du die ganze

Theorie über die mittleren Geschwister – dass sie die Friedensengel in der Familie sind – in den Kamin schreiben.«

»Was ist mit ihm passiert?«

»Mit Zeke? Drogen. Alkohol. Such dir was aus – alles, was schädlich ist, hat er geschluckt, getrunken, sich gespritzt und geraucht. Zeke hatte von Kindesbeinen an nur Probleme«, sagte er bitter.

»Macht er das immer noch?«

»Er kommt seit Jahren regelmäßig ins Gefängnis. Er ist ein gehetzter, kaputter Mensch, und Gus fühlt sich auf eine mir immer noch unbegreifliche Art und Weise für ihn verantwortlich, und deshalb wohnt Zeke auch bei ihnen. Er kann sonst buchstäblich nirgendshin.«

»Das war doch nett von Gus, dass er ihn aufgenommen hat«, sagte ich. »War Zeke auch dabei, als ihr alle diese Kreuzfahrt gemacht habt?«

»Als Shawn Raymond erschossen wurde, saß Zeke im Gefängnis.«

»Im Gefängnis?« Ich sah ihn verblüfft an. »Warum hat Gus mir das denn nicht erzählt?«

»Soweit ich weiß, ist das kein Geheimnis. Er hat wohl gedacht, es geht dich nichts an. Du bist ja nicht von der Polizei. Er ist nicht verpflichtet, auch nur mit dir zu reden, geschweige denn, dir etwas zu erzählen, das dich seiner Meinung nach nichts angeht – so würde jedenfalls mein Bruder denken. Zeke ist der Schandfleck der Familie. Die Wahrheit sieht so aus, dass Zeke einen guten Teil – das heißt den größten Teil – seines Erwachsenenlebens im Gefängnis verbracht hat. Als er das erste Mal hinter Gitter kam, war ich noch ein Kind, und Gus redet nicht allzu viel über den

Verbrecher in der Familie. Die meisten Leute wissen nicht mal, dass es ihn gibt. Merkwürdigerweise gibt es vieles, das nicht mal ich über ihn, über die beiden weiß.«

»Du und deine Brüder, ihr seid altersmäßig weit auseinander.«

»Meine Mutter hat immer gesagt, meine Geburt war das Wunder ihrer späten Jahre.«

»Zeke ist also der Böse, und Gus ist der Gute.«

Er schüttelte den Kopf. »So einfach ist das nicht. In Wirklichkeit ist alles, was Gus tut und je getan hat, immer nur aus Liebe geschehen – Liebe zu mir, zu seinen Kindern, zu Mattie, zu Zeke. ›Schützen und dienen.‹ Ist das nicht der Leitspruch der Polizei? Schützen und dienen, genau das hat Gus immer getan. Schützen und dienen, und wenn es dich umbringt.« Er sprach jetzt sarkastisch und gehässig; so hatte ich ihn noch nie erlebt. »Das war für Gus immer das A und O. Schützen. Einengen und beherrschen.«

»Das hat seinen Kindern bestimmt den letzten Nerv geraubt, dieser Quatsch mit Schützen und Dienen.«

»Für Gus gibt es nur ein Kind.«

»Gina?«

»Lena schlägt eher Gus nach als Mattie. Sie ist genauso eigensinnig wie er, genauso störrisch, und es ist völlig undenkbar, dass sie ihrem Vater je gestattet hätte, sich zum Herrn über ihr Leben aufzuschwingen.«

»Was für ein Mensch ist Gina?«

Er überlegte kurz. »Sehr zart. Ich will mal so sagen – sie hat im letzten Jahr einiges erlebt, das ihrem Vater das Herz gebrochen hat.«

»Dass sie das Kind gekriegt hat?«

»Das ist noch das Wenigste, glaub mir. Wusstest du, dass sie mal auf die Juilliard School ging? Sie ist Musikerin. Als sie das Verhältnis mit Raymond anfing, hat sie das Studium geschmissen. Soweit ich das verstanden habe, hatte er ständig was an ihr herumzumeckern. Mattie sagt, ihrer Meinung nach hat sie das Kind gekriegt, um ihm ein ›Geschenk‹ zu machen. Mattie hat immer gesagt, er wollte sie nur auf sein Niveau runterziehen. Und das ist ihm ja wohl auch gelungen.«

»Wie meinst du das?«

»Seit er ihr begegnet ist, hat er alle Träume zerstört, die ihre Eltern je für Gina hatten. Jeder einzelne Dollar für Klavierstunden, die guten Kleider aus den teuren Läden – und das alles von einem Polizistengehalt –, die Ausflüge und Elternversammlungen in dem exklusiven Kinderclub, um sie vor ›dem Element‹ zu bewahren, in dem Gus eine Bedrohung für ihr Leben sah – alles war für die Katz in dem Moment, als sie Shawn Raymond begegnete. Und ihre Selbstachtung war auch dahin. Die ganze Familie hat gejubelt, als Shawn Raymond sie endlich in Ruhe ließ.«

»Gus sagt, sie hat ihn verlassen.«

»So will Gus es gern sehen. Ich wette, es war andersrum.«

»Was genau hat er ihr denn angetan?«

»Vielleicht sollten wir das als Arbeitsessen bezeichnen, dann können wir es beide auf die Spesenrechnung setzen.« Er legte gerade genug Schärfe in seinen Ton, um mir zu verstehen zu geben, dass er es ernst meinte.

»Gut. Das war meine letzte Frage«, sagte ich und legte dabei die Hand aufs Herz.

Da lächelte er und antwortete mir: »Wenn ich das so genau wüsste, würde ich es dir wahrscheinlich sagen.«

Und fast glaubte ich ihm.

Schließlich bestellten wir ein leichtes Abendessen – eine Minestrone und einen großen Cäsar-Salat – und noch etwas zu trinken. Er erklärte mir umständlich, warum er mich damals vor langer Zeit nicht wieder angerufen hatte, und ich hörte es mir an und stellte dabei fest, dass es mir mittlerweile eigentlich ziemlich egal war. Wir hatten uns beide verändert, inzwischen war viel Zeit vergangen, und viele Menschen waren in unser Leben getreten und wieder gegangen.

Als ich meinen Käsekuchen in Angriff nahm, erzählte ich von Jamal, und als ich beim Kaffee angelangt war, holte ich die Fotos heraus, die ich immer bei mir habe. Ben betrachtete die Bilder so interessiert, wie es ein Mensch an anderer Leute Kindern eben sein kann, und redete dann von seiner Frau, wie sehr sie ihm fehle und dass er wohl nie wieder einen Menschen so werde lieben können, und ich musste an Jake denken.

Ich hatte schon immer gern mit Ben Lennox zusammen gelacht, und das taten wir ausgiebig und gaben beide zu, dass wir für einen Donnerstagabend wohl zu viel gegessen und getrunken hatten.

Vielleicht lag es an der gelösten Stimmung, in die uns das letzte Glas versetzt hatte, dass Shawn Raymonds Name wieder auftauchte, als er mich zum Auto brachte.

»Ich kann einfach nicht begreifen, Tamara, warum du dich überhaupt auf diese Geschichte eingelassen hast.«

»Wie meinst du das?« Als ich ihn so im fahlen Licht des

Parkplatzes betrachtete, da fand ich, dass es gar nicht so übel wäre, wenn er mir einen Gutenachtkuss geben würde.

»Die ganze Geschichte mit Shawn Raymond und seiner drogensüchtigen Mama. Inzwischen ist dir bestimmt klar geworden, dass du am besten die Finger davon lässt. Das dreckige Schwein hat genau das bekommen, was es verdient hat. Ich weiß ganz sicher, dass er nichts als ein Stück Dreck war.«

»Ich dachte, du hast gesagt, du hättest ihn gar nicht gekannt.«

»Hab ich auch nicht«, sagte er und küsste mich sanft auf den Mund.

7

Freitags tue ich nie sehr viel. Als Selbstständige kann ich meinem eigenen Rhythmus folgen, und an diesem Freitag war mein Rhythmus lahmarschig-schlurfend. Vielleicht war das die gesammelte Wirkung davon, dass ich so spät ins Bett gegangen war, mehr Wein getrunken hatte, als mir guttat, und dass Ben Lennox mir mehr den Kopf verdreht hatte, als ich zugeben mochte. Ich bin Profi genug, um zu wissen, dass es absolut dämlich ist, sich mit jemandem einzulassen, der auch nur entfernt etwas mit einem Fall zu tun hat – es trübt das Urteilsvermögen und führt dazu, dass man Dinge übersieht, auf die man eigentlich achten sollte. Doch Bens Kuss ging mir einfach nicht aus dem Sinn, auch wenn mich seine Abschiedsbemerkung über Shawn Raymond verstört hatte.

Auf dem Weg ins Büro hatte ich morgens bei Dunkin' Donuts haltgemacht und mir zwei Becher Kaffee und ein paar Vollkornkrapfen geholt, um in die Gänge zu kommen. Als ich den zweiten Becher halb ausgetrunken hatte, fing mein Gehirn wieder an zu funktionieren. Ich lehnte mich auf meinem Stuhl zurück, wartete, bis der Computer betriebsbereit war, und überlegte, was ich alles zu erledigen hatte. Ich schrieb – wie üblich mit einiger Verspätung – die Überweisung für die Strom- und Gasrechnung aus und gab einem Ermittlungsbericht für die Personalabteilung einer Bank den letzten Schliff. Annie hatte mir zugesetzt, ich solle mir mal eine größere Anzeige im Branchenverzeichnis des Telefonbuchs leisten, darum spielte ich eine gute Viertelstunde lang verschiedene Formulierungen durch. Als das Telefon klingelte, ließ ich es klingeln. Mir fielen mindestens vier Leute ein, mit denen ich an dem Morgen nicht reden wollte; ich konnte ja später von Karen, die beim Auftragsdienst meine Anrufe entgegennimmt, erfahren, wer da angerufen hatte, und sie würde mir die Wünsche der Anrufer in ihrer eigenen, unnachahmlich verqueren Lesart wiedergeben.

Als ich genügend mit der Anzeige herumgespielt hatte, ging ich in meine Arbeitsdatei LBAA und tippte oben eine Notiz ein, damit ich nicht vergaß, Zekes Gefängnisaufenthalt nachzuprüfen, dann rief ich die Datei mit meinen Außenständen auf und schrieb einem saumseligen Zahler eine sanft formulierte Mahnung (ich konnte mich schließlich gut in seine Lage versetzen) wegen einer überfälligen Rechnung. Als das Telefon erneut klingelte, fiel mir ein, dass es ein Notfall mit meinem Sohn sein könnte, und ich nahm nach dem ersten Läuten ab.

»Wo steckst du denn? Ich versuch schon eine geschlagene Stunde lang, dich zu erreichen«, raunzte Bessie Raymond mich an – sie gehörte genau zu den Leuten, von denen ich eigentlich nichts wissen wollte.

»Guten Morgen, Bessie. Ich bin eben erst reingekommen.«

»Morgen! Wir haben schon fast Nachmittag. Fängst wohl an zu bummeln, was?«

»Wo brennt's denn?« Ihre Bemerkung über meine Arbeitszeiten überhörte ich.

»Hast du schon was rausgefunden?«

»Es kann noch eine Weile dauern, Bessie.« Allmählich deprimierte es mich, dass ich nicht vorankam, und ich hatte ein schlechtes Gewissen wegen meiner Verabredung mit Ben Lennox, über die Bessie vermutlich stinksauer wäre, wenn sie davon wüsste. Wieder kamen mir Zweifel, ob das wohl klug gewesen war. Ich trank hastig einen Schluck Kaffee, der inzwischen kalt geworden war.

»Was glaubst du denn, wie lange es noch dauert?«

»Ich würde es dir gern sagen, aber ich weiß es einfach nicht.«

»Was soll das heißen – du weißt es nicht?«

»Bessie, als ich deinen Fall übernommen habe, da hab ich dir gesagt, dass ich vielleicht auch nicht mehr Glück habe als die Cops. Es kann ein Weilchen dauern, bis sich etwas Entscheidendes ergibt.« Ich hoffte, der letzte Satz würde sie etwas aufmuntern.

»Und ich hab dir das ganze Geld gegeben!«

»Das weiß ich ja, Bessie, aber ich kann nichts garantieren.« ›Das ganze Geld‹ war eigentlich gar nicht so viel. ›Das ganze Geld‹ war praktisch schon weg.

»Hast du mit diesen Lennox-Leuten gesprochen?«

»Ja, hab ich.«

»Und was ist dabei rausgekommen?«

»Nichts Neues. Im Großen und Ganzen dasselbe, was sie auch der Polizei erzählt haben.«

»Dass sie irgendwo auf einem Schiff rumgegondelt sind?«

»Darüber hast du mit den Cops auch gesprochen?«
Vielleicht hatte ich Osborne wegen seiner Haltung Bessie gegenüber vorschnell verurteilt; er hatte ihr offenbar doch ein paar Informationen gegeben.

»Yeah, ich hab mit denen geredet, so gut es ging. Du weißt ja, ich hab nicht die Bohne Vertrauen zu den Cops. Hast du schon mit Viola gesprochen?«

»Das mach ich nächste Woche. Kannst du mir ein bisschen was über Rayshawn erzählen?«, fragte ich in sachlichem Ton, aber mir war mulmig bei der Vorstellung, ich müsste ihr sagen, dass die Fährte zu dem Mörder ihres Sohns womöglich geradewegs zu ihrem Enkelsohn führte.

Aber vielleicht war ihr das gar nicht neu.

»Was willst du denn wissen?« Ich hörte das Klacken ihres Feuerzeugs, als sie sich eine Zigarette anzündete, und dann ihr schnelles Einatmen.

»Hast du gewusst, dass er einen Revolver hat?«

Sie zögerte kurz, bevor sie antwortete. »Ich weiß, dass seine Mama einen hat.«

Sie fragte nicht, woher ich das wusste, und ließ sich keine Gelegenheit entgehen, mir wieder mit Viola Rudell zu kommen.

»Bessie, es hat sich da einiges ergeben ...«

»Was denn?« Ich hörte den Argwohn und das Misstrauen in ihrer Stimme und überlegte, ob ich ihr jetzt von meinen Zusammenstößen mit Rayshawn erzählen sollte, entschloss mich dann aber dagegen. Wenn sich mein Verdacht gegen ihn als richtig erwies, würde sie es früh genug hören.

»Ich würde einfach gern mehr über ihn erfahren. Vielleicht weiß er ja etwas, das mir hilft, den Mörder seines

Vaters zu finden.« Weiter wagte ich mich nicht vor. »Könntest du die Laytons anrufen und fragen, ob sie mit mir über Rayshawn sprechen würden?«

Wieder hörte ich das Feuerzeug klacken und das Geräusch ihres Atems.

»Das sind gute Menschen, die Laytons.«

»Ich würd mich gern mit ihnen unterhalten. Kannst du ihnen ausrichten, dass ich sie demnächst anrufe?«

Sie sagte so lange nichts, dass ich schon dachte, ihr wäre der Hörer aus der Hand gefallen. »Wie viel Zeit krieg ich noch für mein Geld?«

»So viel du brauchst.« Das war glatt gelogen. Sie hatte mir ihr ganzes Geld gegeben, aber dafür konnte ich im Höchstfall noch eine Woche für sie arbeiten, dann müsste ich etwas anderes annehmen, damit ich meine Rechnungen bezahlen konnte. Schließlich hatte ich auch einen Sohn.

Sie stammelte ein Dankeschön, bevor sie auflegte, und ich saß eine Weile da und überlegte, ob ich ihr hätte reinen Wein einschenken sollen. Das Telefon klingelte wieder, und ich ließ es läuten, bis es aufhörte, dann rief ich den Auftragsdienst an, um mich bei Karen zu erkundigen.

»Wie geht's, Ms. Hayle?«

Karen hat eine ausgeprägt näselnde Aussprache, was mich immer wieder zweifeln lässt, ob ich mir da auch wirklich die beste Visitenkarte für mein ständig auf der Kippe stehendes Unternehmen ausgesucht habe. Ich habe keine Ahnung, wie sie aussieht, aber die Stimme würde ich unter Tausenden heraushören, da bin ich mir ziemlich sicher.

»Gut, Karen. Haben Sie etwas für mich?«

»Mein Gott, der verfluchte Apparat klingelt hier in einer

Tour«, klagte sie, als würde sie nicht genau dafür bezahlt, dass sie dann den Hörer abnimmt. »Da waren mehrere Anrufe von einer – Betty Ray oder so was in der Art.«

»Bessie Raymond?«

»Yeah. Sie wollte mir ihren Namen nicht buchstabieren. Richten Sie der Lady doch mal aus, dass ihr Umgangston dringend eine Generalüberholung braucht, da muss jemand mit dem Schraubenschlüssel oder dem Hammer oder sonst was ran, um ihre Laune auf Zack zu bringen. Na egal, sie hat ungefähr dreimal angerufen. Verraten wollte sie mir nichts außer ihrem Namen. Buchstabieren wollte sie den auch nicht –«

Ich fiel ihr ins Wort. »Danke, Karen. Mit Mrs. Raymond hab ich schon gesprochen.«

»Was die Lady da braucht, das kann nur Gott allein –«

»Sonst noch jemand, Karen?«, fragte ich ungeduldig.

»Nun werden Sie mal nicht gleich ruppig, Ms. Hayle.«

»Tut mir leid, Karen. Ich hab viel um die Ohren.« Sobald ich den Hörer aufgelegt hatte, würde sie sich über *meinen* »Umgangston« auslassen.

»Tja ...« Sie machte eine Pause, als sähe sie ihre Notizen durch. »Ihre Freundin Annie hat angerufen. Also, das ist mal eine Lady, die weiß, was sich gehört. Da merkt man gleich, dass da was dahintersteckt, nicht so wie bei manchen anderen, die hier für Sie anrufen. Hat gesagt, Sie sollen sie zurückrufen, es wär wichtig. Und dann noch eine Lady, ohne Namen –«

»Sie hat keinen Namen angegeben, Karen?«, unterbrach ich sie wieder. »Was hat sie denn gesagt?«

»Tjaaa«, machte Karen gedehnt – mit ihrem Umgangston

stimmte wohl auch was nicht.«Eine ganz leise Stimme. Als ob sie Angst hätte. Hat sich nach Ihren Bürozeiten erkundigt, und ich hab sie ihr gesagt. Das sollte ich doch, wenn jemand danach fragt, nicht?«

Gina Lennox hatte endlich zurückgerufen. »Sie hat sich nur nach den Bürozeiten erkundigt?«

»Sie hat nur nach den Bürozeiten gefragt, und ich hab sie ihr gegeben. Dann war da noch ein Anruf von Macy's und einer von Visa, weil Sie da Ihre Rechnungen nicht bezahlt haben«, erklärte sie überheblich. Ich verdrehte die Augen und fragte mich, warum ich dieser Frau eigentlich teures Geld zahlte, damit sie mir als Dienstleistung meine Nachrichten durcheinanderbrachte. »Dann noch ein Mann namens Ben Soundso.«

»Ben Soundso, Karen?« Jetzt war ich wirklich sauer. »Tut mir leid, ich wollte nicht ruppig sein.«

»Schon gut. Wir haben alle mal einen schlechten Tag, Ms. Hayle. Er hatte eine nette Stimme. Hörte sich aber an, als wär er in Eile. Hat gesagt, er würde Sie wieder anrufen – zu Hause«, fügte sie vielsagend hinzu.

»Danke, Karen. Und das war's?«

»Das war's. Sind Sie ab jetzt im Büro?«

»Ja, wahrscheinlich. Ich melde mich wieder, Karen. Vielen Dank für Ihre Hilfe.« Mein Bemühen um Freundlichkeit fiel nicht sehr überzeugend aus.

»Gern geschehen, Ms. Hayle. Vergessen Sie nicht, Ihre Freundin Annie anzurufen, und melden Sie sich bei diesen Leuten wegen den unbezahlten Rechnungen. Die können regelrecht fies werden, wenn sie wollen. Machen Sie sich mal ein schönes Wochenende. Dann geht es Ihnen Montag hoffentlich besser.« Das war nun Karens Versuch, freundlich zu sein.

Trotz meines Ärgers konnte Karen mich meistens doch aufheitern, und als ich Annie anrief, hatte ich ein Lächeln auf den Lippen. Aber ich hörte meiner Freundin an, dass sie ebenfalls ein Problem mit dem Umgangston hatte – bestimmt weil ich sie noch nicht besucht hatte, um mir endlich ihre Dias anzugucken und mir von ihren Ferien erzählen zu lassen.

»Verreisen ist doch nur halb so schön, wenn man hinterher nicht alles mit seiner besten Freundin teilen kann.« Irgendwie brachte sie es fertig, diese Bemerkung in unserem Gespräch über die letzte Sitzung von Ujamaa House fallen zu lassen, einer Frauenorganisation, der wir beide angehören.

›… nicht vor seiner besten Freundin damit angeben kann‹, übersetzte ich mir das im Stillen, aber ich wusste, dass sie gekränkt war, weil ich sie noch nicht besucht hatte. In Wirklichkeit war das ungefähr das Letzte, was ich gern ›teilen‹ wollte – schließlich würde eher auf Kuba Schnee fallen, als dass ich mir selbst so eine Urlaubsreise leisten konnte. Ich hatte meine eigene Meinung darüber, dass sie auch so viel Gespür für *meine* Probleme aufbringen könnte, um das zu begreifen. Aber eine Freundin lässt man nicht im Stich, und als sie davon sprach, dass sie jemand brauchte, der ihr beim Ausräumen der Garage hilft (ihr Ehemann William hatte es mit dem Rücken und durfte nichts Schweres heben, sonst würde er noch im Krankenhaus in der Notaufnahme landen), da bot ich ihr meine Hilfe an und die von Jamal noch dazu, um sie wieder gnädig zu stimmen.

Ich beschloss, Ben Lennox nicht anzurufen. Nach dem Gespräch mit Bessie war ich zu dem Schluss gekommen, ich sollte lieber keine schlafenden Hunde wecken. Ich würde ihn erst anrufen, wenn dieser Fall erledigt war, so viel war ich Bessie Raymond schuldig. In Gedanken war ich immer noch bei Bessie, als ich die Laytons anrief und eine Nachricht hinterließ, in der ich erklärte, wer ich war und was ich wollte, und die Hoffnung ausdrückte, dass Bessie sich meinetwegen mit ihnen in Verbindung setzen würde. Als das Telefon wieder klingelte, nahm ich gerade noch rechtzeitig ab, um mich bei Macy's wegen meiner Rechnung zu entschuldigen, was mir wieder in Erinnerung brachte, dass ich Bessie höchstens noch eine Woche geben konnte. Auf der Suche nach Erkenntnis rief ich wieder die Datei LBAA auf, um meine Notizen durchzusehen; dabei wünschte ich, ich würde genug Geld verdienen, um der Sister mehr Zeit widmen zu können, und fragte mich, ob ich auch wirklich nichts unversucht gelassen hatte. Aber schließlich hatten die Cops ja auch aufgegeben. Der Fall war ausgelutscht wie eine alte Zitrone, und wahrscheinlich war es töricht und unverantwortlich von mir gewesen, Bessie Raymond Hoffnungen zu machen, indem ich sie in dem Glauben ließ, ich könnte da mehr erreichen als die Polizei. In Wirklichkeit war mir jetzt klar, dass es ein Fehler gewesen war, den Fall überhaupt anzunehmen. Er hatte sich als so hoffnungslos erwiesen, wie ich befürchtet hatte. Aber jetzt wollte ich die Sache auch zu Ende bringen und zusehen, dass die Sister wenigstens etwas für ihr Geld bekam.

Da klopfte es zögernd und unsicher an der Tür, und ich machte schnell auf, damit mein Besuch sich nicht gleich wieder davonmachte. Gina Lennox folgte mir in mein Büro und nahm vor dem Schreibtisch Platz wie ein gehorsames Kind.

»Tut mir leid, dass ich hier einfach so hereinplatze, ohne Termin und alles. Tut mir leid, dass ich Sie nicht zurückgerufen habe«, murmelte sie mit ihrer verhuschten Kleinmädchenstimme. Sie hatte den nobel-dezenten Einheitslook einer Black American Princess angelegt: winzige Diamantohrstecker, teure Hosen, eine tadellos sitzende Seidenbluse – alles nicht vom Wühltisch. Ich fragte mich, wie lange Daddy wohl noch ihre Rechnungen bezahlen würde, doch im nächsten Moment wurde mir klar, dass sie exakt dem Bild der hilflosen Frau entsprach, die sich wohl bis ans Ende ihrer Tage von einem Mann aushalten lassen würde. Wieder fiel mir auf, wie dünn sie war und wie verlebt und ausgezehrt ihr Gesicht aussah, trotz des geschickten Make-ups.

»Vielen Dank, dass Sie gekommen sind.«

»Ich musste es tun, für Shawn.«

Ich staunte wieder, wie anders sie aussah als auf dem Foto. Seit der Zeit mit Shawn Raymond hatte sie Schwung und Lebenskraft verloren. Ich fragte mich, was ihr diese Beziehung sonst noch alles genommen haben mochte.

»Wie geht es dem Baby?«

»Gut.«

Ich schaltete den Computer ab und schlug mein Notizbuch auf, damit ich mitschreiben konnte. »Übrigens, würden Sie mir bitte noch einmal seinen vollen Namen geben?«

Gina schaute verwirrt drein, als wisse sie nicht recht, was

ich von ihr wollte, und verkrampfte sich dann, als sei ihr unbehaglich zumute. »Augustus Lennox Raymond. Nach seinem und meinem Vater.«

»Das heißt, Gus trägt Shawns Familiennamen.«

»Natürlich.«

»Wissen Sie, warum sein älterer Sohn Rayshawn nicht seinen Namen trägt?«

»Weil Rayshawn nicht sein Kind ist«, sagte sie, ohne zu zögern.

Ich legte den Stift hin und sah sie verwundert an. »Haben Sie Rayshawn Rudell einmal *gesehen*?«

»Nein, danach habe ich kein Bedürfnis«, sagte sie mit arrogant erhobener Stimme und verscherzte sich damit einiges an Sympathie bei mir.

»Kein Bedürfnis, den Bruder Ihres Sohns zu sehen?« Ich gab mir keine Mühe, den Sarkasmus in meinem Ton zu verbergen, aber sie machte einen derart verstörten Eindruck, dass ich nicht weiter in sie drang.

»Was genau wollten Sie denn mit mir besprechen?« Sie war nervös, und als sie die Beine übereinanderschlug, stieß sie mit dem Fuß an den Schreibtisch. Mir fiel auf, dass sie anscheinend schon die bloße Erwähnung des Jungen unruhig machte.

»Ich hatte gehofft, Sie könnten mir noch mehr über Shawn erzählen. Sie scheinen etwas angespannt zu sein – kann ich Ihnen etwas anbieten, einen Tee vielleicht?« Das war mein übliches Allheilmittel für alle Menschen, mich eingeschlossen, die mit den Nerven am Ende sind. »Ich habe Kräutertee, Celestial Seasonings und Lipton's, wenn Sie den mögen. Oder Kaffee?«

»Nein. Ich möchte nichts.«

»Sie dürfen ruhig rauchen«, fügte ich hinzu, wobei ich an Bessie Raymond dachte, den letzten nervösen Menschen, der mir hier gegenübergesessen hatte; bei ihr hatten die Zigaretten beruhigend gewirkt.

Ginas Miene verriet Abscheu. »Warum sollte ich? Mir wird allein schon von dem Geruch übel. Ich habe noch nie im Leben Zigaretten geraucht.« Das hörte sich an, als wäre es eine große Errungenschaft. »Wahrscheinlich verwechseln Sie mich mit meiner Zwillingsschwester. Lena ist der Nikotinfreak in der Familie, nicht ich.«

»Lena raucht?« Ich gab mir erdenkliche Mühe, meine Erregung über diese neue Information zu verbergen.

»Sie hat sich immer in die Garage geschlichen und da geraucht, als wir Teenager waren oder noch jünger, so um die dreizehn. Sie war äußerst frühreif, in vielerlei Hinsicht«, fuhr sie mit einer Grimasse fort, die vermutlich etwas Gehässiges über den Charakter ihrer Schwester besagen sollte.

»Und Sie haben nie geraucht? Niemals?«

»Nein. Warum fragen Sie ständig danach?«

»Nur so.« Ich sah auf mein Notizbuch hinunter und richtete mich auf, wie ein alter Hund, dem eben der Duft von einer Grillparty in die Nase gestiegen ist. Das war gar nicht Gina da auf dem Foto mit der Zigarette und dem Glas in der Hand, sondern ihre Zwillingsschwester Lena, die Raucherin. Lena hatte sich ebenfalls mit Shawn Raymond vergnügt.

»Wie haben Sie den Verstorbenen denn kennengelernt?«

»Nennen Sie ihn doch nicht so. Lena hat uns bekannt gemacht.«

»Und wie haben sich Lena und Shawn –«

Gina fiel mir so streitbar und aggressiv ins Wort, wie ich sie noch nie erlebt hatte.

»Das müssen Sie sie schon selber fragen. Ich weiß nicht, woher sie ihn kannte. Aber unsere Eltern wohnten nahe beieinander, in der South Ward, mehr oder weniger in derselben Gegend, und er war in der Highschool nur ein paar Klassen über uns. Fünf Jahre sind heutzutage ja nicht viel.«

»Sind Sie nach der Highschool aufs College gegangen?« Ich musste dieses Mädchen und ihren Lebensweg irgendwie einordnen können – vor und nach Shawn Raymond. Mir fiel auf, dass sie die Hände einer Pianistin hatte; einer ihrer langen, spitz zulaufenden Finger war mit einem kleinen Diamanten geschmückt, der zu den Ohrsteckern passte. Ich erinnerte mich wieder, dass Ben gesagt hatte, sie sei Musikerin.

»Ich bin eine Zeit lang auf das Juilliard College gegangen. Aber er stand für mich an erster Stelle. Alles andere war für mich bedeutungslos.« Das sagte sie mit der Überzeugung einer religiösen Konvertitin und mit leuchtenden Augen.

»Sie haben studiert, um Pianistin zu werden?«

»Meine Eltern wollten es so.«

»Und was wollten Sie?«

»Shawn. Warum fragen Sie mich das alles?«

»Ich versuche, mir ein möglichst genaues Bild zu machen. Wann hat Lena ihn denn kennengelernt?«

»Fragen Sie sie.« Sie wirkte verärgert, als sie mir Lenas Telefonnummer gab, die sie erst in einem Filofax-Notizbüchlein nachschauen musste, das sie aus ihrer winzigen braunen Lederhandtasche zog, und das kam mir merkwürdig vor. Obwohl ich meine Schwester nur etwa einmal im Monat anrufe, kenne ich ihre Nummer auswendig.

»Stehen Sie und Lena sich nahe?«

»Lena ist der einzige Mensch, den ich mehr liebe als Shawn und mein Baby«, sagte sie so gleichmütig, dass es bestimmt gelogen war. »Und ich habe Shawn meiner Schwester nicht weggenommen, wenn Sie das meinen. Er ist zu mir gekommen, weil er mich liebte.«

Hätte ich doch bloß daran gedacht, mir das Foto auszuborgen, das ich bei Bessie gesehen hatte. »Fällt Ihnen zu Shawn noch etwas ein, das mir weiterhelfen könnte?« Ich verfiel wieder in meinen kühlen, sachlichen Ton.

Ihr Blick verlor sich ins Weite, bevor sie mir antwortete, sie warf den Kopf zurück und guckte an die Decke, als müsse sie etwas abschütteln, dann schaute sie wieder mich an.

»Nichts, was Sie nicht wahrscheinlich schon wissen. Er hat in seinem Leben ein paar schlimme Sachen angestellt, aber ich hatte Verständnis dafür und habe auch verstanden, warum er das tun musste. Er hatte auch Waffen, wissen Sie, aus Virginia, und die hat er hier bei uns und in New York verkauft.« Sie schwieg lange, als denke sie angestrengt über etwas nach, dann senkte sie den Blick, wich meinem aus. »Früher hat er auch mit Drogen gehandelt. Das hat er mir erzählt. Er hat eine Menge Geld damit verdient, hat er gesagt.«

»Hat er Ihnen je Drogen gegeben?« Ich dachte an ihre

dünne, schmächtige Figur und die Stimme ohne jedes Volumen.

»Nein«, antwortete sie so schnell, dass es bestimmt gelogen war.

»Sie lieben ihn offenbar immer noch. Was hat Sie schließlich bewogen, sich von ihm zu trennen?«

»Das habe ich meinen Eltern erzählt, weil ich bei ihnen wohnen wollte, wegen dem Baby und so. Shawn wollte nicht mit mir zusammenleben. Und ich konnte sonst nirgendwohin.« Sie sah auf ihre Hände hinunter, die sie auf dem Schoß gefaltet hatte, als säße sie in einem Kirchenchor. »Er war kein Mann zum Zusammenleben, wenn Sie verstehen, was ich meine. Aber ich habe mich weiter mit ihm getroffen und mit ihm geschlafen, sooft ich konnte. Einmal sogar in ihrem Bett.«

»Sie haben im Bett Ihrer Eltern mit Ihrem Freund geschlafen?« Ich bemühte mich um einen neutralen Ton.

»Er fand das richtig so«, sagte sie und sah mich mit einem merkwürdigen, verschlagenen Blick an.

»Aber warum?«

Sie zuckte die Achseln. »Shawn meinte, jetzt ist Rache angesagt, weil mein Vater ihn immer wie ein Stück Dreck behandelt hat.«

»Rache?«

»Das hat er gesagt.«

»Ihr Vater hat ihn behandelt wie ein Stück Dreck?«

»Das hat er gesagt«, wiederholte sie im gleichen Tonfall und ohne eine Miene zu verziehen.

»Es hat Ihnen also nichts ausgemacht, dass Sie im Bett Ihrer Eltern mit ihm geschlafen haben. Und dass er noch andere Frauen hatte?«, fuhr ich nach kurzem Schweigen mit meiner Befragung fort. Ich hatte den Eindruck, dass die anderen Frauen wohl noch das Wenigste waren, und als sie wieder rasch den Blick senkte, fühlte ich mich bestätigt.

»Nein, das war mir egal.«

»Soll das heißen, Sie haben ihn so geliebt, dass es Ihnen egal war, ob er andere Frauen hatte?«

»Ja.«

»Wie hätte er es aufgenommen, wenn Sie andere Männer gehabt hätten?«

Sie zuckte die Achseln, aber das Leuchten in ihren Augen verschwand, und ihr Blick wurde einen Moment lang ausdruckslos. »Ich habe ihn geliebt. Das habe ich ihm bewiesen, wann immer er wollte. Liebe heißt, den anderen glücklich zu machen«, verkündete sie mit hoher, gekünstelter Stimme, was nur lächerlich wirkte.

»Haben Sie je darüber gesprochen, dass Sie eine, ähm, verbindlichere Beziehung haben wollten?« Ich bemühte mich, nicht sarkastisch zu klingen.

»Ich wollte genau so sein, wie er mich haben wollte.«

Und zwar ein Dummchen, sagte ich mir im Stillen.

»Ich konnte ihn zu nichts zwingen«, fügte sie hinzu.

»Aber Sie konnten ein Kind von ihm bekommen.« Ich versuchte gar nicht erst, die Kritik zu verbergen, die in meinen Worten lag.

»Ich wollte ein Kind von ihm.« Das sagte sie mit solchem Nachdruck, dass ich erstaunt aufsah.

»Sie wussten, dass er noch andere Frauen hatte, und haben kein Kondom verlangt?« Kaum hatte ich das ausgesprochen, wurde mir klar, dass es mich eigentlich nichts anging, was die Sister mit Shawn Raymond und einem Kondom tat oder nicht tat.

»Hab ich nicht eben gesagt, dass ich ein Baby von ihm wollte?«, fuhr sie mich an, wie zur Bestätigung dieser Überlegung.

»Gina, Sie sagen, Sie haben ihn geliebt, obwohl der Mann selbst zugegeben hat, dass er ein Dealer und Waffenschieber war. *Warum?* Sie haben anderen doch so viel zu bieten!«

»Eigentlich nicht«, sagte sie mit so flauer, ausdrucksloser Stimme, dass sie das offenbar selbst glaubte.

»Darf ich Ihnen ein paar Fragen über Ihre Familie stellen?«

»Sie meinen, über meine Eltern, meine Schwester, meinen Onkel Zeke?« Ich hatte das Gefühl, dass sie mir ihren Onkel als Köder anbot.

»Fangen wir mit Zeke an. Wo war er in der Nacht, als Shawn ermordet wurde?«

»Im Gefängnis. Er hat sich einmal in was reingeritten und lange im Gefängnis gesessen. Er ist immer noch auf Bewährung draußen. Wenn irgendwo was passiert, kommen sie jedes Mal und nehmen ihn fest.«

»Warum war er ins Gefängnis gekommen?«

»Raubmord«, erklärte sie, ohne mit der Wimper zu zucken, als sei das eine Kleinigkeit. »Nicht der Rede wert. Shawn hat auch mal gesessen, hat er mir erzählt.«

Und deshalb war es nicht der Rede wert.

»Wie lange ist es her, dass Zeke im Gefängnis war?«

»Er ist ständig mal drin und mal draußen.«

»Hätte Zeke einen Grund gehabt, sich Shawns Tod zu wünschen?«

Gina zuckte wieder die Achseln, offenbar war das ihre Lieblingsgeste. Dass sie mir nicht gerade in die Augen sehen konnte, deutete darauf hin, dass sie wohl der Meinung war, *jeder* in ihrer Familie hätte einen Grund gehabt, sich Shawn Raymonds Tod zu wünschen. Und das schloss womöglich auch sie selbst mit ein. Lena hatte sich irgendwann in den letzten Jahren nach Herzenslust mit dem Freund ihrer Schwester vergnügt. Eifersucht unter Schwestern kann sehr heftig sein, und ich war mir sicher, dass das hier der Fall war. Nicht wenige Mörder hatten ihr Opfer zu Tode geliebt.

»Fällt Ihnen noch jemand ein, der sich Shawn Raymonds Tod gewünscht hätte?«

»Seine alte Freundin. Viola Rudell. Sie war entsetzlich eifersüchtig auf mich, weil ich einen Sohn von ihm habe.«

»Während er sich zu seinem anderen nicht bekennen wollte? Was hat Shawn Ihnen denn von Viola erzählt?«

»Dass es zwischen ihnen aus war.«

»Nur war da noch Rayshawn.«

»Er hat Rayshawn mir gegenüber in keiner Weise erwähnt.«

»Wer hat denn Ihrer Meinung nach Shawn Raymond umgebracht?«

»Sagte ich doch schon. Viola Rudell.« Sie machte große runde Unschuldsaugen, aber das konnte mich nicht täuschen. Ich betrachtete sie mit einer Mischung aus Wut und Verzweiflung.

»Können Sie mir sonst noch etwas erzählen, das mir vielleicht weiterhilft?«

Sie schien einen Augenblick verwirrt.

»Gina –«

»Mehr kann ich Ihnen nicht sagen«, fiel sie mir ins Wort; ihre Stimme und ihre Gesichtszüge waren beherrscht. »Und will ich auch nicht«, fügte sie wie als Nachgedanken, fast für sich selbst hinzu.

»Wie hieß die Frau noch mal, die die Party gegeben hat, auf der Sie und Ihre Schwester in der Nacht waren, als Shawn umgebracht wurde?« Wenigstens konnte ich ihr den Namen ihres Alibis entlocken, wenn ich auch sonst nichts weiter erfuhr. Sie schien verblüfft, als wisse sie nicht recht, was ich meinte, dann fing sie sich wieder.

»Claudia. Claudia Holly. Sie wohnt in South Orange, nicht weit von der South Orange Avenue.«

»Ich würde gern einen Termin ausmachen, um mit ihr zu reden – ist es in Ordnung, wenn ich sie anrufe? Oder noch besser, vielleicht könnten Sie sie anrufen und ihr sagen, dass ich gern mit ihr reden würde?« Ich schrieb mir Claudias Namen auf.

Wieder dieses Achselzucken, dann ein Nicken, während sie aufstand und sich anschickte zu gehen. »Ich muss meinem Vater rechtzeitig das Auto zurückbringen«, sagte sie mit einem Blick auf die Uhr.

Ich dankte ihr für ihren Besuch, und sie ging. Verwirrt durch unser Gespräch und mein Gefühl, dass sie mir einiges über ihre Beziehung zu Shawn Raymond verschwiegen hatte, stand ich am Fenster und sah zu, wie sie aus dem Haus kam und zu dem Parkplatz ging, wo ich mein Auto abgestellt hatte, als ich von Shawn Raymonds Sohn überfallen wurde.

Und da sah ich ihn, er lauerte genau wie damals im Schatten des Hauses, den Kopf auf die Seite gelegt, als denke er über etwas Verwunderliches nach; sein junger Körper war leicht verkrümmt wie bei einem verhutzelten alten Mann. Er sah zu, wie Gina an ihm vorbeiging, und beobachtete sie, so wie ich ihn beobachtete. Warum ist er zurückgekommen, überlegte ich, und lungert wieder hier bei meinem Büro herum? Wollte oder musste er mir etwas erzählen?

Rayshawn Rudell.

Wieder dachte ich an jene Nacht zurück und wie er bei diesem Wort davongerannt war – »Sohn«. Ich setzte mich wieder hin, rief meinen eigenen Sohn an, und weil ich eigentlich keinen Grund dazu und sonst nichts zu erzählen hatte, sagte ich schließlich, dass wir abends in sein Lieblingsrestaurant essen gehen würden. Wir waren seit Ewigkeiten nicht mehr zusammen im Red Lobster gewesen. Ich sah es direkt vor mir, wie das Lächeln auf seinen Lippen erschien. Die nächste halbe Stunde über telefonierte ich herum, um Termine mit Claudia Holly, Viola Rudell und Lena Lennox auszumachen, und nach anfänglichem Zögern erklärten sich alle zu einem Gespräch mit mir bereit. Als ich wieder aus dem Fenster sah, ob Rayshawn noch da stand, war er verschwunden.

Die Laytons hob ich mir bis zum Schluss auf. Bessie hatte sie auf meinen Wunsch hin angerufen, und Mrs. Layton schien – nach der Stimme zu urteilen, die sich wie ein ruhiger Singsang anhörte – recht sympathisch zu sein. Ich konnte mir gut vorstellen, wie sie ein ängstliches Kind zum Einschlafen brachte oder in der Küche bei einer Tasse warmer Milch die Seele eines problembeladenen Teenagers besänftigte. Ich hatte schon so manche Horrorstory über Pflegeeltern gehört, aber ich wusste, dass es auch viele gute gab, und zu denen gehörte sie offenbar.

Rayshawn war, wie sie mir erklärte, eins von vier Kindern, die sie in den letzten fünf Jahren regelmäßig betreut hatte, und mein Instinkt erwies sich als richtig: Seit dem Tod seines Vaters hatte er sie sehr oft besucht. Das erste Mal war er zu ihnen gekommen, als seine Mutter in South Jersey im Frauengefängnis saß, weil sie einen ungedeckten Scheck in Zahlung gegeben hatte, und Bessie, die sie »die Oma« nannte, ihn nicht nehmen konnte.

»Und sein Vater?«, fragte ich.

»Omas Sohn Shawn? Er kam anscheinend recht gut mit Rayshawn aus, aber das hat sich vor etwa einem Jahr geändert«, erklärte sie. »Er hat den Jungen nicht mehr abgeholt, und Rayshawn wollte ihn offenbar auch gar nicht mehr sehen, aber er ist noch ab und zu vorbeigekommen, hat ihn besucht und ihm Geld gegeben und so.«

»Shawn Raymond war also ein guter Vater?«

»Nun ja ...« Sie hielt unsicher inne. »Er war bei Rays Geburt selbst noch so jung, bestimmt nicht älter als siebzehn oder achtzehn. Zu jung, um ein guter Vater zu sein, aber doch besser als mancher andere.«

»Aber er hat die Vaterschaft anerkannt.«

»Man braucht sich die beiden ja nur anzuschauen. Da kann er auch ohne Vaterschaftstest sicher sein. Aber Shawn Raymond war so etwas wie ein Charmeur, ein schöner

Mann. Ray ist da anders. Er war immer still und verschlossen. Schon als er klein war. Er macht alles mit sich allein aus und erzählt einem nichts, wenn man ihm nicht sehr zusetzt, und das tu ich nicht. Man weiß nie, was so ein Kind alles mit sich rumschleppt, aber mit der Zeit finden sie sich von alleine zurecht, wenn man sie lässt.«

»Was hat er denn so über seinen Vater erzählt?«

»So gut wie gar nichts. Man konnte es ihm eher von den Augen ablesen, wie sehr er ihn liebte. Seinem Vater auch, wenn ich jetzt so drüber nachdenke.«

»Wie sehr er ihn liebte?«, fragte ich verwundert.

»Ja.«

»Sie hatten also ein enges Verhältnis zueinander?«

»Tja, wie ich schon sagte, vor einem Jahr etwa hat Rayshawn sich verändert. Einmal hab ich sogar gedacht, ich müsste ihm mein Haus verbieten, so bösartig konnte er werden. Er hat eine derartige Wut in sich, dass er anderen eins über den Kopf haut, sie verprügelt und grundlos beschimpft. Er ist ja kein kleiner Junge mehr, und wenn er sein Mundwerk oder seine Fäuste einsetzt, dann steckt da ein Mann dahinter und kein kleiner Junge. Ich und Sam – das ist mein Mann –, wir waren einfach zu alt, um so was hinzunehmen. Bei mir gehen hier kleine Kinder ein und aus, denen tut so ein Einfluss nicht gut. Sie müssen wegen irgendwas Streit gehabt haben, Shawn Raymond und Rayshawn. Da ist die Liebe aus Rays Augen verschwunden. Vielleicht wär sie ja wieder zurückgekommen, wenn der Mann nicht so zu Tode gekommen wäre. Ein Daddy macht für einen Jungen schon was aus. Manchmal frag ich mich, was diese jungen Dinger eigentlich verbrochen haben, dass sie so eine Last mit sich rumschleppen müssen.«

»Demnach sehen Sie Rayshawn jetzt ziemlich oft?«

»Er kommt hier vorbei, sagt nicht viel, manchmal sucht er Streit, aber meistens kommt er einfach nur rein, sitzt rum, guckt sich irgendwas Albernes im Fernsehen an und geht dann wieder heim zu seiner Mama, wie ein kleines Gespenst, das nicht weiß, wo es hingehört.«

»Mrs. Layton, glauben Sie, Rayshawn könnte jemand was antun, wenn der ihn sehr verletzt hat?«

»So, wie der Junge sich im letzten Jahr verändert hat – ich fürchte, ja«, sagte sie mit leiser Stimme, als vertraue sie mir ein Geheimnis an.

»Halten Sie es für möglich, dass er seinen Vater erschossen hat?«

»Was fällt Ihnen ein, mir so eine Frage zu stellen?« Das klang, als fühlte sie sich angegriffen und wollte ihn beschützen, und ich musste an Bessie Raymond denken.

»Weil ich es wissen muss.«

Sie zögerte lange mit der Antwort. »Kinder töten, wenn sie sonst nichts haben. Der Junge hatte nichts mehr auf der Welt, wofür es sich zu leben lohnte. Früher war das sein Daddy gewesen, und dann ist er verschwunden – warum, das weiß nur Gott allein. Ich muss Ihnen die Wahrheit sagen, Ms. Hayle. Als ich von dem Mord an Shawn Raymond erfahren hab, da ist mir als Erstes sein Sohn eingefallen. Ich hab schon überlegt, ob ich das der Polizei sagen soll, aber ich hatte ja keinerlei Beweis dafür. Und wenn ich mich nun irrte? Sie wissen ja, wie diese Cops mit unseren Jungs umspringen. Damit wollte ich nichts zu tun haben.

Mittlerweile bin ich allerdings ganz sicher, dass er es nicht war. Ich weiß ja, dass er seinen Vater geliebt hat, und ich könnte mich selbst nicht mehr ertragen, wenn ich glauben müsste, er hätte so was getan und ich hätte es niemand gesagt.«

Am Abend musste ich wieder an Rayshawn Rudell denken und an das, was man mir über ihn erzählt hatte, während mir mein eigener Sohn bei einem Teller Shrimps gegenübersaß. Wir amüsierten uns köstlich, wie immer, wenn wir zusammen ausgehen, Mutter und Sohn, Tamara und Jamal, gemeinsam gegen den Rest der Welt.

Beim Hinsetzen hatte Jamal mir den Stuhl zurechtgerückt. Da musste ich an Ben Lennox denken und dann an Jake, als Jamal gestand, dass er gesehen hatte, wie Jake das für Denise und Phyllis tat. Jamal hatte es cool und höflich gefunden, so etwas für eine Frau zu tun, an der einem etwas lag.

»Yeah, Jake ist ein Mann, von dem man viel lernen kann«, erklärte ich, und Jamal nickte zustimmend, während er den Rest seiner Cola schlürfte und nach der Speisekarte griff, um sich einen Nachtisch auszusuchen.

»Hast du in letzter Zeit mal was von deinem Vater gehört?« Ich tat, als sei mir das eben so eingefallen, dabei hatte es mich ständig beschäftigt, seit ich Rayshawn gegenüber dieses Wort ›Sohn‹ gebraucht hatte.

»Du meinst von DeWayne Curtis?«

»Das ist doch dein Vater, nicht wahr?«

»Wenn du meinst.«

»Dein Ton gefällt mir nicht, Jamal.«

»Das ist mir nur so herausgerutscht.« Er wirkte aufrichtig beschämt, darum ließ ich das auf sich beruhen.

»Du hast meine Frage nicht beantwortet.«

»Was für eine Frage?«

»Hast du in letzter Zeit mal mit deinem Vater gesprochen?« Vor einigen Jahren war es zu einem Blutvergießen gekommen, das beide nach wie vor verfolgt. Ich habe mich immer gefragt, wie lange Jamal wohl brauchen würde, um vollständig und endgültig darüber hinwegzukommen.

»Nein«, antwortete er scharf und mit einem finsteren Blick, wie um das Gespräch zu beenden.

»Er hat nicht angerufen?«

»Ich hab nicht zurückgerufen. Können wir jetzt den Kuchen bestellen?«

»Meinst du, du kannst ihm je verzeihen?« Kaum hatte ich das ausgesprochen, da wurde mir klar, dass dies eine Frage für einen Erwachsenen war und er sie erst beantworten konnte, wenn er alt genug war, um zu wissen, dass Vergeben gar nicht so furchtbar viel mit dem Menschen zu tun hat, dem man vergeben muss.

»Ich hasse ihn.« Das sagte er ganz ruhig und mit erschütternder Freimütigkeit.

»Meinst du, wir sollten zu dem Kuchen auch noch Eis bestellen?«, fragte ich ganz lässig, als wäre mir völlig gleichgültig, was er da eben gesagt hatte, und er schaute mich mit erleichterter Miene an, froh, dass ich nicht weiter in ihn dringen wollte.

Also bestellte ich Kuchen und Eis für uns beide und schmeichelte ihm ein Lächeln ab, während er mein Stück auch noch verschlang. Doch Rayshawn Rudell und die Antwort, die mein Sohn mir gegeben hatte, gingen mir nicht aus dem Sinn.

8

Eine weitere Woche verging, ohne dass sich viel tat. Ich fand mich allmählich damit ab, dass ich wohl auch nicht mehr zutage fördern würde als die Polizei. Dann war schließlich die letzte Woche gekommen, die ich Bessie Raymond einräumen konnte. Als ich an dem Montagmorgen zur Arbeit fuhr, mochte ich gar nicht daran denken. Nach verschiedenen Absagen und neuen Terminen war es mir gelungen, mich mit Claudia Holly, Viola Rudell und Lena Lennox zu verabreden – und zwar jeweils für ebendiesen Montagabend. Von ein paar Anrufen abgesehen, die ich dann im Laufe der Woche erledigen wollte, blieb sonst nichts mehr zu tun.

Außerdem hatte ich für den Nachmittag einen Termin mit einem neuen Klienten vereinbart, dem Inhaber einer kleinen Hausverwaltung in South Jersey, für den ich mich als Undercover-Agentin mit seinen Angestellten anfreunden sollte, um einem Dieb auf die Schliche zu kommen. Er hatte bereits den Personalchef informiert, dass ich in der nächsten Woche anfangen würde. Normalerweise hätte ich eher sonst was getan, bevor ich mich dazu bereit fand, anderer Leute Toiletten zu putzen, aber in Anbetracht der schwierigen Zeiten kamen mir Gummihandschuhe und Klobürsten gar nicht so schlimm vor. Mein Arbeitsplatz würde östlich von Princeton sein, das war weit genug entfernt, um keinem meiner Bekannten über den Weg zu laufen, aber doch so nah, dass ich nach dem gemeinsamen Abendessen mit Jamal pünktlich zum Dienst antreten konnte. Ich würde nicht nur mein Honorar als Detektivin bekommen, sondern dazu noch den Hausmeisterlohn. Auch Kleinvieh macht Mist.

Nach dem Mittagessen verbrachte ich etwa eine Stunde bei Sears und suchte mir die Verkleidung für meine verdeckten Ermittlungen zusammen. Ich entschied mich für einen billigen grünen Polyester-Hosenanzug, zu dem ich eine von Wyvetta ausgeliehene Kurzhaarperücke mit grauen Strähnen und eine Hornbrille tragen wollte. Den Rest des Tages telefonierte ich dann mit verschiedenen Bekannten im Jugendamt, um Erkundigungen über Rayshawn und Viola Rudell einzuholen, aber es kam nichts dabei heraus.

Kurz nach sechs machte ich mich auf den Weg zu Claudia Holly. Von meinem Büro war es näher zu ihrem Haus in South Orange als von dort zu der Wohnung von Shawn Raymond in Newark, aber ich stoppte trotzdem die Zeit, weil mir der Gedanke gekommen war, Lena oder auch Gina hätte sich in einem abenteuerlichen Verwechslungsspiel von der Party fortgestohlen, Shawn Raymond erschossen und sich in Windeseile wieder zurückgeschlichen und weitergetanzt. Aber das war eine weit hergeholte Theorie und so gut wie unmöglich, es sei denn, eine von beiden wäre mit dem Raumschiff Enterprise gereist.

Ich hatte mir in hastigen, wirren Kürzeln ein paar Routinefragen für Claudia Holly notiert: Wie lange kannte sie die Zwillinge schon? Wie lange waren sie bei ihr geblieben? Hätte eine von beiden unbemerkt weggehen und wiederkommen können? Außerdem war ich neugierig, was für eine Party sie da gegeben hatte – noch dazu an einem Donnerstagabend. Und ich wollte ihre Ansicht über die Zwillinge und deren Beziehung zu Shawn Raymond hören, auch wenn ich sie ihr aus der Nase ziehen müsste.

Die South Orange Avenue ist ein langer, breiter Boulevard, der in Newark beginnt und sich in wechselnder Gestalt durch mehrere Ortschaften zieht – darunter auch die, deren Namen er trägt –, um dann oben auf einem Berg in einen Highway zu münden. Claudia Holly wohnte in einer der Nebenstraßen, durch die ich als Kind nur mit vor Staunen aufgerissenem Mund gefahren war. Die Häuser waren groß und gepflegt – weite, üppige Rasenflächen, säuberlich gestutzte Hecken und Schatten spendende Bäume, die jetzt durch die herbstliche Witterung völlig kahl waren. Bis auf die Tatsache, dass seit ein paar Jahren auch Schwarze hier wohnten, hatte sich nicht viel verändert.

Die Hollys hatten wohl zu den ersten schwarzen Anwohnern gehört. Ihr Eckhaus war ein altes Steingebäude im Tudorstil mit Bleiglasfenstern und einer frei stehenden Garage für drei Autos. In früheren Zeiten, als es noch reichlich billige und schon rein äußerlich von den Hausbesitzern zu unterscheidende ›Dienstboten‹ gab, hatten die Bewohner wahrscheinlich sowohl eine Haushälterin als auch einen Gärtner gehabt. Bevor ich klingelte, schaute ich noch einmal die Adresse nach, um mich zu vergewissern, dass ich auch vor dem richtigen Haus stand.

Eine mollige, sehr hellhäutige Frau mit flaumigen graubraunen Haaren öffnete mir und schickte mich zur Garage hin. Die erwies sich bei näherem Hinsehen als separates Wohngebäude; früher hätte man so etwas eine ›Schwiegermutter-Wohnung‹ genannt, jetzt wohnte eine Tochter darin. Der holperige Pfad dorthin war mit Herbstlaub und Matsch bedeckt. Auf mein Klopfen öffnete mir eine gertenschlanke Mittzwanzigerin in einem weiten roten Sweatshirt und schwarzen Leggings.

Claudia Holly war ihrer Mutter wie aus dem Gesicht geschnitten, nur war ihre Haut goldbraun, und ihr rotbraunes Haar war zu kleinen, eleganten Dreadlocks gedreht, die mit Kaurimuscheln geschmückt waren.

»Tamara Hayle?«, fragte sie mit breitem Lächeln. »Wie schön. Ich wollte schon immer mal von einem Privatdetektiv interviewt werden.« Sie war Mitte zwanzig, etwa so alt wie Gina, aber sie bewegte sich rasch und sprach sehr schnell, und als sie mich eilig in die Wohnung führte, schien jede ihrer Bewegungen mit nervöser Energie geladen. Doch als wir das Zimmer betraten, blieb ich wie angewurzelt stehen. Alle Wände des großen, quadratischen Raums waren mit Gemälden bedeckt. Sie zeigten die alten Viertel der Central Ward und South Ward von Newark: alte Clubs, Fabriken und Warenhäuser, die ich nur vom Hörensagen kannte. Da waren Fabrikszenen mit Männern aller Schattierungen und Größen, die das mit wenigen Strichen angedeutete, kantige Kochgeschirr merkwürdig abgespreizt hielten, während sie mit gebeugtem Rücken an hohen Schornsteinen vorüberzogen. Auf mehreren Federzeichnungen waren Kinder zu sehen, die auf denselben Bürgersteigen, wo ich als Kind gespielt hatte, Himmel und Hölle spielten, und auf einem atemberaubenden Ölgemälde war eine Frau mit so strahlendem Lächeln und einem so farbenprächtigen Kleid, dass man wie gebannt hinschauen musste. Diese Szenen der Hoffnung und der Verzweiflung waren so eindrucksvoll dargestellt, dass mir buchstäblich die Luft wegblieb.

»Das hat mein Vater gemacht«, sagte Claudia stolz, und da ging mir auf, dass sie die Tochter von Claude Holly sein musste, einem bekannten Künstler, der in der Central Ward in Newark aufgewachsen war und von dessen Tod ich einige Monate zuvor in *Jet* gelesen hatte. Lokale Berühmtheiten wie er wurden beim Black History Month in jedem Klassenzimmer von Newark als Beispiel angeführt, um den Kindern vor Augen zu halten, dass einst große Persönlichkeiten die Straßen entlanggegangen waren, auf denen sie jetzt spielten. Jake hatte die Lithografie eines bekannten Gemäldes von ihm in seinem Büro hängen. Ich näherte mich den Bildern voller Ehrfurcht und in dem vagen Bewusstsein, dass ich sie wohl nie wieder außerhalb eines Museums zu sehen bekäme.

»Diese Wirkung haben Daddys Werke immer«, sagte Claudia mit nervösem Lachen.

»Da steckt so viel Kraft drin«, sagte ich und trat einen Schritt zurück, um noch einen letzten Blick darauf zu werfen, bevor ich mich setzte. »Ich hatte ja keine Ahnung, dass Sie seine Tochter sind.«

»Das Küken der Familie«, sagte sie mit einer Mischung aus Belustigung und Stolz. »Als er krank wurde, bin ich wieder zurückgekommen, um meiner Mutter bei der Pflege zu helfen, und da wurde die Garage für mich hergerichtet. Ich weiß nicht recht, ob seine Werke hier auch richtig zur Geltung kommen, aber es wird wohl gehen, bis ich eine dauerhafte Bleibe dafür gefunden habe.« Sie wies mit einer vagen Geste auf die Wände hin. »Die Galerie in Soho, in der ich arbeite, bezeichnet diese Bilder als seine ›weniger bedeutenden Werke‹. Aber mir bedeuten sie viel ... Was kann ich für Sie tun?« Dabei griff sie zu einem Glas mit Weißwein und trank einen Schluck.

»Ich würde gerne die Ereignisse der Nacht mit Ihnen durchgehen, in der Shawn Raymond erschossen wurde.«

Sie sah erstaunt drein. »Ach, das ist doch schon so lange her.«

»Ja, das stimmt.«

»Sie wollen etwas über den Typ wissen, der früher mit den Zwillingen ging, ja? Ich dachte, der Mörder wäre schon geschnappt. Ich hab nichts mehr davon gehört seit meinem Gespräch mit dem Cop, gleich nachdem es passiert war.« Sie schien kurz nachzudenken und nippte dabei an ihrem Wein. »Wie könnte ich das vergessen? Es war mein Geburtstag. Shawn Raymond hat sich erdreistet, an meinem Geburtstag zu sterben! Aber wahrscheinlich muss jeder Mensch an irgendeinem Geburtstag sterben. Mein Vater ist vor ungefähr einem Jahr gestorben, genau zu der Zeit, als Gina ihr Baby bekommen hat.«

»Sind Sie eng befreundet mit den Lennox-Zwillingen?«

»Na ja ... « Sie machte eine verlegene Pause. »Ich mag sie und so, aber wir haben uns irgendwie auseinandergelebt.«

»Waren Sie eng befreundet, als Sie noch jünger waren?«

»Wir waren zusammen im Kinderclub. Da hab ich sie

kennengelernt. Unsere Mütter waren befreundet, und wir sind etwa gleich alt, aber jetzt gibt es eigentlich nicht mehr viele Gemeinsamkeiten zwischen uns. Ich hab viel mit meiner Arbeit zu tun, Kunstgeschichte – ich möchte furchtbar gern einmal eine eigene Galerie aufmachen. Gina geht im Grunde ganz in ihrer Mutterrolle auf, und Lena …« Wieder zögerte Claudia, als überlege sie, was sie sagen sollte, dann verdrehte sie die Augen. »Ich glaube, Lena ist Geschäftsführerin in einem Club irgendwo an der Central Avenue.«

»Sie haben also eine Geburtstagsfeier gegeben in der Nacht, als Shawn Raymond ermordet wurde?«

»Eigentlich war es eher ein zwangloses Beisammensein, und ich habe nicht selbst dazu eingeladen. Lena, Gina und noch ein halbes Dutzend Freunde, die wussten, dass ich nach dem Tode meines Vaters niedergeschlagen war, kamen nach der Arbeit vorbei, um mich aufzumuntern, und sie haben einen großen Korb mit meinen Lieblingsspeisen mitgebracht: Champagner – einen richtig guten –, frisch gebackene Baguettes, Brie, englischen Cheddar, Pasteten, Kuchen. Wir haben alle wahnsinnig geschlemmt. Es war richtig schön. Am nächsten Tag hat Gina dann erfahren, dass Shawn ermordet wurde.«

»Die Party war also eine Idee der Lennox-Zwillinge?«

»Wahrscheinlich steckte Mattie dahinter. Sie kennen Mattie, ihre Mom? Mattie denkt sich immer solche Aufmerksamkeiten aus. Sie ist so ein Typ, der immer jeden Geburtstag im Kopf hat – ich vergesse sie alle. Ich glaube, Lena hat so was erzählt, dass ihre Mutter gesagt hat, sie sollten mir eine Überraschung bereiten und mich an meinem Geburtstag aufheitern, und das hat sie dann getan. Ist doch nett, nicht?«

»Sehr nett. Zumal Sie gar nicht so dick befreundet waren. Demnach waren Gina und Lena beide bis gegen zwei Uhr nachts hier?«

»Auf jeden Fall.«

»Sie scheinen sich da sehr sicher zu sein.«

»Gina wollte zurück und das Baby stillen, und sie sagte, es müsse zwei Uhr sein, weil ihre Brüste schon ausliefen. Ich fand das unheimlich, dass eine Mutter an ihren Brüsten merkt, wie spät es ist, darum hab ich mir die Uhrzeit gemerkt.«

»Wäre es möglich, dass eine von ihnen – Gina oder ihre Schwester – sich unbemerkt davonge–«

Claudia unterbrach mich unwillig. »Nachdem sie die Kleider getauscht haben, wie in einem billigen Film? Sind weggerannt, haben den Blödmann abgeknallt und waren rechtzeitig zum Champagner wieder da? Na, hören Sie mal, Tamara – so hießen Sie doch, nicht wahr? Das glauben Sie doch selber nicht!«

Es hörte sich wirklich dumm an, und ich wünschte, ich hätte nichts davon gesagt. Ich blätterte in meinem Notizbuch und tat so, als sähe ich meine Aufzeichnungen durch.

»Nein, es ist niemand weggegangen«, sagte sie mit einer Spur Überheblichkeit. »Und das Viertelstündchen zählt ja wohl nicht, wo Gina weggerannt ist, um Eis zu holen, bevor die Spirituosenläden zumachen.«

»So gegen zehn?«

»Yeah, und sie war gleich wieder da. Yeah, ich erinnere mich an die Uhrzeit, weil Lena so ein Theater darum gemacht hat und immer wieder sagte, es wäre sinnlos, es wäre schon zu spät und die Geschäfte wären zu. Aber Gina ist trotzdem gegangen.«

»Demnach ist sie um zehn gegangen und um Viertel nach zehn wiedergekommen?«

Claudia sah einen Moment lang verdutzt drein. »Yeah, so um die Zeit muss es gewesen sein. Sie war gleich wieder da, das weiß ich noch, weil Lena solche Angst hatte, ob sie auch sofort zurückkommt. Es war Viertel nach zehn, fast auf die Minute.«

»Haben Sie das auch der Polizei erzählt?«

»Aber natürlich«, sagte sie allzu rasch. »Ganz bestimmt«, setzte sie unsicher hinzu.

»Wissen Sie noch, was die Zwillinge anhatten?«

»Kommen Sie mir wieder damit? Großer Gott, nein!« Claudia schlug die Hände vors Gesicht. »Also wirklich, das ist jetzt sechs oder sieben Monate her.«

»Erinnern Sie sich, worüber sie geredet haben?«

»Meine Güte! Was Sie mich alles fragen! Glauben Sie wirklich, Gina oder Lena hätte dieses Arschloch umgebracht?«

Ich lächelte und lenkte ein wenig ein. »Als ich vorhin von Shawn sprach, da sagten Sie, das wäre ›der Typ, der früher mit den Zwillingen ging‹. Meinten Sie da beide Zwillinge oder nur einen?«

»Ich meinte es so, wie ich es sagte«, erklärte sie mit unbewegter Miene.

»Also haben sie es offenbar beide mit Shawn Raymond getrieben, stimmt's?«

Sie zuckte die Achseln und trank ein Schlückchen Wein,

während ich weitersprach. »Und wenn das so ist, dann fühlt sich nach allem, was ich über Männer, Frauen und Eifersucht unter Geschwistern weiß, meistens einer ausgeschlossen.«

»Glauben Sie mir, da liegen Sie falsch. Ja, sie haben es beide mit Shawn Raymond ›getrieben‹, wie Sie sich ausdrücken. Es gibt wohl keinen Grund, ein besonderes Geheimnis daraus zu machen, wo der Mann, wie immer er mal war, jetzt tot ist.«

»Wie standen Sie zu Shawn Raymond? Er war ein gut aussehender Brother, und er hatte Ihren beiden Freundinnen ganz offensichtlich den Kopf verdreht.«

»Ich?« Sie rümpfte die Nase, als hätte sie etwas Unangenehmes gerochen. »Ich will nicht schlecht von den Toten reden, zumal meine Freundin ihn geliebt hat.«

»Sie meinen Freundinnen.«

»Ich habe Freundin gesagt, und das heißt *eine Freundin* und *geliebt hat.* Ich will mal so sagen. Die gute Lena hat die Sache mit Shawn Raymond etwa so ernst genommen wie er, nämlich ungefähr so wie alles andere im Leben, und das will nicht viel heißen. Wenn man Lena so hört, dann war Shawn Raymond gut im Bett, gab das Geld mit vollen Händen aus und konnte einer Frau ihren Spaß bieten, wenn ihr danach war. Was will man mehr von einem Mann?« Sie zwinkerte mir übermütig zu.

»Und was hat er Gina bedeutet?«

»Für Gina war der Mann wie eine Droge – eine regelrechte Droge, die man schnieft und spritzt, bis man voll in der Scheiße sitzt. Gina war Shawn Raymond total verfallen.«

»Und wie standen Sie zu ihm?« Ich kam wieder auf meine eigentliche Frage zurück.

»Für mich war er ein alter Drecksack, wenn Sie die Wahrheit wissen wollen. Eine richtige Kanalratte. Mit Leuten wie Shawn Raymond geb ich mich nicht ab.«

»Mit Leuten, die …« Ich hielt inne, damit sie den Satz selbst beendete.

»… sich so aufführen wie er – bisschen zwielichtig, bisschen schmierig, bisschen wie ein Draufgänger, aber hübsch anzusehen, wenn man auf Typen steht, die rumlaufen, als wären sie dem Mob immer eine Nasenlänge voraus. Ich glaube, er stammte aus unterprivilegierten Verhältnissen. Ich schäme mich überhaupt nicht dafür, dass ich aus dem Mittelstand komme«, fügte sie hinzu, als hätte ich das von ihr verlangt. »Ich bin privilegiert, war schon immer privilegiert, und das weiß ich auch. Ich hatte ein gutes Elternhaus und so weiter und so fort. Mein Dad war berühmt. Die Dads von allen meinen Freunden sind sozusagen halbe Berühmtheiten – wie Mr. Lennox, der war doch ein berühmter Cop und alles.«

»Ich hab davon gehört. Und Shawn Raymond?«

»Lena hat mir erzählt, sein Vater ist ermordet worden, als er noch ein Baby war. Wow, wie der Vater, so der Sohn – der Gedanke kommt mir eben erst!«, rief sie mit weit aufgerissenen Augen. »Und er ist in einem ganz üblen Ghettobezirk aufgewachsen, Sie kennen ja die Leier. Um die Wahrheit zu sagen, ein Typ wie Shawn Raymond hätte Gina oder Lena nie über den Weg laufen dürfen, und mir eigentlich auch nicht.«

»Aber …?«

»Tja, meine Mom sagt, wenn Mr. Lennox sie nur beizeiten aus Newark rausgeholt hätte, dann wären sie wohl nie an so einen Mann geraten.« Vermutlich hatte sie meinen Gesichtsausdruck bemerkt, denn sie machte schnell einen Rückzieher. »Also, ich will ja nichts gegen Newark sagen, aber wenn sie weggezogen wären ...«

»Weg von Newark?«, fuhr ich sie an – jetzt blitzte wieder mein Lokalpatriotismus auf.

»Ich meine, ich steh mich gut mit den Brothers und Sisters da drüben und alles. Es gibt ja durchaus schöne Gegenden in Newark, zum Beispiel da, wo die Zwillinge gewohnt haben. Mein Vater ist in Newark aufgewachsen, in der Central Ward – sehen Sie, er hat nichts anderes gemalt als Newark.« Sie verzog den Mund. »Also, ich will lediglich sagen, sie hatte so viele gute Seiten, und dann ist sie bei Shawn Raymond gelandet, und wenn sie mit den Jungs ausgegangen wäre, die wir vom Kinderclub kannten, dann wär das wahrscheinlich nicht passiert.«

»Ginas Probleme haben absolut nichts damit zu tun, dass sie in Newark aufgewachsen oder mit Jungs aus Newark ausgegangen ist. Ich bin selbst in Newark groß geworden.« Das sollte eigentlich würdevoll klingen, aber es lag wohl mehr gereizte Abwehrhaltung in meinem Ton als beabsichtigt.

»Entschuldigung«, sagte sie, nur leicht verlegen.

»Wie sind sie denn so, Gina und Lena?« Ich versuchte, meinen Lokalpatriotismus zu dämpfen.

»Gina ist naiv. Er hat ihr einfach nicht gut getan, und das auf jede erdenkliche Art und Weise, wie ein Mann einer Frau nicht guttun kann.«

»Hat er sie je geschlagen?«

»Tja, man kann eine Frau auch anders schlagen als mit den Fäusten«, sagte sie, und ich zuckte innerlich zusammen, als ich an meine eigene Beziehung zu DeWayne Curtis dachte, meinen Ex-Gatten, der nie die Hand gegen mich erhoben hatte, aber als ich ihn verließ, war ich so geschlagen, wie es eine Frau nur sein kann.

»Wusste Gina, dass ihre Schwester etwas mit Shawn Raymond hatte?«

Claudia seufzte, als müsse sie schlechte Luft ablassen. »Ja und nein, wenn Sie verstehen, was ich meine. Gina gehört zu den Frauen, die der Wahrheit nicht gern ins Auge sehen. Shawn hätte es direkt vor ihrem Bett mit einer anderen treiben können, und sie hätte sich umgedreht und weitergeschlafen. Wenn Gina was nicht sehen will, dann sieht sie es einfach nicht.«

»War Gina sauer, weil ihre Schwester etwas mit Shawn Raymond hatte?«, formulierte ich die Frage um.

Claudia tat das mit einem Schulterzucken und einer Kopfbewegung ab. »Ich weiß nur eins: Eines Tages war Shawn Raymond einfach da, sah gut aus und redete dummes Zeug, und damit hat er beiden Frauen das Leben versaut.«

Als ich über die South Orange Avenue nach Newark zurückfuhr, war es schon dunkel, und die Stadt hatte allen Glanz verloren. Auch wenn Newark nur wenige Meilen entfernt war, schien es doch wie eine andere Welt. Während ich mich dem Zentrum näherte, lagen die Straßen so gut wie verlassen da, und die wenigen Leute gingen eilig ihres

Weges, ohne rechts und links zu schauen. Aus einer Laune heraus, vielleicht, weil Claudias Meinung über meine Heimatstadt mich mehr geärgert hatte, als ich zugeben mochte, fuhr ich an dem Häuserblock vorbei, wo ich aufgewachsen bin. An der Stelle, wo die Unruhen begannen, fuhr ich langsamer und hatte wieder den ätzenden Geschmack des Tränengases in der Kehle und spürte das Grauen jener Nacht, als ich wartete, dass mein Vater durch die Menge der Weißen – die auf der Straße aufmarschiert waren wie eine Besatzungsarmee, um die Bürger vor sich selbst zu ›schützen‹ – nach Hause kam. Ich musste an Pandora denken. Damals war ich gar nicht viel älter gewesen als sie. Dann dachte ich an Rayshawn und seinen Vater Shawn und dessen Vater Antoine und daran, wie übel die Stadt ihnen mitgespielt hatte. Ich erinnerte mich wieder an den Shawn, den ich kannte – nichts als Haut und Knochen und schöne Augen, herangewachsen zu einem Mann, der einem Vater das Herz brechen sollte.

Was hätte mein Bruder jetzt von ihm gehalten?

Auf der Vortreppe saßen zwei Männer und beobachteten, wie ich aus dem Auto stieg und auf Viola Rudells Haus zuging. Einer war eindeutig high, und ich merkte, wie der andere mir mit Blicken folgte, während ich mit gewollt festem Tritt die Treppe hinaufging – da sollte mal einer wagen, sich zu mucksen. Als ich an der Tür klingelte, hörte ich den Mann näher rücken und spürte dann seine Hand an meinem Arm. Ich konnte seine Fahne riechen, und sein Atem strich mir über die Wange. Bei seinem lüsternen Grinsen drehte sich mir der Magen um. Ich zog barsch meinen Arm weg und rückte von ihm ab, wobei ich mich rasch umsah, ob noch andere Leute auf der Straße waren. Da kam eine Frau, nicht viel größer als ein Kind, den Flur entlang und funkelte ihn beim Näherkommen wütend durch die vergitterte Tür an. Er zog sich zurück und hockte sich wieder auf die Treppe, wobei er an seinen Kumpel gewandt halblaut vor sich hin fluchte.

»Viola Rudell?«, fragte ich.

Sie nickte und wich scheu meinem Blick aus, während sie mich durch den Flur zu ihrer Wohnung führte. Als sie die Tür zumachte, klingelte ein an der Rückseite angebrachtes Windspiel, und die Luft war von dem süßlich-schweren Duft von Räucherstäbchen mit Jasmingeruch erfüllt.

»Manchmal stinkt es dermaßen hier drin, dass ich Räucherstäbchen anzünden muss«, erklärte sie den Geruch. Ihre Stimme hatte einen tiefen, sanften Klang, der auf seine Art so sinnlich war wie der Jasminduft. Die Wohnung war winzig und schmal, und mir fiel eine halb offene Zimmertür am anderen Ende des Flurs auf. Ich überlegte, ob Rayshawn zu Hause war, dann wurde mir klar, dass die Tür in dem Fall wohl geschlossen wäre. Am Türknauf hing ein Pullover, der offenbar ihm gehörte, und auf dem Fußboden lag ein großer Turnschuh. Die abgenutzte graue Tweedcouch, auf der wir saßen, war nach unten ausgebuchtet und an mehreren Stellen durchgesessen, woraus ich schloss, dass sie wohl auch als Schlafcouch diente, und als Viola behaglich die Schuhe abstreifte und die Füße unter die Decke auf der Couch steckte, reimte ich mir zusammen, dass sie hier schlief und das Schlafzimmer ihrem Sohn überließ, damit er es so gut hatte, wie es nur irgend ging.

Im Schein der Deckenlampe, die das Zimmer schwach

beleuchtete, musterte ich eingehend ihr Gesicht. Sie war auffallend hübsch und hatte reine, glatte braune Haut und leicht schrägstehende dunkle Augen – Mandelaugen – mit langen Wimpern. Ihr Haar war kurz und lag dicht am Kopf an, was ihr Gesicht merkwürdig koboldhaft aussehen ließ, sodass es an einen süßen Frechdachs erinnerte. Rayshawn hatte ihren Körperbau geerbt; sie war ebenfalls schmächtig und gar nicht viel größer als ihr Sohn.

»Ich bin klein, bin immer klein gewesen, deshalb hab ich früh gelernt, mir nichts gefallen zu lassen«, erklärte sie ruhig, wie als Antwort auf meine ungestellte Frage, warum die Männer auf der Vortreppe so auf sie reagiert hatten. »Die zwei da draußen wissen ganz genau, dass ich ihnen eins über den vollgekifften Schädel ziehen kann, wenn ich Lust dazu hab«, fügte sie mit einer Mischung aus Stolz und grimmigem Maulheldentum hinzu, die sich kindisch anhörte und mich zum Lächeln brachte. Ich holte mein Notizbuch heraus und schlug es auf, klappte es aber gleich wieder zu, als sie mich argwöhnisch anfunkelte.

»Sind Sie ein Cop?«

»Nein.«

»Warum müssen Sie sich dann was aufschreiben?«

»Ich muss nicht.«

»Ich will nicht, dass irgendwer erfährt, was ich sag und was ich tu.«

»Haben Sie Angst vor etwas – oder vor jemandem?« Ich überlegte, was der Anflug von Beunruhigung wohl zu bedeuten hatte, der sich in ihrem Blick zeigte.

»Ich hab vor keinem Menschen auf der Welt mehr Angst.«

»Hatten Sie Angst vor Shawn Raymond?«

»Den kannte ich schon, als er noch keine zwölf Jahre alt war. Wie soll ich vor einem Mann Angst haben, den ich schon so lang kenne? Aber sie haben ihn mir weggenommen, wie alles, was ich gernhab, wie alles, was ich hab.« Das stieß sie hervor, als fühlte sie sich angegriffen.

»Wer, Viola?«

In ihrer Stimme lag ein deutlich paranoider Unterton, und sie zuckte verlegen die Achseln. Ihre Miene war merkwürdig verschlossen, sodass sie mir vermutlich keinen reinen Wein einschenkte.

»Würden Sie mir von ihm erzählen?« Ich schlug einen sanfteren Ton an und beugte mich etwas vor, um ihr zu zeigen, dass ich allem, was sie mir erzählen wollte, aufmerksam zuhören würde.

Sie zögerte, bevor sie sprach, als denke sie noch über meine Worte nach. »Er hat mich entjungfert. Man könnte wohl sagen, ich hab es drauf angelegt, als ich noch keine dreizehn war. Er war nicht viel älter, anderthalb Jahre, vielleicht auch zwei.« Sie lächelte merkwürdig in sich hinein, als ob sie in halb vergessenen, bittersüßen Erinnerungen schwelgte, an denen sie mich nicht teilhaben lassen wollte. »Da sind haufenweise Männer in meinem Leben aufgetaucht und wieder verschwunden, aber Shawn war immer da. Immer.«

»Stand er Ihrem Sohn nahe?«

Sie warf mir einen raschen, misstrauischen Blick zu. »Mein Sohn Rayshawn? Yeah, sie standen sich nahe. Bis dieses Weibsbild, mit dem Shawn zusammen war, das Kind gekriegt hat – danach hat sich einiges verändert.«

»Was können Sie mir über Gina Lennox und Shawn erzählen?«

Sie sah mich einen Moment lang ausdruckslos an, dann wandte sie den Blick ab und fixierte das Räucherstäbchen. »Was wollen Sie wissen? Ich wusste über alle Weiber von Shawn Bescheid«, sagte sie mit einem verächtlichen Glucksen tief unten in der Kehle.

»Haben die beiden sich geliebt?«

»Um Gottes willen, nein.«

»Sie hat es aber geglaubt.«

»Sie hätte alles getan, was er ihr sagte, ganz egal, was. So eine Frau kann ein Mann wie Shawn doch nicht lieben. Er konnte unmöglich eine Frau lieben, die keinerlei Selbstachtung hat. Sie war ein Witz für ihn, bis auf das Kind.«

»Was haben Sie von ihr gehalten?«

»Gina Lennox, diese reiche Ziege, ist schuld, dass Shawn Raymond tot ist. Das sag ich mir und meinem Jungen jeden Tag hundertmal laut vor. Ich bin felsenfest davon überzeugt, dass sie schuld ist an Shawns Tod. Fragen Sie mich nicht, woher ich das weiß, aber ich weiß es.«

»Wer hat ihn Ihrer Meinung nach umgebracht, sie oder jemand anders aus ihrer Familie?«

»Diese aufgeblasenen schwarzen Herrschaften von der Bergen Street?« Sie senkte den Blick und schüttelte verzweifelt den Kopf. »Ich weiß es nicht.«

»Und Lena Lennox?«, fragte ich aus einer Laune heraus.

»Was für eine Lena? Von einer Lena Lennox hab ich noch nie gehört. Hatte Gina denn zwei Namen?«

Ich sah ihr forschend ins Gesicht, ob sie wohl einen Scherz machte, aber das war eindeutig nicht der Fall. Lena

Lennox war offenbar ein »Weibsbild«, von dem Shawn ihr nichts erzählt hatte. Ich kam wieder auf die Schwester zurück, die sie kannte. »Es war also nicht mehr so wie früher zwischen Ihnen und Shawn, nachdem Gina ihr Kind bekommen hat.«

Sie lehnte sich auf der Couch zurück, starrte das Räucherstäbchen an, dann sog sie die Luft durch die Zähne und warf den Kopf nach hinten, eine Geste des Stolzes mit einem Anflug von Trotz. »Wissen Sie, Shawn war ja selbst noch ein Kind, als Rayshawn geboren wurde. Wie alt war ich noch mal – vielleicht vierzehn, bald fünfzehn? Manchmal fällt einem jungen Mädchen nichts anderes ein, als einem Mann ein Kind zu schenken, wenn sie ihm sonst nichts zu bieten hat. Als Rayshawn zur Welt kam, war Shawn siebzehn. Es war völlig blödsinnig von uns, ein Kind zu kriegen, aber wir haben es trotzdem getan, und Shawn war so ein Vater, wie man es in dem Alter eben sein kann.«

»Hatte er kein Interesse mehr an Rayshawn, als Ginas Kind da war?«, fragte ich in teilnahmsvollem Ton.

Sie starrte eine Weile schweigend die halb offene Tür zu dem Zimmer ihres Sohns an, als könnte oder wollte sie ihn da sehen, und als sie dann sprach, hatte ihre Stimme einen müden, abweisenden Unterton. »Er hat das Baby geliebt, weil es ein Teil von ihm war, nicht ihretwegen. Er war ganz vernarrt in das Baby, mehr nicht, wie das bei Männern eben manchmal so ist. Spielte sich als Vater auf, wie er es damals bei Rayshawn nicht konnte. Solange ein Kind klein ist, kann man es leicht liebhaben. Aber irgendwann werden sie doch groß, nicht wahr, und dann hast du nur noch das, was du selbst herangezogen hast, und das guckt dich von oben bis unten an und will dir glatt ins Gesicht spucken. Haben Sie Kinder?« Ihre dunklen Augen waren auf mich geheftet und musterten mein Gesicht.

»Ja, ich habe einen Sohn.«

»Wie heißt er?«

»Jamal.«

»Was für ein schöner Name. Er kling so weich und sanft.« Auch ihre Stimme war weich und sanft, als sie das sagte. »Sind Sie mit seinem Daddy zusammen?«

»Nein.«

»Wie alt ist er denn?«

»Ein bisschen älter als Ihrer. Aber nicht viel.«

»Schon ein kleiner Mann, was?« Sie grinste.

»Meint er jedenfalls.«

Darüber mussten wir beide lachen, wie das bei Müttern eben so ist, wenn sie sonst keine Gemeinsamkeiten haben. Sie schaute ein Weilchen das Räucherstäbchen an, und wir sprachen beide kein Wort, bis sie mit tonloser Stimme das Schweigen durchbrach.

»Bezahlt Bessie Sie, damit Sie herausfinden, wer ihn umgebracht hat?«

Ich bestätigte ihr das, und sie lachte verächtlich. »Kommen Sie voran?«

»Nein.«

»Sie glaubt, ich hätte Shawn umgebracht.«

»Haben Sie das?«

Ihr Blick wurde kalt und ausdruckslos, dann wieder sanfter. »Meinen Sie, ich hätte ihm etwas antun können, wo ich außer meinem Sohn nur ihn geliebt habe?«

»Wo waren Sie in der Nacht, als er ermordet wurde?« Ich war mir bewusst, dass diese Frage sicher schon gestellt und beantwortet worden war.

»Das hab ich schon den Cops erzählt.«

»Bitte, sagen Sie es mir.«

»Ich war hier mit Rayshawn.« Sie zündete noch ein Räucherstäbchen an und wedelte damit herum, und wieder füllte sich der Raum mit seinem Duft. »Manchmal stinkt es hier so, dass ich es nicht mehr aushalte. Es riecht nach Dreck, egal, was ich tue, als ob irgendein Dreckschwein hier reinkommt, wenn ich nicht da bin, und auf den Boden pinkelt. Ekelhaft, dieser Geruch. Wenn ich so ein Räucherstäbchen abbrenne, dann riecht es schön. Wie früher in der Kirche, als ich noch ein Kind war.«

»Hat Shawn Ihnen gegenüber je von einem Menschen namens Chee-chee gesprochen?« Ich beobachtete sorgfältig, ob sie irgendeine Gefühlsregung oder verborgene Wahrheit zu erkennen gab.

Ihre Miene entspannte sich, und sie atmete den Geruch des Raumes ein wie eine Droge. »Sie meinen Chee-chee? Den alten Knacker, der immer da rumhing? Shawn konnte den zugedröhnten alten Sack schon nicht mehr sehen, ständig hat er ihn um Stoff angebettelt.«

»Wissen Sie, wo er wohnte?«

»Shawn hat nie allzu viel von ihm erzählt, nur dass sie sich schon lange kannten, seit ewigen Zeiten.«

»Ist das alles?«

»Was hätte er sonst noch sagen sollen? Das war doch nur ein zugedröhnter alter Trottel, der Shawn auf den Keks ging, mehr nicht.«

Ich packte meine Sachen zusammen. Doch bevor ich ging, stellte ich eine letzte Frage, die überhaupt nichts mit dem Grund meines Besuchs zu tun hatte, mir aber keine Ruhe ließ und mir Angst machte, seit ich die Geschichte gehört hatte. »Könnten Sie mir eins sagen, Viola?«

»Hab ich nicht schon alles beantwortet, was Sie über Shawn wissen wollten?«

»Es hat nichts mit Shawn zu tun.«

»Womit dann?«

»Warum haben Sie damals dem Mädchen diese Narbe ins Gesicht gemacht?«

Viola wirkte einen Moment lang erschrocken, dann ließ sie wie vor Scham den Kopf sinken. Doch als sie wieder aufsah, lag ein kaum merkliches Lächeln auf ihrem Gesicht, sodass ich mir nicht ganz sicher war, ob es überhaupt da war, bis sie sprach. »Fragen Sie doch die Schlampe, die damit rumläuft.«

»Viola Rudell war die einzige Frau, von der ich mich fernhalten sollte, das musste ich Shawn versprechen. Er hat immer gesagt, sie könnte sehr gut mit dem Messer umgehen«, erklärte mir Lena Lennox mit einem kleinen Kichern, als ich ihr etwa eine Stunde später, immer noch in Newark, gegenübersaß.

Sie sah ihrer Schwester verblüffend ähnlich, hatte sich aber, seit das Foto gemacht worden war, einen winzigen Goldstecker im linken Nasenloch zugelegt, der ihr ein exotisches, asiatisches Aussehen verlieh. Ihre Stimme war tiefer und kräftiger als die ihrer Schwester, und das leuchtende Rot ihres weiten Kaftans war genau ihre Farbe, während sie Gina überhaupt nicht stand. Ich hatte mir sagen lassen, dass ein Zwilling immer dominiert – einer ist immer klüger, schneller, stärker, weil er schon im Mutterleib um den größeren Anteil an Nährstoffen gekämpft und gewonnen hat. In diesem Fall war klar, wer der Sieger war.

»Warum hat er so was gesagt?«

»Wenn Sie sie kennengelernt haben, und das haben Sie ja bestimmt, dann sollte das eigentlich klar sein.«

»Wussten Sie, dass sie einer Frau das Gesicht zerschnitten hat?«

Lena erschauerte. »Nein, das habe ich nicht gewusst. Kann gut mit dem Messer umgehen, stimmt's? Typisch Shawn, dass er so was sagt und sich einen widerlichen Spaß daraus macht.«

»Was wissen Sie über ihren Sohn, Rayshawn Rudell?«

»Nichts, nur dass er genauso gewalttätig und brutal ist wie seine Mutter. Shawn und ich sind ihm ein paarmal zufällig über den Weg gelaufen, als wir noch zusammen waren. Einmal hat er Shawn mit der Waffe bedroht. Das war, als wir etwa einen Monat zusammen gingen, bevor er was mit Gina angefangen hat. Wir kamen gerade von einem Club nach Hause, und plötzlich fällt dieses Kind – er kann damals nicht älter als zehn oder elf gewesen sein – auf der Straße über ihn her, schreit und kreischt und schlägt auf ihn ein wegen irgendeiner Geschichte mit seiner Mama. Ich wusste ja gar nicht, dass er ein Kind hat, und der Junge hatte eine solche Wut, dass mir angst und bange wurde. Shawn hat tatenlos zugesehen, es schien ihn nicht einmal aufzuregen. Er ließ sich nichts anmerken, weder Angst noch Zorn noch Anteilnahme, rein gar nichts. Als der Junge die Waffe zog, wollte er sie wohl gar nicht einsetzen, er hat sie nur so rausgezogen, fast als wär er stolz darauf und wollte sie Shawn zeigen, und Shawn hat sie ihm einfach abgenommen und nur gesagt, er soll sich um seine eigenen Angelegenheiten kümmern. Er hat das Ganze sehr nüchtern betrachtet.«

»Und was dachten Sie darüber?«

»Überhaupt nichts. Es hört sich vielleicht komisch an, aber ich war immer der Meinung, Shawn wäre irgendwie, na ja, wüst und gefährlich. Er hatte einen Waffentick, und das fand ich genauso erotisch an ihm wie alles andere auch. Wahrscheinlich war ich genauso blöd, wie meine Schwester jetzt noch ist.«

»Wen hat Shawn von allen, mit denen er zusammen war – Sie selbst, Gina, Viola Rudell –, Ihrer Meinung nach geliebt?«

»Ganz einfach – sich selbst.« Sie nahm sich eine Zigarette, zündete sie rasch an und zog dann genüsslich daran. »Glauben Sie wirklich, dass Sie jetzt noch mehr über Shawns Tod herausfinden als die Polizei?«

»Ich geb nicht gerne auf.«

»Dann tun Sie, was Sie nicht lassen können.« Sie blies mit herablassender Geste Rauchringe in die Luft.

»Hat Shawn Ihnen gegenüber je von einem Menschen namens Chee-chee gesprochen?«

Sie guckte erstaunt und verblüfft. »Wie haben Sie denn den Namen herausgefunden?«

»Hab ich so gehört.«

»Chee-chee war Shawns Name für meinen Onkel Zeke.«

Ich war wie vor den Kopf geschlagen, hatte mich aber rasch wieder gefangen. »Chee-chee ist also Zeke Lennox. Woher kommt denn der Name Chee-chee?« Ich wollte möglichst rasch möglichst viel erfahren, und eine Frage war nun beantwortet, was immer das heißen mochte.

»Vermutlich daher, dass Onkel Zeke so auf Dope stand. Vielleicht von *chiba-chiba,* diesem Stoff, den sie angeblich in den Sechzigerjahren immer geraucht haben, oder von Cheech and Chong, die diese Marihuana-Filme gemacht haben. Da kam der Name her.«

»Dann haben Sie Shawn wohl über Ihren Onkel Zeke, das heißt Chee-chee, kennengelernt?«, riet ich aufs Geratewohl.

Lena kicherte und blies eine Rauchfahne aus. »Ich hab auch Gras genommen – tu ich heut noch gelegentlich – und auch sonst alles, was mir in die Finger kam, und mein Onkel war so süchtig wie nur was. Er wusste, wie man an Drogen rankommt, und ich wollte welche haben, und das hat mich mit Shawn zusammengeführt, und ich hab ihn schließlich mit Gina bekannt gemacht, und so kam es, dass ich den Liebling der Familie, meine wohlanständige, tugendhafte Zwillingsschwester, dem bösen Verführer ausgeliefert habe – um es kurz zusammenzufassen.«

»Ihre wohlanständige, tugendhafte Schwester?«

»Wenn Sie meinen Vater kennen, dann wissen Sie, was ich meine. Aber Onkel Zekes Liebling bin ich«, sagte sie mit einem überheblichen Lächeln, das mir viel über die Beziehung zu ihrem Onkel und zugleich über ihre Stellung in der Familie verriet.

»Sie beide sind also sozusagen das Familiengeheimnis?«

»Sozusagen.«

»Warum Ihr Vater sich für Zeke geschämt hat, liegt bei seiner Drogensucht und den Haftstrafen und so weiter auf der Hand, aber warum für Sie?«

»Kennen Sie Gus Lennox?« Sie zündete sich wieder eine Zigarette an und rauchte diesmal wie Bessie Raymond, indem sie rasch inhalierte und den Rauch mit derselben Heftigkeit und erbitterten Wut ausstieß wie sie. »Ich konnte nie so sein, wie er mich haben wollte. Ich hab mich nie von ihm beherrschen lassen, ich bin der schlimmste Albtraum jedes herrschsüchtigen Menschen. Völlig unkontrollierbar.« Sie schüttelte den Kopf und fing an zu lachen, aber es hörte sich nicht echt an.

»Alle fragen sich, was Gina wohl an Shawn gefunden hat – ich will es Ihnen sagen. Sie hat in ihm unseren Vater wiedergefunden – Augustus Lennox. Dieselbe aggressive Haltung von ›Alles dreht sich nur um mich‹, dieselben unflätigen Reden und ekelhaften Manieren, dieselbe Unnachgiebigkeit. Gina hat unseren Vater gevögelt, Herrgott noch mal. Sie war genau so, wie Gus sie haben wollte, und sie hat sich einen Mann gesucht, der von ihr dasselbe verlangte.«

»Und Sie, Lena? Wen haben Sie gevögelt?« Mit dieser Frage wollte ich sie vor allem schockieren, um ihre Reaktion zu testen. Sie schien ihre Schwester sehr gut zu durchschauen; ich fragte mich, ob sie auch so viel Selbsterkenntnis hatte.

Sie sah belustigt aus, als sie mir antwortete. »Na, ich hab ihn doch auch gevögelt. Aber aus anderen Gründen – um es ihm heimzuzahlen, um meinen Hass auf meine Weise abzureagieren. Es war schön, Shawn zu vögeln. Mit ihm umzuspringen, wie es mir passte. Absolut alles unter Kontrolle zu haben. Wie der Vater, so die Tochter.«

»Sie haben Shawn Raymond also gehasst, und deshalb haben Sie mit ihm geschlafen?«, fragte ich skeptisch und dachte dabei an das Foto von den beiden und Lenas lachende Augen.

Sie überlegte einen Moment. »Zuerst nicht. Zuerst war er anders und auf seltsame Weise aufrichtig. Hat ganz offen zugegeben, dass ihm jedes Gefühl abgeht und eigentlich überhaupt alles, was anständig ist. Da hatten wir etwas gemeinsam. Ihm war nichts heilig und mir auch nicht. Wir haben beide die Gefühle des anderen mit Füßen getreten. Lustig, was? Er konnte mir nichts anhaben, das kann niemand. Das habe ich wohl Gus Lennox zu verdanken.«

»Hat Ihr Vater Sie sexuell missbraucht?« Der Gedanke war mir gekommen, als ich Gina in meinem Büro beobachtet hatte, und er ließ mich damals genauso frösteln wie jetzt auch, denn das würde die Unterwürfigkeit der einen Tochter wie auch die Wut der anderen erklären. Dazu noch eine kaltherzige, zwanghafte Mutter, die nach meinem Eindruck bei meinem Besuch offenbar eine Frau war, die ihr Haus putzte, das Essen kochte und ansonsten die Augen zumachte und den Mund hielt, weil sie keinen Ärger haben wollte.

»Nein, das sicher nicht.«

»Er hat Sie emotional missbraucht?«

»So könnte man es wohl nennen.«

»Auf welche Art?«

»Das lässt sich schwer erklären, es war nur so, dass man

nie wusste, wann man etwas falsch machte und wie er es einem heimzahlen würde – mit Schlägen, mit Anschreien, mit Spott, hinterher kam man sich vor wie ein Haufen Dreck, als hätte man kein Recht zu leben. Manche, die keine Ahnung von Kindererziehung haben, würden vielleicht sagen, dass er uns einfach sehr streng an die Kandare genommen hat. Man musste ihm aufs Wort gehorchen. Er hat einem keine Luft zum Atmen gelassen, keinerlei Entfaltungsmöglichkeiten.«

Mir fiel wieder ein, was Ben über seinen Bruder gesagt hatte und wie sich seine Augen verdüsterten, als er von ihm sprach. Und ich dachte an meine Beziehung zu meiner eigenen Mutter, deren Schläge und Geschrei immer aus heiterem Himmel zu kommen schienen, ohne Grund und ohne Vorwarnung. Genau das hatte ich an jenem Nachmittag auch bei Gus Lennox empfunden, und es hatte mich tief im Innern erschüttert.

»Haben Sie denn immer getan, was er wollte?« Wahrscheinlich hatte sie das, genau wie ich.

Doch zu meiner Überraschung lachte sie. »Um Gottes willen, nein! Niemals. Aber Gina! Immer. Bis Shawn Raymond kam. Shawn war Ginas große Rebellion. Ihre einzige Chance, sich zu widersetzen. Und Sie sehen ja, was ihr das eingebracht hat.«

»Was denn?«

Ihre Miene wurde starr, und ihr Blick verriet Kummer. Sie schwieg so lange, dass ich einen Moment lang meinte, sie wolle mich loswerden und aus einem Grund, den sie mir nicht erklären wollte, unser Gespräch abbrechen. Doch dann begann sie in leisem, rauem Flüsterton zu sprechen, fast so, als wolle sie sichergehen, dass es sonst niemand hörte.

»Shawn hat ihr das Koksen beigebracht, und dann hat er von ihr verlangt ...« Sie hielt inne, als könne sie die Worte nur mit Mühe aussprechen. »Er hat widerliche Sachen von ihr verlangt, um sich zu beweisen, dass er so ein Unschuldslamm, so ein kreuzdämliches Unschuldslamm wie Gina, die glaubt, dass sie ihn wer weiß wie liebt, demütigen und erniedrigen kann, bloß um zu zeigen, dass er diese Macht über sie hat, dass sie sein Eigentum ist.«

»Was hat er denn von ihr verlangt?«

»Er wollte, dass sie mit seinen Freunden vögelt«, murmelte Lena mit derart angewiderter Miene, dass ich dachte, sie müsse sich gleich übergeben. »Zwielichtige Typen, die er irgendwo aufgegabelt hatte, mit denen er den Schnaps und das Auto und den Stoff geteilt hat, also hat er auch seine Puppe mit ihnen geteilt, und ich hab es Gina nie verziehen, dass sie das zugelassen hat. Sie hat es tatsächlich getan. Und er hat es mir brühwarm erzählt, hat damit rumgeprahlt, als wär meine Schwester der letzte Dreck, als würd ich das lustig finden, dass er aus meiner Schwester einen Junkie und eine Hure macht, wie seine Mutter es war. Er hat erzählt, wie er sie gezwungen hat, es mit den Kerlen zu treiben, auf dem Boden und auf allen vieren, wie ein Hund – und so hat er sie ja auch gern genannt.«

Bei der Erinnerung an die Schmach ihrer Schwester fing sie an zu weinen, sie zitterte heftig, und ihr lief die Nase wie einem kleinen Mädchen. Nach einer Weile riss sie sich zusammen, räusperte sich und begann wieder zu sprechen.

»Ich hab Daddy davon erzählt. Anderthalb Jahre hab ich

nicht mit ihm geredet, aber als es das erste Mal passierte, da hab ich ihn angerufen und bin nach Hause gegangen und hab es ihm erzählt. Ich musste es ihm sagen, weil ich gehofft hab, dass er etwas unternimmt, und dann ist er zu Shawn gegangen und hat gesagt, er soll sie in Ruhe lassen, er soll uns alle in Ruhe lassen, sonst bringt er ihn um. Damals war Gina schon schwanger, und meine Eltern haben sie aus dem Dreckloch rausgeholt, in das er sie gesteckt hatte, haben sie unter die Dusche gestellt und nach Hause geholt und gesagt, sie kann so lange bleiben, bis sie von ihrer Sucht runter ist und wieder auf eigenen Füßen steht, aber nur, wenn sie Shawn nicht mehr wiedersieht.«

»Sie hat sich aber doch wieder mit ihm getroffen?« Die Antwort auf diese Frage kannte ich schon.

»Yeah.« Sie nahm sich eine Zigarette und rauchte sie ganz zu Ende, und wir redeten nicht mehr, bis sie damit fertig war. »Ich bin nur froh, dass das Dreckschwein tot ist. Meine Schwester wäre am besten auch tot.«

Ich verabschiedete mich, fuhr nach Hause und ging unter die Dusche, um Shawn Raymond von mir abzuwaschen; ich hatte das Gefühl, als hätte er aus dem Grab heraus die Finger nach mir ausgestreckt, um mich mit seinem Dreck zu besudeln, wie Gus Lennox sich damals in seinem Haus ausgedrückt hatte. Ich konnte Lenas Geschichte über ihre Schwester so wenig vergessen wie das, was Bessie Raymonds Sohn getan hatte.

Bis zum Ende der Woche erledigte ich die Anrufe, die noch zu erledigen waren – rief bei Osborne an, um mich zu vergewissern, dass Zeke im Gefängnis gewesen war, noch einmal bei Mrs. Layton, um noch mehr über Rayshawn zu erfahren, und bei Viola, ob noch jemand bestätigen konnte, dass sie zu Hause war, als Shawn ermordet wurde. Bessie Raymond ging ich aus dem Weg. Als sie mich schließlich erreichte, wobei ihr wahrscheinlich wieder eine Zigarette im Mundwinkel hing und der Kummer ihr schier die Stimme zerriss, da wimmelte ich sie mit dem vagen Versprechen ab, sie bekäme im Laufe der nächsten Woche einen schriftlichen Bericht, der eine detaillierte Aufstellung meiner Ausgaben enthalten und genau aufschlüsseln würde, wie ich ihr Geld ausgegeben hatte.

Zum Zeitvertreib spielte ich im Kopf verschiedene Szenarien durch, um sicherzugehen, dass ich auch keine Möglichkeit übersehen hatte: dass Lena und Claudia sich zusammengetan hatten, um den Mann aus Rache umzubringen; dass Gina endlich wieder clean geworden war und begriff, was er ihr angetan hatte, und es dann in den fünfzehn oder zwanzig Minuten, die sie zum Eisholen weg war, irgendwie fertiggebracht hatte, zu ihm zu gehen, sich dort bis Mitternacht herumzutreiben und ihn aus Wut zu erschießen; dass jemand Zeke – Chee-chee – aus dem Gefängnis geholt hatte, und er hatte es aus reinem Spaß an der Freude getan; dass Viola für Rayshawn log oder Rayshawn seine Mutter deckte. Aber ich wusste, dass das alles keinen Sinn ergab. Die Cops hatten von Anfang an recht gehabt: Jeder war mit anderen zusammen irgendwo anders, als es geschah.

Und vielleicht hatte er es ja nicht anders verdient.

So hatte Bessie Raymond mir denn das ganze Geld für nichts und wieder nichts bezahlt. Ich würde meinen Bericht schreiben, ihn ihr per Einschreiben zusenden, und damit wäre die Sache für mich erledigt.

Hatte ich die Schuld meines Bruders beglichen?

Tja, wenn ich das wüsste.

9

Und vielleicht hatte er es ja nicht anders verdient. Dieser Gedanke drängte sich mir immer wieder auf, wenn ich mich hinsetzte, um meinen Abschlussbericht für Bessie zu schreiben, und es einfach nicht über mich brachte. Ich wollte ihr nicht alles sagen, was ich über ihren Sohn wusste. Er war schließlich tot – was sollte das da noch bringen? *Gina hätte Shawn helfen können, dass er ein Bein auf den Boden bekommt, dass er was aus sich macht,* hatte Bessie gesagt, als sie das erste Mal in meinem Büro saß. Stattdessen hatte er sie mit hinuntergezogen, und das wäre für Bessie bestimmt die größte Schmach, die man sich nur denken kann.

Mir war auch noch nicht klar, was ich über ihren Enkel sagen sollte. Rayshawn Rudell war mir verdächtig, aber es war nur ein Verdacht, und je mehr Zeit verging, desto weniger begründet erschien er mir. Wahrscheinlich hätte ich wegen der Waffe und dem versuchten Raubüberfall noch am selben Tag zur Polizei gehen und Rayshawn offiziell anzeigen sollen. Aber ich hatte mich nicht dazu durchringen können. Vielleicht weil ich meinte, man sollte ihm noch eine Chance geben, und weil ich genau wie Bessie Raymond den Cops nicht über den Weg traue, wenn es um einen schwarzen jungen Mann geht. Ich hatte sie ja während meiner Zeit bei der Polizei und auch in anderen Zusammenhängen selbst in Aktion erlebt. Mir würde bestimmt etwas anderes einfallen, ohne dass der Junge bis an sein Lebensende eine Vorstrafe mit sich herumschleppte. Ich weiß doch, dass die Strafjustiz Kids, die wie mein Sohn aussehen, erst richtig versaut und dann wieder ausspuckt, und ich wollte Bessie Raymond nicht den letzten Stoß in ihren müden Rücken versetzen. Aber vielleicht habe ich es nur deshalb nicht getan, weil ich einfach zu blöd bin.

Also schob ich den Bericht immer wieder hinaus und ließ ihn einfach im Computer schmoren. Manchmal war ich auch schlicht zu müde, um mich dranzusetzen. Das Putzen und Grinsen in diesem Hausmeisterjob setzte mir zu. Meistens schaffte ich es in meinen freien Stunden nicht mal, überhaupt noch ins Büro zu gehen. Immerhin hatte ich mit Jake darüber gesprochen, ob man eine Möglichkeit finden könnte, Rayshawn in einem Wohnheim für gefährdete Jugendliche unterzubringen, und er hatte eins an der Grenze zu Pennsylvania ausfindig gemacht, das ihn aufnehmen würde. Außerdem hatte er sich nach einem Anwalt umgesehen, der dafür sorgen wollte, dass Bessie Raymond als Großmutter das Besuchsrecht bekam. Das alles erleichterte mich sehr.

Und schließlich meldete sich Osborne. »Ähm, Mizz Hayle? Sie haben offenbar den Kerl geschnappt, der diesen – ähm – Shawn Raymond umgebracht hat«, sagte er in seinem schwerfälligen Singsang. »Das ist auch so einer.«

»Auch so einer?« Sofort fühlte ich mich wieder angegriffen, stets auf der Hut vor den Klischeevorstellungen, die Cops über Schwarze haben.

»Auch so ein Waffenschieber«, raunzte er, da er wohl meinen Argwohn spürte. »Fast noch ein Kind.«

»Wie alt ist denn das Kind?« Ich weiß nicht genau, warum ich die Frage stellte; ich hatte einfach das Wort »Kind« gehört und an mein eigenes gedacht.

»Ein Kind im strafmündigen Alter, wir brauchen uns also nicht mit diesem Quatsch von wegen Minderjährigkeit abzugeben. Achtzehn, neunzehn? Keine Ahnung. Kommt aus Virginia, wie gesagt.«

»Woher wissen die so genau, dass das der Täter ist?«

»Erstens lief der Knabe mit einer 38er rum. Dasselbe Kaliber, das Raymond getötet hat. Es gab da irgendwelche geschäftlichen Auseinandersetzungen mit Raymond, heißt es in der einschlägigen Szene. Sie sind sich in die Haare geraten, und da hat er ihn umgelegt. Der Knabe hat ein ellenlanges Vorstrafenregister.«

»Hat der Knabe auch einen Namen?« Auch diesmal wusste ich nicht, warum ich das fragte, aber er musste doch eine Mutter haben.

»Einen Namen? Woher zum Teufel soll ich das wissen? Irgendein namenloses Kind, basta. Shawn Raymond hat Waffen verschoben, die er aus Virginia rangeschafft hat, ja? Einem von seinen Juniorpartnern hat dabei was nicht gepasst, da ist er angereist und hat ihn abgeknallt, ja? Eins. Zwei. Drei. Bum. Brauchte ja nur ins Depot zu greifen. Das Übliche eben. Nichts Besonderes.«

Diese Schwarzen bringen sich gegenseitig um. Wen interessiert das schon?

»Woher wissen die so genau, dass sie den Richtigen haben?« Ich war immer noch skeptisch.

»Hab ich nicht gerade gesagt, dass der Knabe schon vorbestraft ist?«, schnauzte Osborne mich ungeduldig an. »Wird seit seinem dreizehnten Lebensjahr regelmäßig eingebuchtet. Herr des Himmels, das sollte Ihnen doch ein bisschen zu denken geben. Na, diesmal ist er geliefert. Mord. Totschlag. Das haut rein. Im Moment sind sie dabei, ein Geständnis aus ihm rauszuquetschen.«

»Und sie sind sich ganz sicher?«

»Fällt Ihnen vielleicht was Besseres ein?«

Nein, das musste ich zugeben.

»Ich hab umgehend die Mutter des Verstorbenen, Mrs. Raymond, informiert«, erklärte er, fast so, als hätte er ein schlechtes Gewissen. »Sie hat es offenbar hingenommen«, fügte er hinzu, als wollte er mich ebenfalls überzeugen, obwohl er sich die Mühe hätte sparen können. Das Ganze ging wirklich auf, wenn auch auf traurige, tragische Art und Weise. Wieder ein Kind verloren, das nie eine Chance hatte. Ich bedankte mich bei ihm, drückte meine Freude darüber aus, dass der Fall jetzt gelöst war, und mit diesem kurzen Gespräch war die Sache dann erledigt. Vielleicht konnte ich sie jetzt vergessen.

Nachdem ich es immer wieder aufgeschoben hatte und Bessies Anrufen aus dem Wege gegangen war, schaffte ich es schließlich doch, meinen Bericht abzuschließen. Darin schlüsselte ich genau auf, wofür ich ihr Geld ausgegeben hatte (die Maniküre ließ ich weg), entschuldigte mich für das, was ich nicht hatte herausfinden können, hob aber hervor, dass ihr Engagement womöglich das Interesse der Polizei für den Fall wieder neu belebt hatte. Außerdem fügte ich den Namen des Anwalts an, den Jake mir genannt hatte, sowie die Kontaktadresse des Wohnheims für Rayshawn. Ich wies sie nachdrücklich darauf hin, dass Rayshawn nahe daran gewesen war, ein schweres Verbrechen zu begehen, und ernsthafte Probleme hatte, die unbedingt in Angriff genommen werden mussten, und falls sie und Viola nicht dafür sorgten, dass er Hilfe bekam, müsste ich mich selbst an die Behörden wenden und ihnen Informationen zukommen lassen, die zu seiner Inhaftierung führen würden.

Eine Woche danach rief Bessie an, bedankte sich bei mir und sagte, sie habe mit Osborne gesprochen und fühle sich jetzt erleichtert; außerdem habe sie sich mit dem von mir genannten Anwalt in Verbindung gesetzt. Sie hatte auch Viola davon überzeugt, dass Rayshawn in dem Wohnheim untergebracht werden musste, aber sie könnten ihn erst im Frühjahr aufnehmen. Die Sache war also abgeschlossen. Endlich konnte ich das Ganze guten Gewissens vergessen. Mir fiel eine Last von der Seele.

Am Samstag nach dem Gespräch mit Bessie rief Ben Lennox mich zu Hause an, und ich ließ mich von ihm zu einem Drink einladen. Da ich durch meinen Hausmeisterjob abends beschäftigt war, trafen wir uns danach zum Mittagessen und dann ein paarmal am Wochenende zum Abendessen. Ich begann, mich auf unsere Verabredungen zu freuen. Er war immer noch nicht über die Trennung von seiner Frau hinweg, aber ich wusste, dass ihm viel an unserer Beziehung lag.

Als diese zwanglosen Verabredungen schon einen Monat andauerten, fiel mir auf, dass er mich zum Lachen brachte, wenn mir eigentlich gar nicht danach zumute war, und dass ich nach unserem Beisammensein mich selbst und die ganze Welt immer mit fröhlicheren Augen ansah. Ich freute mich auf unsere allmorgendlichen Gespräche, wenn ich die ganze Nacht lang Fußböden geschrubbt hatte. Jamal hatte ich ihn noch nicht vorgestellt. Für mich galt die Bekanntschaft mit meinem Sohn schon immer als eine besondere Auszeichnung, auf die niemand ein Anrecht hatte, darum habe ich ihn nie mit einem Mann zusammengebracht, wenn ich nicht meinte, dass das Verhältnis eine Weile Bestand haben würde. Allerdings wurde Jamal allmählich neugierig, und ich wusste, dass es langsam an der Zeit war.

Ben sprach nie von Gus, und ich vergaß häufig, dass wir unsere Beziehung seinetwegen wieder aufgenommen hatten. Gina und Lena erwähnte er nur beiläufig, und dann konnte ich mir leicht die kleinen Mädchen aus seiner Erinnerung vorstellen und vergessen, was ich von ihnen als erwachsene Frauen wusste. Was Lena mir über Gina erzählt hatte, erwähnte ich mit keinem Wort, aber ich war mir sicher, dass er die Geschichte kannte. Ich merkte es daran, wie sein Blick sich vor Hass verschleierte, als in unserer Unterhaltung ein einziges Mal der Name Shawn Raymond fiel.

Seit ich mit Ben ausging, hatte ich Gus Lennox nur einmal gesehen. Ben hatte eines Abends bei ihm vorbeigeschaut, weil er irgendwelche Unterlagen abholen wollte, und ich war mit reingekommen, um dort zu warten. Gus hatte mich argwöhnisch beobachtet und sich in meiner Gegenwart sichtlich unwohl gefühlt. Ben schien sein Unbehagen zu genießen, was mir seltsamerweise ein gutes Gefühl gab. Die Beziehung zu mir verlieh ihm anscheinend den Mut, seinem Bruder entgegenzutreten, sich in seiner

Gegenwart zu behaupten, und ich freute mich, dass ich das für ihn tun konnte.

Wir hatten noch nicht miteinander geschlafen – diesmal noch nicht. Ich habe mich zu einer Frau entwickelt, die sich Zeit lässt mit der Entscheidung, wann sie mit einem Mann ins Bett geht – unüberlegte Fehlentscheidungen haben mich gelehrt, dass alles Wertvolle auch das Warten lohnt. Aber unsere Küsse waren länger und leidenschaftlicher geworden, seine Berührungen ausgiebiger. Und ich dachte wieder daran, wie wir damals miteinander geschlafen hatten. Unser Begehren war kein Strohfeuer, es brannte mit leichter, stetiger Flamme und mochte, wenn man es recht hütete, vielleicht ein Leben lang anhalten. Dieses Gefühl hatte ich bei einem Mann – einem Mann, der auch zu haben war – schon sehr lange nicht mehr gehabt.

Deshalb sagte ich gerne zu, als Ben mich zu Matties Geburtstagsfeier bei Gus Lennox einlud. Ich war mir jetzt einigermaßen sicher, dass Gus nichts mit Shawn Raymonds Tod zu tun hatte, und war bereit, mit seiner Familie einen neuen Anfang zu machen. Ben hatte eindeutig eine komplexe, schwierige Beziehung zu seinem älteren Bruder, die auch bei der Zerstörung seiner Ehe eine Rolle gespielt hatte. Aber ich hatte selbst meinen Teil an komplexen, schwierigen Familienbeziehungen hinter mir und daher volles Verständnis dafür. Als der Mittwoch der Feier näher rückte, waren meine Vorbehalte gegen seine beiden Brüder vergessen, und ich war darauf eingestellt, sie in einem anderen, freundlicheren Licht zu sehen.

Am Montag davor war mein Hausmeisterjob zu Ende gegangen. Die Polizei hatte den Dieb festgenommen – einen Kotzbrocken, der seine Kolleginnen ständig blöd anquatschte, und ich war nur zu froh gewesen, diese Pfeife überführen zu können. Um den Schein zu wahren, war ich noch eine Woche geblieben. Der Chef war mit meiner Arbeit so zufrieden, dass er mir eine großzügige Prämie zahlte und versprach, mir jederzeit eine glänzende Empfehlung auszustellen. Daher war ich an dem Mittwoch so richtig zum Feiern aufgelegt. Ich hatte mir für die Hälfte meines Prämiengeldes ein neues Kleid (aus dem Sonderangebot) geleistet, und am Morgen stattete ich Wyvetta einen Besuch ab, ließ mir die Haare machen (die hatten unter der Perücke sehr gelitten) und gönnte mir noch dazu eine Maniküre – Lucy durfte sich sogar mit glutrotem Nagellack über meine Nägel hermachen. Als es Abend wurde, meinte ich, selbst zu glühen.

Wir kamen gegen neun Uhr auf der Party an. Mattie hatte sich fein gemacht und war für einen Abend zu Hause recht elegant gekleidet – ein schwarzer Samtoverall, den schlichte silberne Onyxohrringe lässig akzentuierten. Sie führte uns in das große Wohnzimmer, das mit silbernen Luftballons und einem an der Wand drapierten weiß-rosasilberfarbenen Spruchband mit der Aufschrift »Happy Birthday« fröhlich geschmückt war. Sie war viel entspannter als bei unserer ersten Begegnung, und als sie mich auf die Wange küsste, roch ich den Duft von Spülmittel und Champagner.

Es waren etwa dreißig Leute da, ungefähr fünfzehn Paare, allesamt grauhaarig, gut aussehend und wohlhabend: alles, was unter den Schwarzen von Newark Rang und Namen hatte – Lehrer, ein, zwei Ärzte, die Frauen wahrscheinlich

Mitglieder exklusiver Frauenverbände wie den Links oder den Girlfriends, ihre Kinder allesamt bei Jack and Jill, dem Kinderclub der schwarzen Elite. Familien, die sonntags eher in die Episcopal Church als zu den Baptisten gingen und samstags in Clubs *außerhalb* von Newark Golf, Tennis oder Whist spielten. Beim Eintreten spürte ich, wie sich alle Augen auf mich richteten, und ich wusste, dass man uns als Paar in Augenschein nahm. Ben Lennox hatte mich zu einem Beisammensein alter Freunde mitgebracht, und jetzt wurde ich taxiert: Bin ich die richtige Frau für ihn? Passe ich in ihre Kreise? Was für ein Mensch bin ich, und wo komme ich her? Es war mir unangenehm, so verkuppelt zu werden, doch Ben, der mein Unbehagen spürte, lächelte und drückte meine verschwitzte Hand.

Das Wohnzimmer war genauso steril, wie ich es in Erinnerung hatte, und die steif auf dem langen Ledersofa sitzenden Gäste balancierten ihre Gläser und die Teller mit Essen lieber vorsichtig auf den Knien, als den gläsernen Couchtisch schmutzig zu machen. Im Speisezimmer war ein Buffet aufgebaut mit Truthahn, Schinken und Salaten, und mir lief das Wasser im Mund zusammen. Ich sah Gus, der mich mit einem Glas in der Hand aus der anderen Zimmerecke heraus beobachtete. Dann schaute er kurz zu seiner Frau hinüber, und sie tauschten einen Blick, den ich nicht deuten konnte. Als Gus quer durch das Zimmer auf uns zukam, verstärkte sich Bens Händedruck.

»Ich freue mich, dass du endlich zu uns gefunden hast«, sagte Gus. Sein Mund lächelte, aber seine Augen blieben ausdruckslos.

»Matties Geburtstag hätte ich um nichts in der Welt versäumt, das weißt du doch, Gus.« Bens Ton war beherrscht, und ich spürte, dass es zwischen den beiden Unstimmigkeiten gegeben hatte. Ich fragte mich, ob das etwas mit mir zu tun hatte.

»Ist Lena da?«, fragte Ben, und sein Tonfall forderte mehr als eine bloße Antwort auf seine Frage.

»Nein«, gab Gus scharf zurück und schnitt damit jedes weitere Gespräch über sie ab; dann wandte er sich an mich. »Tja, Tamara Hayle, willkommen in meinem Haus – diesmal unter erfreulicheren Umständen. Und heute wird nicht gelogen, okay?«

»Heute wird nicht gelogen«, bestätigte ich leichthin mit gutmütigem Lächeln, als hätte er einen Scherz gemacht. Aber ich wusste, dass es ihm verdammt ernst war, und in meiner Verlegenheit überlegte ich einen Moment lang, ob ich zur Sprache bringen sollte, dass man den Mörder von Shawn Raymond gefasst hatte. Dann wurde mir klar, dass jede Erwähnung Shawn Raymonds, ob positiv oder negativ, in dieser Umgebung etwa so freudig begrüßt würde wie jemand, der in die Kirche pinkelt.

Nachdem ich eine Viertelstunde mit mir unbekannten Leuten über Belanglosigkeiten geschwatzt hatte, schlängelte ich mich zu dem reich gedeckten Buffet durch, wo ich mich ungeniert mit Truthahn, gefüllten Eiern und Kartoffelsalat bediente. Ich hab noch nie zu den Frauen gehört, die nicht richtig essen können, wenn sie mit einem Mann ausgehen; bei mir regt das den Appetit nur noch an. Da hörte ich aus einem anderen Zimmer Musik herüberwehen, und ich ging mit dem Teller in der Hand dorthin.

Gina saß am Klavier und spielte Akkorde; ihre Augen

blickten in weite Fernen. Sie trug ein weißes Kleid aus hauchdünnem Stoff, das für zu Hause etwas übertrieben war und ihr ein merkwürdig überirdisches Aussehen verlieh, als wäre sie der Fernsehserie *Ein Hauch von Himmel* entsprungen. Die Haare hatte sie zu einem Knoten aufgesteckt, der kleinmädchenhaft und absonderlich zugleich erschien, und ihr Gesicht war blass. Sie wirkte so schwach und geistesabwesend, dass ich mich fragte, ob sie am Rande eines Nervenzusammenbruchs stand. Mir fiel wieder ein, was Claudia über ihre Hörigkeit Shawn gegenüber gesagt und was Lena mir von den Drogen erzählt hatte, und ich reimte mir zusammen, dass sie sich immer noch nicht ganz erholt hatte – von den Drogen wie von Shawn. Der kleine Gus saß neben dem Klavier in einem Kinderstühlchen, saugte an seinem Schnuller und guckte, wie Babys das so an sich haben, ins Leere.

Jetzt verstand ich vollkommen, warum Gus und Mattie ihre Tochter zu sich genommen hatten. Leise, um sie nicht zu erschrecken, rief ich sie beim Namen, und sie schaute mich mit einem Lächeln an, das sehnsüchtig und zugleich voll Verzweiflung war. Da sah ich sie nur noch als Opfer. Über ihre öffentliche Demütigung wusste ich Bescheid, aber Shawn Raymond hatte sie sicher auch im Verborgenen erniedrigt, und darüber würde sie niemals reden können oder wollen. Sie war ganz in sich versponnen, während sie spielte und ihre Finger leicht über die Tasten huschten. Offenkundig war sie einmal eine vielversprechende Musikerin gewesen, doch davon war jetzt nur eine leere Hülse geblieben. Das Leben, das sich ihre Eltern für sie erträumt hatten, war ein für alle Mal verpfuscht.

»Wie geht es Ihnen, Gina?« Sie sah mich wieder mit leerem Blick an. »Sie sind eine schöne und begabte Frau und haben so viele gute Seiten, Sie müssen nur diese schlimme Zeit irgendwie überstehen.« Vor lauter Verlegenheit darüber, dass mir nichts von Belang einfiel, gab ich ein Klischee nach dem anderen von mir. Ich wusste ja, wie es in Wirklichkeit stand: Sie war eine wandelnde Beute für den nächsten Shawn Raymond, der ihren Lebensgeist ersticken und ihre Selbstachtung zu seiner eigenen perversen Belustigung mit Füßen treten würde.

Gus kam herein und stellte sich neben sie, ohne mich zu beachten; er hatte nur Augen für seine musizierende Tochter. Während er sie betrachtete, zitterte seine Lippe, und er schloss die Augen wie im Gebet, wobei er ihr ganz sacht die Hand auf die Schulter legte. Sie unterbrach kurz ihr Spiel und ließ den Kopf auf seine Hand sinken, als sei sie müde. Beide schwiegen und rührten sich nicht. Egal, was ich sonst noch von Gus Lennox wusste – von seiner Bösartigkeit, seiner Herrschsucht, seiner Grausamkeit –, in dem Moment war ich mir doch sicher, dass er seine Tochter auf seine eigene seltsame Art und Weise von ganzem Herzen liebte.

Ich ging zu den anderen ins Speisezimmer zurück, wo Mattie eben ihre Geburtstagstorte anschneiden wollte, und bald gesellten sich auch Gus und Gina zu uns – Gus ging ganz nach vorne, und Gina setzte sich mit dem Baby an der Brust abseits von den anderen. Ich bemerkte auch Zeke, der sich weit weg an eine Wand gedrückt hatte und den Blick durch den Raum schweifen ließ, wobei er die Gäste so eingehend musterte, als wolle er bei jedem eine Schwäche oder ein Geheimnis aufspüren. *Wie ist er wohl in seiner Jugend gewesen?*, überlegte ich. *Ob er wirklich ein Killer und Dieb war, wie Gina behauptete?* Er fing meinen Blick auf, und ich sah rasch weg.

»Eine Flasche Moët für deine Gedanken!«, scherzte Ben. Als sein Atem mein Ohr kitzelte, überlief mich ein Schauer. Ich lächelte und hoffte, dass es geheimnisvoll und verführerisch aussah.

Die Torte war verteilt und aufgegessen, der Champagner ausgetrunken, und die meisten Gäste waren schon gegangen, als Ben und ich uns schließlich mit Gus und Mattie in die Küche setzten. Die Küche war groß, gemütlich, heimelig und offenkundig für eine begeisterte Köchin eingerichtet. Alle Geräte waren aus rostfreiem Stahl, makellos sauber und wirkten nagelneu, aber vielleicht lag das nur an Matties geschicktem Umgang mit dem Putzlappen, eine Fähigkeit, für die ich sie nur glühend bewundern konnte. An allen Fenstern hingen Stores, und um den langen Küchentisch standen sechs hölzerne Stühle.

Nur allzu leicht schlüpfte ich wieder in die Rolle des dienstbaren Geists, die ich die letzten Wochen über gespielt hatte, und half Mattie bei den letzten Aufräumarbeiten, während Ben und Gus auf die aufreizende männliche Tour Bourbon tranken und uns bei der Arbeit zusahen. Ich hatte im Laufe des Abends mehrfach bemerkt, wie Gus mich anstarrte, als versuche er, etwas an mir zu begreifen. Ich hatte jedes Mal liebenswürdig gelächelt, aber er hatte mein Lächeln nicht erwidert. Auch wenn ich nicht glaubte, dass Mattie und ich je Freundinnen werden, uns Geheimnisse anvertrauen und miteinander zum Einkaufsbummel losziehen könnten, schaffte das gemeinsame Geschirrspülen doch eine eigene Verbundenheit, und sie war mir inzwischen sympathischer geworden. Wir plauderten leise vor uns hin, ohne uns um Ben und Gus zu kümmern, die die Reste von Chips und Salsa vertilgten. Zeke hatte sich ebenfalls in die Küche gestohlen und saß bei seinen Brüdern. Zum ersten Mal fiel mir auf, wie ähnlich die drei sich waren, selbst die Stimme hatte dieselbe Klangfarbe und fast dieselbe Tonlage. Sie waren durch Blutsbande und eine gemeinsame Geschichte so eng miteinander verbunden wie ich und Johnny.

Plötzlich stand Gus leise schwankend auf und erhob sein Glas mit Bourbon, als wolle er einen Trinkspruch ausbringen. Ben schüttelte unwillig den Kopf, gab seinem Bruder einen Klaps auf den Rücken, damit er sich wieder hinsetzte, und warf mir ein belustigtes Lächeln zu; in seinem Blick lag die Hoffnung, dass ich mich so weit integriert fühlte, diese Familienalberei einfach mitzumachen. Ich spürte, dass alle Differenzen, die zu Beginn des Abends womöglich zwischen ihnen bestanden hatten, mittlerweile verflogen waren. Ich lächelte zurück, wobei mir auffiel, dass selbst Zeke lächelte, als hinge er einer süßen Erinnerung an die gemeinsame Vergangenheit nach.

»Auf meine Brüder«, sagte Gus, legte Ben beschwipst den Arm um die Schulter und zog Zeke näher zu sich heran. Ben sah mich an und verdrehte die Augen, doch er konnte nicht verbergen, wie sehr er seinen Brüdern zugetan war. »Und auf meine Frau Mattie, das Geburtstagskind. Und auf Newark, meine Stadt«, fügte er hinzu und stieß geräuschvoll mit Ben an.

»Und auf neue alte Freunde«, sagte Ben mit einer Kopfbewegung zu mir. »Aber auf Newark, Gus?«

»Newark ist wieder im Kommen.« Gus stolperte etwas nach hinten und fing sich dann wieder. »Die Stadt ist wieder auf dem Vormarsch. Das Arts Center ist fertig und dann die ganzen neuen Häuser, wo früher der soziale Wohnungsbau war. Bald braucht ihr nicht mehr ins Apollo zu gehen, wenn ihr Herman and the Bluenotes und Patti and the Bluebells sehen wollt.«

»Das waren Melvin and the Bluenotes, und wenn du Melvin noch mal singen hören willst, musst du schon zu ihm in den Himmel kommen – der Brother hat längst das Zeitliche gesegnet. Und wo wir gerade dabei sind, als Patti das letzte Mal mit Nona und Sarah gesungen hat, da war ich noch auf der Highschool. Lass die Vergangenheit ruhen, Bruderherz, wenn du dich nicht auskennst!«, scherzte Ben.

Mattie hatte leuchtende Augen und kicherte über ihren Mann.

»Nein, nein, Mann. Die Vergangenheit kannst du nicht vergessen, Mann«, widersprach Gus und schenkte sich nach. »Die Vergangenheit zeigt dir immer, wo's langgeht. Die Vergangenheit schafft die Zukunft. Es gibt keine Zukunft ohne Vergangenheit.« Er schaute einen Augenblick versonnen drein, während er sich nach hinten wiegte, und plötzlich sah er mich an, als sollte ich begreifen, wie unser aller Vergangenheit miteinander verbunden war.

»Reden wir nicht von der Vergangenheit«, sagte Mattie mit tonloser Stimme, als wittere sie Gefahr, und machte eine warnende Kopfbewegung.

Gus beachtete sie nicht. »Manchmal kommt's mir so vor,

als wär das alles, was mir noch bleibt«, greinte er. Er war erbärmlich betrunken und wirkte wie der reinste Clown.

»Mein Bruder war ein heldenhafter Cop«, meinte Ben erklären zu müssen. »Aber das hast du sicher schon gehört.«

»Mattie, zeig ihr das Buch«, sagte Gus.

»Sie will das Buch nicht sehen«, sagte Mattie.

»Zeig ihr das verdammte Buch«, befahl Gus. Seine Stimme hatte einen bösartigen Unterton, als er sich wieder auf seinen Stuhl fallen ließ. Mattie schaute hilflos, beinahe verängstigt drein.

»Sie will das Buch nicht sehen.« Ihre Stimme zitterte.

Ben kam ihr zu Hilfe. »Wir wissen alle, dass du ein heldenhafter Cop warst, Gus. Geh jetzt schlafen«, sagte er sanft, aber bestimmt, wie zu einem müden, verzogenen Kind.

»Zeig ihr das verdammte Buch!« Gus' Stimme war lauter und drohender geworden.

Ich fragte mich, warum es ihm so wichtig schien, dass ich – denn er bezog sich offensichtlich auf mich – sah, was da in dem Buch war, womit er mir imponieren wollte.

»Geh schlafen, Gus, du bist stinkbesoffen«, sagte Ben.

»Was ist denn in dem Buch?«, fragte ich.

»Zeitungsartikel über ihn und die alten Zeiten. Über die ...« Matties Stimme kippte über, während sie sich an dem Wort verschluckte. Gus knallte theatralisch sein Glas auf die Platte, wie ein Richter, der mit dem Hammer auf den Tisch schlägt.

»Ich möchte etwas sagen.«

»Geh ins Bett, Gus«, sagte Ben.

»Ich will nur eine Erklärung abgeben.«

»Eine Erklärung?«, fragte Ben ungläubig. »Was für eine Erklärung soll das denn sein, dass du sie unbedingt um halb zwei in der Nacht abgeben musst?«

»Es gibt eine Sippschaft von geborenen Verlierern in dieser verfluchten Stadt, die gehört ausgerottet wie Ungeziefer«, sagte Gus. »Einfach verdorren und verrecken lassen, bevor sie noch uns alle mit reinreißen. Da haben die Weißen recht! Wir müssen eine ganze Generation zur Hölle gehen lassen, scheiß drauf, lass sie einfach sausen. Ihr wisst schon, was ich meine.«

Ben starrte seinen Bruder fassungslos an. »Halt endlich den Mund und geh ins Bett, Gus. Du quatschst im Suff ein Zeug daher, das dir später nur leidtut.«

»Noch einen Trinkspruch?« Gus' Stimme hatte einen verschlagenen Unterton, als er Zeke ansah, der wieder seine düstere Miene aufgesetzt hatte.

Mattie schaute unbehaglich drein, Ben litt offenbar Qualen.

»Noch einen Trinkspruch, verdammt noch eins!«, wiederholte Gus. »Einen noch?«

Ben warf mir einen unruhigen Blick zu und griff zu seinem Glas, in dem fast nur noch geschmolzenes Eis war.

»Mann, ist es schon so weit gekommen, dass du nichts mehr verträgst?«

Hilflos sah er zu, wie ihm sein Bruder das Glas mit Bourbon auffüllte.

»Auf die Prince Street Gang. Auf den ganzen Dreck, den sie in unsere Stadt getragen haben, und all den Dreck, den ich rausgespült hab«, brachte Gus ehrerbietig seinen Trinkspruch aus und hob theatralisch sein Glas mit einem Seitenblick auf Zeke, dessen Gesicht plötzlich wutverzerrt war. »Auf die Prince Street Gang!«

Es wurde so still, als hätte jemand eine laute Verwünschung ausgestoßen, dann packte Zeke die Whiskeyflasche, schlug sie kaputt und stürzte sich auf seinen Bruder, um ihm die Kehle durchzuschneiden.

»Musstest du es so weit kommen lassen, Mann? Musstest du es so weit kommen lassen, verflucht noch mal?«, stöhnte Mattie entsetzt auf, und Ben stieß sie zur Seite, während er mit einem Satz zwischen seine Brüder ging, sie mit seinem Körper trennte, Zeke die Flasche aus der Hand schlug und Gus aus dem Weg schob. Zekes Faust hämmerte auf Gus' Gesicht und Brustkorb ein.

»Du verfluchtes Schwein, Mann. Du verfluchtes Schwein!«

»Jetzt reicht's, verdammt! Jetzt reicht's! Schluss jetzt«, brüllte Ben, während Gus auf dem Tisch zusammenbrach und Zeke sich keuchend und fluchend verzog.

Ich stand dabei, ohne mich zu rühren, und erst als ich wieder zu atmen begann, merkte ich, dass mir die Luft weggeblieben war.

»Lass nur, Baby, wir gehen, sobald ich Mattie geholfen habe, diesen Idioten ins Bett zu bringen. Diese zwei Arschlöcher haben ja alle beide keine Manieren«, murmelte Ben, zitternd vor Wut.

»Es tut mir leid«, stieß Mattie immer wieder weinend hervor, die Hände vors Gesicht geschlagen. Ben packte Gus grob um Schultern und Taille und zog und schob ihn aus der Küche. Mattie folgte ihm unter Tränen. Ich ging an das blitzsaubere Spülbecken und fing hektisch an, es zu scheuern. Als ich Zekes Blick in meinem Rücken spürte, drehte ich mich zu ihm um.

»Lass mich in Ruhe«, sagte ich. »Ich weiß, wer du bist und warum du Chee-chee heißt.« Das sollte extra kaltschnäuzig klingen, denn ich lass mich nicht gern von einem Mann einschüchtern, und genau so fühlte ich mich jetzt. Doch als sich seine Augen zu schmalen Schlitzen zusammenzogen, als er den Nacken steif machte und die Faust ballte, da wünschte ich, ich hätte den Mund gehalten.

»Du hast ja keine Ahnung, wovon du redest, du dummes, dreckiges kleines Luder«, sagte er. »Du. Du. Guck dir doch an, was du da aufgewühlt hast. Guck's dir nur an!« Er drehte sich um und ging, wobei er gegen den Tisch stieß und einen Stuhl umwarf. Ich stellte den Stuhl wieder hin und sank, nachdem sich die Tür geschlossen hatte, darauf zusammen, während ich mit klopfendem Herzen horchte, ob Ben kam. Doch ich hörte nur, wie Gina in dem anderen Zimmer auf dem Klavier *Amazing Grace* spielte.

Ben sah starr geradeaus auf die leere Straße, als er mich etwa eine Viertelstunde später nach Hause fuhr. »Es tut mir leid, Tamara, was eben passiert ist. Ich weiß nicht, was in Gus gefahren ist. Es ist das erste Mal, dass sie das in meinem Beisein angesprochen haben. Die Sache mit der Prince Street Gang hat sich abgespielt, als ich noch ein Kind war.«

»Er war also Undercover-Agent und hat die Gang hochgehen lassen?« Ich zitterte immer noch. Die Hände hatte ich im Schoß zusammengelegt, damit Ben nicht sah, wie sie zitterten.

»Das war seine glorreiche Heldentat, dass er diese Gang

infiltriert und ins Gefängnis gebracht hat. Allerdings hat er da auch zum ersten Mal einen Menschen getötet, und ich weiß, dass ihm das furchtbar zu schaffen gemacht hat, wie er den umgelegt hat. Das Ganze war wie ein Stück aus einem Action-Film.«

»Zeke war also auch einer von dieser Prince Street Gang.« Das reimte ich mir aus dem zusammen, was Zeke vorhin gesagt hatte, und aus dem wenigen, was ich über seine Vergangenheit wusste. »Meinst du, dass Gus vielleicht deshalb so leicht da reingekommen ist, wegen Zeke? So eine Gang ist doch wie eine Familie. Die nimmt einen nur auf, wenn jemand für einen bürgt.«

Bens Miene verdüsterte sich. »Yeah, so ist Gus da reingekommen. Aber er hat keinen Verrat begangen«, fügte er abwehrend hinzu, als spürte er, dass ich genau das dachte. »Ganoven haben keine Ehre, und da gibt es keinen Verrat.«

»Und unter Brüdern?«

Darauf schwieg er und starrte nur weiter unverwandt die Straße an.

Als ich nach Hause kam, guckte Jamal sich auf BET Videoclips an; er hatte die Schuhe ausgezogen und mampfte Popcorn. Angeblich hatte er auf mich gewartet, weil er mich fragen wollte, ob er Freitag bei einem Freund aus seiner Basketballmannschaft übernachten dürfe, und da der Freund bei Annie in der Nähe wohnte, könne er am nächsten Morgen bei ihr reinschauen und ihre Garage ausräumen, wie ich es versprochen hatte. Ich hörte ihm nur mit halbem Ohr zu, in Gedanken war ich immer noch bei Ben und der Szene, die ich eben miterlebt hatte.

»Übrigens fahre ich auch den Blauen Dämon«, meinte er beiläufig, um zu prüfen, ob ich ihm auch wirklich zuhörte, was nicht der Fall war. »Das war bloß ein Test, Ma. Ich wollte sehen, ob du mir auch zuhörst«, sagte er rasch, als ich ihn ansah. »Was hast du denn?«
»Nichts.«
»Wo bist du gewesen?«
»Auf einer Geburtstagsfeier.«
»War's schön?«
»Ging so.«
»Warst du mit dem Typ da, der immer hier anruft?«
»Ben Lennox? Ja.«
»Magst du ihn?«
»Er ist ein netter Kerl«, sagte ich leichthin, während ich den Mantel auszog und mich wegdrehte, damit er meinen Gesichtsausdruck nicht deuten konnte. »Er lügt nicht, vertraut mir seine Geheimnisse an, führt mich in schöne Lokale zum Essen aus und so.«

»Tatsache? Das gefällt mir«, sagte Jamal versonnen wie ein Vater, und wir mussten beide lachen. »Und wann kann ich ihn mir mal angucken?« Ich setzte mich zu ihm auf die Couch und strich ihm über den Kopf, wie ich es immer getan habe, seit er ein kleines Kind war.

»Bald«, sagte ich und wunderte mich selbst über meine prompte Antwort.

10

Sag mal deiner Freundin Annie Bescheid, sie soll die Tür reparieren lassen, bevor Christus von den Toten aufersteht. Über eine Woche ist die schon kaputt«, verkündete Wyvetta Green, als ich am Freitagmorgen das Gebäude betrat. Sie stand mit einer Tasse Kaffee an der Tür zum Biscuit, und ihr finsterer Blick verriet, dass mit ihr nicht gut Kirschen essen war. Ihre Haare, die wochenlang hellbraun gewesen waren (sie hatte den Jada-Pinkett-Look doch unbedingt ausprobieren müssen), hatten jetzt ihre natürliche Farbe wieder und lagen glatt und schwarz am Kopf an. Ich wusste, was sie meinte. Am Vorabend hatte ich selbst über die Tür geflucht, weil ich sie dreimal zuknallen musste, bis das Schloss einrastete. Eigentlich hatte ich Annie deswegen von zu Hause aus anrufen wollen, aber nach dem Abendessen rief Ben an, und wir plauderten bis Mitternacht über dies und das, und als ich ins Bett ging, dachte ich nur an ihn, und die kaputte Tür war mir völlig entfallen. Jetzt beugte ich mich vor, um das Schloss zu untersuchen und zu schauen, ob sich vielleicht jemand daran zu schaffen gemacht hatte, doch allem Anschein nach lag es einfach am Alter und an nachlässiger Pflege.

»Ich ruf Annie an, sobald ich oben bin, und sprech sie drauf an«, sagte ich nett und freundlich. Wenn Wyvetta

Green ihre »ruppige Tour« hat, wie Karen es nennen würde, dann legt man sich lieber nicht mit ihr an.

»Du sollst sie nicht bloß drauf ansprechen, du musst von ihr *verlangen,* dass sie was unternimmt. Man weiß ja nie, wer zum Teufel hier alles reingelaufen kommt.« Wyvetta knallte die Kaffeetasse auf den Tisch und stieß mit Karacho eine Schublade zu. »Du kannst der guten Hausbesitzerin Miss Annie B. auch gleich ausrichten, dass sie ihre nächste Monatsmiete in den Wind schreiben kann, wenn sie nicht vorher die Tür machen lässt. Das hat uns gerade noch gefehlt, dass hier jemand mit der Knarre im Anschlag reinspaziert kommt.«

Ich wich zurück, guckte mir Wyvetta genau an und fragte mich, was wohl in sie gefahren war. Es kam nur alle Jubeljahre vor, dass sie mich schon am frühen Morgen so anraunzte. Ich kenne kaum eine Frau, die so selbstbewusst und freundlich ist wie Wyvetta, und sie regt sich nicht gern über Nichtigkeiten auf. Die Sister war offenbar stinksauer.

»Mit der Knarre im Anschlag, Wyvetta?« Ich stopfte die Rechnungen, die ich gerade aus unserem gemeinsamen Briefkasten geholt hatte, in meine Handtasche, reichte ihr die Post für sie und ging in den Salon, wo ich mich auf einem Stuhl niederließ.

»Sag ihr einfach, sie soll die Tür machen lassen, und damit basta.« Wyvetta begann, Handtücher fein säuberlich zu weißen Dreiecken zusammenzulegen, und stapelte sie mechanisch vor sich auf dem Tisch. So früh war noch keine Kundschaft da, und ich hörte Lucy weiter hinten ihre Utensilien auswaschen, wobei sie versuchte, so zu singen wie Mary J. Blige. Im Spiegel sah ich Wyvetta beim Handtuchfalten zu. Sie hatte die Lippen fest zusammengepresst und brachte die Handtücher mit flinken Fingern in Form. Als sie merkte, dass ich sie beobachtete, ließ sie sich mit einem tiefen Seufzer in den Sessel neben mir fallen. »Tut mir leid, Mädchen. Ich bin heute total mit den Nerven fertig. Ich muss mich wohl erst wieder einkriegen, bevor ich mich über anderer Leute Köpfe hermache. Vielleicht sollte ich mir ein Schlückchen von dem Johnny Walker Red Label genehmigen, den Earl im Hinterzimmer versteckt hat.«

»Das wäre wohl wirklich das Beste.«

Wyvetta stand auf, als wollte sie sich irgendwie beschäftigen, und setzte sich dann wieder hin. »Zustände herrschen in dieser verdammten Stadt, da bleibt einem glatt die Luft weg.«

»Die Zustände waren schon immer so, Wyvetta.«

»So schlimm nicht. Hast du es nicht im Radio gehört? Die haben ja gar nichts anderes mehr gebracht. Wenn ein Mensch wegen nichts und wieder nichts abgeknallt wird, bloß weil er in sein eigenes Haus will, dann möcht ich mal wissen, was passiert, wenn jemand auf die Idee kommt, du hättest ein bisschen Geld dabei. Lucy, bring mal die Zeitung her, dann können wir gucken, ob da was drinsteht.«

»Was ist denn passiert?«

»Da kommt eine Lady gestern Abend heim, vor ihr eigenes Haus, steigt aus dem Auto und geht zur Tür, denkt an nichts anderes, als wo sie grad herkommt, und peng! Eh sie noch einen klaren Gedanken fassen kann, eh sie noch weiß, wie ihr geschieht, hat jemand sie umgelegt. Erschossen! Man ist ja heutzutage nicht mehr sicher, wenn man sein eigenes Haus betritt. Lucy, hast du die Zeitung gefunden?«

Lucy kam, den *Star Ledger* lesend, aus dem Hinterzimmer herein, ließ sich in den Sessel neben Wyvetta fallen und sah mich mit fassungslos aufgerissenen Augen an.

»Deshalb reg ich mich so über diese verfluchte Tür auf«, sagte Wyvetta, wobei sie vertraulich die Stimme senkte. »Da mach ich so einem verrückten Weib die Haare, und als Nächstes kommt sie mit einer AK-47 an und meint, ich hätt sie verschandelt, und knallt uns alle über den Haufen! Heutzutage ist man nirgends mehr sicher.«

»Aber wer hätte sie denn umbringen wollen?«, murmelte Lucy vor sich hin.

»Vielleicht war es ein Auftragsmord«, sagte ich, um eine nüchterne professionelle Erklärung zu geben, obwohl ich überhaupt nicht wusste, um was es ging. »Wahrscheinlich jemand, der sie kannte. Vielleicht ging es um Rauschgift, oder es war ein Racheakt. Ein eifersüchtiger Liebhaber möglicherweise, ein gewalttätiger Ehemann oder ein schiefgegangener Raubüberfall. Wyvetta, ich ruf Annie an, sobald ich oben bin.« Ich stand auf, um zu gehen, und streckte die Hand nach Lucys Zeitung aus.

»Oh, Miss Hayle, es tut mir so leid«, sagte Lucy. Bei dem merkwürdigen, bestürzten Blick des Mädchens bekam ich Herzklopfen.

»Lucy, was hast du denn?«, fragte Wyvetta ungeduldig, die auch wissen wollte, was dieser seltsame Blick zu bedeuten hatte.

»Es war die Freundin von Miss Hayle.« Lucy wich meinem Blick aus und schaute Wyvetta an, während sie die Zeitung wie einen Fächer viermal zusammenfaltete und dann mir gab. »Es war Gina, Miss Hayle. Gina Lennox, die mit dem hübschen Baby, von dem Sie uns neulich erzählt haben. Das war Gina Lennox, die gestern Abend erschossen wurde.«

Eine unheimliche Stille lag über der Straße, in der Familie Lennox wohnte, als ich eine Viertelstunde später dort ankam. Fast überall waren die Jalousien heruntergelassen, wie um zu verhindern, dass die Gewalt wieder zuschlug. Trotz der hellen Morgensonne und der frischen, klaren Luft war die Straße wie ausgestorben. Da parkten keine Autos, kein Kind fuhr mit dem Dreirad über den Bürgersteig, kein Hund jaulte. Die Tragödie hatte gespenstische Spuren hinterlassen. Auf Straße und Bürgersteig lagen von den Cops weggeworfene Zigarettenschachteln und Schokoladenpapier herum. Mülleimer waren umgestürzt, und ihr schmutziger Inhalt ergoss sich in die Vorgärten. Der makellose Rasen war zertrampelt, die gepflegte Straße entweiht.

Die Stelle, an der Gina ermordet worden war, war nachlässig mit Flatterleine abgesperrt – drei Meter auf dem Bürgersteig sowie ein Teil der Veranda und der Vortreppe. Spritzer von ihrem Blut waren in die Veranda und das angrenzende Gebiet eingesickert. Ich machte die Augen zu und kämpfte gegen die Übelkeit, die mich überkam. Jemand hatte einen halben Meter von der abgesperrten Stelle einen zerrupften Strauß von weißen und rosa Nelken neben einen Haufen Herbstlaub auf den Bürgersteig gelegt. Ich nahm die Blumen und roch daran, spürte die feuchten, weichen Blütenblätter an meiner Nase und versuchte, mich an Gina zu erinnern, so wie ich sie zuletzt gesehen hatte, ganz in ihre Musik versunken und Verzweiflung im Blick.

Meine Schwester wäre am besten tot.

Diese Worte, im Zorn und ohne Bedacht ausgesprochen, würden Lena Lennox sicherlich bis an ihr Lebensende verfolgen und von ihr bereut werden. Jetzt war Gina so tot wie Shawn Raymond, als hätte er aus dem Grab heraus nach ihr gegriffen und sie herabgezerrt. Sein Tod lag Monate zurück, doch erst vor ein paar Wochen hatte ich angefangen, Fragen zu stellen, und damit Staub aufgewirbelt und den Toten keine Ruhe gelassen. Ich dachte wieder an mein letztes Gespräch mit Gina zurück.

Mehr kann ich Ihnen nicht sagen. Und will ich auch nicht.

Mehr würde sie mir jetzt nie sagen können.

Waren diese Morde reiner Zufall? Das glaubte ich nicht. Osbornes Tatverdächtiger war nur so viel wert wie das Geständnis, das man aus ihm »herausquetschte«, und so ein Geständnis taugt etwa so viel wie eine ausgepresste Orange. Ich schob die Nelken unter der Flatterleine durch, so nah wie möglich zu der Stelle hin, wo Gina gestorben war, und sprach ein Gebet für sie. Als Ben Lennox meinen Arm berührte, schrak ich zusammen.

»Ich hab dein Auto auf der Straße gesehen. Danke, dass du gekommen bist.« Er war ohne Mantel herausgekommen, und sein dünner blauer Pullover und die Jeans boten wenig Schutz gegen die Kälte. Das aschfahle Gesicht und die rot geschwollenen Augen ließen vermuten, dass er wahrscheinlich die ganze Nacht geweint hatte. Ich folgte ihm in den Garten, und wir gingen durch die Hintertür ins Haus.

Die Anrichten in der Küche standen bereits voller Essen, das fürsorgliche Nachbarn und Freunde vorbeigebracht hatten – abgedeckte Schüsseln, ein, zwei Kasserollen und mehrere Pasteten in Aluminiumfolie standen dicht an dicht. In der Spüle stapelten sich Teller und Gläser, und auf dem Herd standen noch Töpfe und Pfannen herum, die offenbar vom Frühstück übrig geblieben waren.

Vor zwei Tagen hatte ich zugesehen, wie Ben Lennox hier an diesem Tisch mit seinen Brüdern stritt, aber das schien jetzt lange her zu sein. Irgendwo im Haus hörte ich Ginas Baby weinen, und sein Geschrei gellte durch die Stille. An Baby Gus und das, was Ginas Ermordung für sein junges Leben bedeuten würde, hatte ich noch gar nicht gedacht. Bei der Vorstellung kamen mir die Tränen.

»So brüllt er schon die ganze Nacht lang«, sagte Ben leise. »Als ob er wüsste, dass etwas Furchtbares passiert ist. Wie soll man einem Baby erklären, dass seine Mutter tot ist, dass es sie nie wiedersehen wird?«

Wir saßen steif und fast ohne uns zu berühren am Tisch, hörten zu, wie das Baby wimmerte, und hofften, es würde mit seinem qualvollen Geschrei aufhören. Im Wohnzimmer hörte ich jemanden auf und ab gehen, und jemand sprach mit leiser, tiefer Stimme. Ich fasste Bens kalte, feuchte Hand. Seine Stimme überschlug sich, als er mir die Geschichte erzählte.

»Sie ist gegen zehn Uhr heimgekommen. Sie ist aus dem Auto gestiegen. Es war kein Mensch auf der Straße. Jemand muss sich ihr in den Weg gestellt haben, vielleicht hat er hinter der großen Eiche auf sie gewartet, die zwischen unserem Haus und dem von Joe Simpson steht. Verdammt, wie oft hab ich gedacht, wir sollten den Baum stutzen, die verfluchten Büsche rausreißen. Dann hätte er vielleicht nicht –«

»Ihr hättet da gar nichts tun können.«

Er schüttelte den Kopf, als ob er mir nicht glaubte. »Mattie hat ein Geräusch gehört, das wie ein Feuerwerkskracher klang. Genauso laut, genauso unvermittelt, und sie dachte, da spielen ein paar Kids mit etwas herum, das nicht in ihre Hände gehört, wie das bei Kids eben so ist. Gus ist rausgerannt. Er hatte es auch gehört, aber er wusste, was es war. Gina war tot. Sie starb, noch ehe er bei ihr war.«

»Wie verkraften sie es, Mattie und Gus?«

Wieder schüttelte er resigniert den Kopf, ohne eine Antwort zu geben.

»Wie lange war die Polizei hier?«

»Fast die ganze Nacht. Und heute Morgen. Als du kamst, war sie gerade weg. Mitsamt der Presse.«

»Hat die Polizei eine Ahnung, warum sie getötet wurde?«

»Nein.«

»Wie viele Schüsse wurden abgegeben?« Ben zuckte zusammen, und ich schämte mich sofort für mein mangelndes Feingefühl; da sprach der Cop aus mir, der stets die Fakten wissen will. In der Zeitung hatte nichts über die Anzahl der Schüsse gestanden.

»Einer. Direkt ins Herz.«

Genau wie bei Shawn Raymond.

Er stand auf und ging zum Spülbecken, holte ein Glas aus dem Schrank und drehte den Wasserhahn auf. Seine Hände zitterten. Ich sah, wie das Wasser schwappte, während er das Glas füllte. Das Baby hatte endlich aufgehört zu schreien, und es herrschte wieder Stille im Haus, aber es war eine unbehagliche, leiderfüllte Stille. Ich stellte die abgedeckten Speisen in den Kühlschrank, eigentlich nur, um etwas zu tun zu haben. Man hörte nichts als das Geräusch der Kühlschranktür, wenn ich sie öffnete und schloss, und das Kratzen der Schüsseln über die Böden. Ich nahm Bens Atem wahr und merkte, wie flach und schnell er jetzt ging, als bekäme er keine Luft. Er setzte sich wieder hin und machte die Augen zu.

Plötzlich hörte man Schritte auf dem Gartenweg. Sie kamen immer näher, ein hartes, schnelles Klappern von Absätzen, die schließlich die Treppe heraufgerannt kamen. Lena Lennox stürzte mit schmerzerfüllter Miene und vom Weinen geschwollenen Augen zur Hintertür herein, ihr bunter Regenmantel stand offen und flatterte wie ein scharlachrotes Flügelpaar um sie herum. Ben stand auf und öffnete den Mund, als wolle er etwas sagen, doch sie hob beide Hände, um ihn zum Schweigen zu bringen, und schüttelte den Kopf, wie um ihm zu bedeuten, dass sie nicht hören wollte, was er zu sagen hatte.

»Versuch ja nicht, mich aufzuhalten«, warnte sie ihn, als er auf sie zuging, sie an der Hand packte und an sich heranzog. Sie entriss ihm die Hand und lief durch die Schwingtür ins Wohnzimmer, und dann durchbrach ihre schrille Stimme das Schweigen.

»Du sollst verflucht sein! Du Schweinehund! Sieh doch, was du angerichtet hast, du elendes Schwein!« Ich hörte einen Mann vor Wut und dann voller Qual aufschreien. Es klirrte, als etwas in Stücke brach, dann kam das dumpfe, matte Geräusch, wenn Fleisch auf Fleisch trifft. Ben und ich stürzten ins Wohnzimmer, beide voller Angst, welcher Anblick sich uns bieten würde.

Sie waren alle versammelt. Die gesamte Familie Lennox. Die Kristallnippes von dem gläsernen Sofatisch lagen als glitzernder Scherbenhaufen auf dem makellos weißen Teppich herum. Ben stand mit entsetztem Blick neben mir an der Küchentür. Lena lag auf dem Boden und hatte einen langsam verblassenden roten Handabdruck im Gesicht. Gus stand mit erhobener Hand und wutverzerrtem Mund über ihr, und ihm liefen Tränen über das Gesicht. Zeke saß auf der Couch und schaukelte vor und zurück, die Arme um den Körper geschlungen, als wolle er sich selbst beruhigen oder in den Schlaf wiegen. Mattie lag neben ihm auf der Couch und hatte die Fäuste in den Mund gestopft. Das Baby schmiegte sich mit offenen Augen, die ins Leere starrten, eng an ihre Brust.

»Das habt ihr nun davon. Das habt ihr nun davon. Das habt ihr nun davon. Wie die Saat, so die Ernte.« Lena wiederholte ihren hypnotischen, hysterischen Singsang mit monotoner Stimme. Das Baby begann zu wimmern und trug seine eigene Qual zu dieser leidvollen Szene bei. Zeke sah mich an, und seine Augen zogen sich tückisch zusammen.

»Mach, dass du hier wegkommst, verdammt noch mal«, sagte er von seinem Platz auf der Couch aus zu mir. »Ich hab's dir schon mal gesagt, bleib uns, verflucht noch mal, vom Leibe.«

»Könntest du uns jetzt allein lassen?« Ben warf mir einen flehenden Blick zu, damit ich ihm seine Bitte erfüllte, und seine Stimme zitterte. »Bitte, Tamara, bitte, lass uns jetzt allein!«

Ich ging wieder in die Küche und setzte mich an den Tisch. Aber ich konnte immer noch hören, wie sie flüsterten, weinten, einander anflehten, wobei die Stimmen kaum voneinander zu unterscheiden waren.

Ginas Tod war die Ernte. Was war die Saat gewesen?

Ich räumte die Geschirrspülmaschine aus, holte mechanisch das saubere Geschirr heraus und stellte schmutziges hinein. Ich ließ heißes Wasser in das Becken laufen, tat Spülmittel hinein, stellte alle schmutzigen Töpfe ins Wasser und ließ sie einen Moment einweichen, und als ich sie schrubbte und spülte, empfand ich den Zitronenduft des Spülmittels und das warme Wasser als wohltuend. Es war jetzt still im Haus; selbst das Baby hatte aufgehört zu weinen. Ich sah mich in der Küche um, ob ich noch etwas tun könnte, und zerbrach mir den Kopf über diese Familie und ihre Geheimnisse.

»Geh noch nicht fort.« Ben war in die Küche gekommen, als ich eben den Mantel anzog. Er zog mich an sich und hielt mich einen Augenblick umschlungen; es war keine erotische Umarmung, er suchte einfach nur Trost. »Kann ich mitkommen?«

»Mitkommen?«, stammelte ich und wusste nicht gleich, was er meinte.

»Ja.« Er wirkte aufgewühlt, beinahe verängstigt. »Egal, wo du hingehst. Ich muss einfach eine Weile bei dir bleiben.«

»Aber Ben ...«

»Bitte, Tamara. Ich kann jetzt nicht allein sein. Nicht jetzt. Ich kann hier nicht bleiben.«

»Wohin willst du denn?«

Sein Gesicht war ausdruckslos, vollkommen leer. »Irgendwohin, nur weg von hier. Vielleicht zu dir? Bitte.«

Er folgte mir hinaus, ohne Mantel, wie ein schutzloses Kind, und so sah er auch aus, als er sich bei mir im Auto wie ein verstörter, verängstigter kleiner Junge auf den Beifahrersitz fallen ließ. Sein Kopf lehnte kraftlos gegen das Fenster, und die Schultern waren zusammengesackt. Ich sah ihn aus den Augenwinkeln an, während ich wartete, dass der Jetta sich wach hustete. Ben wirkte völlig verändert, so ganz anders als bei unserer ersten Verabredung damals im Pinnacle. An dem Abend war er so sicher und selbstbewusst aufgetreten, hatte geredet, geflirtet, mich geneckt – ein starker, gut aussehender Brother, der alles im Griff hatte und wusste, was er wollte. Er schloss die Augen; seine Wimpern waren länger, als ich sie in Erinnerung hatte. Jetzt konnte ich den sanften kleinen Bruder in ihm erkennen, den kleinen Jungen, der sich auf dem brutal engen Raum, den seine älteren Brüder ihm ließen, seine Persönlichkeit erkämpfte.

»Wie fühlst du dich, Ben?«

»So müde wie in meinem ganzen Leben noch nicht.«

»Wo möchtest du denn hin?«

»Ich möchte einfach nur fahren.«

Ich schob eine Kassette von Abby Lincoln ein, *A Turtle's Dream*, die ich von Jake hatte, und fuhr los, zunächst einmal zu meinem Büro, um ein paar Anrufe zu erledigen und mir übers Wochenende etwas Arbeit mitzunehmen. Ich ließ ihn im Auto weiterschlafen, während ich rasch in den Pathmark ging, dort ein paar Sachen einkaufte und dann noch zur Reinigung fuhr. Als ich in meine Einfahrt einbog, war es fast fünf Uhr, und ich war froh, dass ich Jamal erlaubt hatte, bei seinem Freund zu übernachten, und dass die neugierigen Nachbarn in der Dunkelheit ihre Nase nicht in meine Angelegenheiten stecken konnten.

Wir setzten uns an den Küchentisch, und ich machte uns ein paar Sandwiches. Als wir sie gegessen hatten, entdeckte ich die schon halb vergessene kleine Flasche Courvoisier, holte zwei Kognakschwenker und schenkte uns ein.

»Danke«, sagte er.

»Wofür?«

»Dass du mich nicht in dem Haus alleingelassen hast.«

Ich wollte noch mehr über das Haus wissen, spürte aber, dass es dafür noch zu früh war.

»Wo ist dein Sohn?«

»Weg. Über Nacht.«

Er trank einen Schluck Brandy. »Das ist vielleicht ganz gut so.«

»Yeah«, stimmte ich zu. Vielleicht war das ganz gut. »Erzähl mir doch, was dich bedrückt, Ben.«

»Nichts.«

»Es hat mit dem Tod von Gina und Shawn zu tun, nicht wahr?« Seine allzu schnelle Antwort überging ich.

»Es ist nichts. Warum glaubst du mir nicht?«

Mehr kann ich nicht sagen. Und will ich auch nicht.

»Hab ich dir schon erzählt, dass die Polizei meint, sie hätte den Mann geschnappt, der Shawn Raymond erschossen hat?« Er wirkte einen Moment lang erschrocken, und Angst – oder etwas, das dem sehr nahe kam – flackerte in seinen Augen auf.

»Und was soll ich dazu sagen?«

Seine Frage erstaunte mich.

»Das überlass ich dir.«

»Na toll! Willst du das hören? Als wir das erste Mal miteinander ausgingen, da hab ich dir gesagt, wie ich zu dem Dreckskerl stehe.« Er stand auf und ging ins Wohnzimmer, wo er die Familienfotos auf dem Bücherregal und die gerahmten Kunstdrucke an der Wand betrachtete und sich schließlich zu mir auf die Couch setzte. »Seit ich dich kenne, war ich noch nie bei dir zu Hause. Außer vielleicht bei dem einen Mal vor dem Ball, als ich dich abgeholt habe, weißt du noch?«, sagte er in sanfterem Ton.

Ich wusste es tatsächlich noch, und bei der Erinnerung musste ich lächeln.

»Du bist hier aufgewachsen, hier in diesem Haus?«

»Hier und in Newark. In den Hayes Homes, als ich noch klein war.«

Er schmunzelte, als sei ihm gerade etwas Lustiges eingefallen.

»Newark. Das ist wie eine Familie, wie Mummy oder Daddy, nicht wahr? Du kannst darüber herziehen, aber wehe, wenn jemand anders das tut. Ich hatte nie so eine enge Beziehung dazu wie Gus, so ein Gefühl, dass das ›meine‹ Stadt ist, und so ein Bedürfnis, sie in Schutz zu nehmen.«

»Was glaubst du, woher das kommt?«

Er lehnte sich zurück und nahm noch einen Schluck Brandy. »Ich bin ja schon weggegangen, als ich noch klein war, erst in einen anderen Staat auf diese Privatschule, auf die sie mich geschickt haben, dann fort aufs College, dann weiter zum Studieren … Danach hab ich nie wieder richtig in Newark gewohnt. Auch jetzt noch bin ich froh, wenn ich abends wieder von hier zurückfahren kann. Ich gehör nicht mehr hierher. Meine Brüder sind die einzige Verbindung zu dieser Stadt.«

»Und worin besteht diese Verbindung?«

»Darüber möchte ich nicht reden.« Er trank wieder von seinem Brandy.

»Warum hat man dich schon so früh weggeschickt?« Ich erinnerte mich wieder, wie plötzlich er damals fort war; ich spürte, wie unangenehm es ihm war, wenn ich auf seine Familie zu sprechen kam, und wollte ihm Gelegenheit geben, mir das aus seiner Sicht zu erklären.

Ben zuckte die Achseln. »Wenn ich jetzt so drüber nachdenke, dann muss es wohl damit zu tun haben, was da zwischen den beiden abgelaufen ist.« Damit brachte er das Gespräch wieder auf seine Brüder. »Sie haben so einen Groll aufeinander. Eine mörderische Wut.«

Mit Schaudern dachte ich daran, wie begierig Zeke seinem Bruder an die Gurgel gegangen war. »Wie halten sie das nur aus, so zusammenzuleben?«

»Zum einen kann Zeke nirgendwo anders hin. Und meistens ist die Wut ja auch nicht da.«

»Dann hat etwas sie neu entfacht.«

»Yeah.« Er ließ den Kopf sinken. »Etwas hat sie neu entfacht.«

»Und was war das, Ben?«, forschte ich noch einmal.

Er sah mich mit einem merkwürdigen Blick an. »Ich kann nicht, Tamara.«

»Du willst nicht.«

»Nein, ich will nicht.«

»Und warum nicht?«

»Tamara, bitte, erspar mir das jetzt. Vielleicht später, aber heute nicht, bitte.« Seine Stimme und seine Miene waren derart gequält, dass ich die Sache auf sich beruhen ließ, obwohl ich wusste, dass ich irgendwann einmal darauf zurückkommen müsste. Wie aus Dankbarkeit nahm er meine Hand, führte sie an seine Lippen und küsste jeden Finger einzeln. Ich machte mich los und trank ein Schlückchen Brandy; ich wusste genau, was er tat, und ließ mich nicht zum Narren halten. Wir saßen noch ein Weilchen zusammen auf der Couch. Ich legte ein paar CDs auf – Cassandra Wilson, Erykah Badu und schließlich einen frühen Miles, bei dem ich an meinen Vater denken musste. »Ich erinnere mich noch an damals, an das erste Mal«, sagte er.

»Das letzte Mal«, korrigierte ich.

»Nicht das letzte Mal.« Er küsste mich einmal und dann schnell noch einmal. Sein Mund fühlte sich gut an, ich mochte es, wie seine Zunge meine Lippen trennte, und in dem Moment wusste ich, dass wir miteinander schlafen würden.

Diese Entscheidung hatte nichts damit zu tun, dass ich plötzlich vor lauter Leidenschaft Kopf und Verstand verloren hatte. Es gibt nur einen einzigen Mann auf der Welt, der diese Wirkung auf mich hat. Mein Begehren für Ben war zwar glühend, aber durchaus begründet, vernünftig. Um die Wahrheit zu sagen, wusste ich schon an unserem ersten Abend im Pinnacle, dass ich mit Ben Lennox ins Bett gehen würde, als wir länger zusammengeblieben waren, als ich gedacht hatte, und sein – wenn auch flüchtiger – Kuss den leidenschaftlichen Rausch von damals wieder in mir wachrief. Nach unserer ersten nächtlichen Unterhaltung, als ich in Gedanken an ihn eingeschlafen war und mir das Gefühl ausgemalt hatte, wenn sein Körper neben meinem läge, da war ich mir sicher gewesen. Wir hatten eine gemeinsame Erinnerung an die sinnliche Lust dieser nun Jahre zurückliegenden Nacht, und an dem Abend wusste ich, dass ich dieses Gefühl noch einmal mit ihm erleben wollte.

Als wir in mein Schlafzimmer gingen, war es dort kalt, kälter als sonst, oder vielleicht fiel es mir nur mehr auf, weil ich nicht allein hereinkam. Wir zogen uns rasch aus, und ich legte die Kondome in Reichweite, die ich im Pathmark gekauft hatte. Wir scherzten noch darüber, dass es auch nicht mehr war wie früher, wenn erwachsene Menschen einvernehmlich Sex haben wollten, und ich merkte, wie ich kicherte und seinen Humor genoss wie eh und je, und das gefiel mir. Wir schlüpften schnell unter die Daunendecke und kuschelten uns aneinander, um es wärmer zu haben und uns gegenseitig zu spüren. Die Bettwäsche roch leicht nach meiner Jojoba-Öl-Lotion, und der Geruch mischte sich mit dem Duft seines Parfüms. Ich streckte mich der Länge nach aus, sodass ich seine Kraft und Wärme an meinem Körper empfand, und da überkam mich auch schon ein genüssliches Begehren und das Verlangen, ihn in mir zu spüren.

Mein Körper und meine Sinne haben keinen Mann vergessen, der mich je berührt hat. Während Bens Finger mich sanft streichelten, musste ich einen Augenblick lang wieder an den Mann denken, mit dem ich zuletzt geschlafen hatte, an das Leidenschaftliche und Prickelnde unseres Zusammenseins. Als die Erinnerung an die Berührungen und die Empfindung der Lippen dieses Mannes mit denen von Ben verschmolz, wurde meine Erregung noch stärker. Aber dann war ich wieder ganz bei Ben, bei seinen Berührungen und seinem Geruch und der Empfindung seiner Lippen auf meiner Haut und seiner Umarmung und bei dem, was wir uns einmal bedeutet hatten und jetzt wieder bedeuteten. Ein warmes Gefühl der Vertrautheit stellte sich ein, als er meinen Nacken und meine Brüste mit seinen Lippen, seiner Zunge liebkoste. Er war ein guter Liebhaber gewesen – aufmerksam und großzügig. Das hatte mir schon beim ersten Mal an ihm gefallen, und daran hatte sich nichts geändert. Als er schließlich in mich eindrang und ich mich in ihm verlor, da war ich froh, dass wir uns endlich wieder gefunden hatten.

Als er eingeschlafen war, machte ich mich von ihm los, betrachtete sein Gesicht und den muskulösen Arm, der an der Stelle lag, wo mein Körper gewesen war. Ich überlegte kurz, ob ich einen Fehler gemacht hatte und ob mich das Geheimnis, das er mir nicht anvertrauen wollte, dazu bringen würde, diese Nacht zu bereuen. Doch als ich mich wieder neben ihn legte und er die Hand nach mir ausstreckte und mit den Fingern über meine Brüste strich, da schlug ich mir diese Überlegungen aus dem Kopf. Wir hatten einander Freude bereitet an einem Tag voller Leid. Vielleicht war das Grund genug, um dankbar zu sein.

11

Am nächsten Morgen klingelte das Telefon fünf Mal, bevor ich aus dem Bett krabbelte und den Hörer abnahm. Es war Jamal, der mir erzählen wollte, dass der Vater seines Freundes Tickets für die New York Knicks am selben Abend hatte und ihn dazu einladen wollte. Ich sollte ein Paar saubere Jeans und einen Pullover zu Annie bringen, wo Jamal sie am späteren Vormittag abholen konnte, wenn er die Garage ausräumte. Ein Lächeln zog über mein Gesicht. Ich wollte gern länger mit Ben zusammen sein und hatte noch keine Lust, wieder in die Mutterrolle zu schlüpfen, daher kamen mir Jamals Pläne sehr gelegen. Aber ich willigte allzu rasch ein. Ich merkte, wie er hellhörig wurde.

»Ähm, Ma, stehst du grade erst auf?«

»Es ist sieben Uhr früh.«

»Yeah. Was hast du denn gestern Abend so gemacht?«

»Nichts.«

»Und jetzt?«

»Jetzt red ich mit dir.«

»Und was hast du heute Abend vor?«

»Ich weiß noch nicht genau.«

»Tja, ähm, dann gehst du wohl wieder mit diesem Ben Lennox aus?«

»Kann gut sein. Ich bring deine Sachen zu Annie und

seh dich dann heut Abend, ja?« Ich legte rasch auf, um zu verhindern, dass er einen fetten Fang machte. Es war offensichtlich an der Zeit, ihn mit Ben bekannt zu machen, der neben mir lag und noch schlief. Ich gab ihm einen sanften Stups, um zu sehen, ob er leicht wach würde, aber er rührte sich nicht. Er schlief tief und fest, atmete schwer und hatte die Hände zu Fäusten geballt. Ich duschte, zog mich an und fand in dem Chaos von Jamals Zimmer ein paar saubere Sachen in trautem Verein mit den schmutzigen auf dem Fußboden. Dann ging ich in die Küche hinunter, machte eine Kanne Kaffee und trank eine Tasse, während ich Ben einen Zettel schrieb, ich wäre in einer Stunde wieder da und dann würden wir gemeinsam frühstücken. Ich war außergewöhnlich guter Laune, als ich rückwärts aus der Einfahrt fuhr und mich auf den Weg zu Annie machte. Es war Samstag, die Sonne schien, und Sex hebt meine Stimmung unweigerlich. Doch sosehr ich auch versuchte, nur an Ben Lennox zu denken, ging mir das, was Lena am Vortag über die Saat und die Ernte gesagt hatte, doch nicht aus dem Sinn. Ich bauschte die ganze verdammte Geschichte viel zu sehr auf, befand ich schließlich.

Es ist erstaunlich, wie sehr man zum Rationalisieren neigt, wenn man nicht aufpasst, und an jenem Morgen ließ ich meinen Gedanken munter die Zügel schießen. Was ich da beobachtet hatte, redete ich mir ein, war nur eine Familie in Trauer. Lena hatte geerntet, was sie gesät hatte, als sie Shawn Raymond mit ihrer Schwester bekannt machte, und sie hatte den Kummer geerntet, den sie in ihrer Familie gesät hatte. Als Gus Lennox seiner Tochter ins Gesicht schlug, wollte er wahrscheinlich nur einem hysterischen

Anfall ein Ende setzen. Was Zeke gesagt hatte, so widerlich und gemein es auch war, sollte vielleicht nur dazu dienen, auf seine Art eine Privatsphäre zu schützen, die ich seiner Meinung nach verletzt hatte. Schließlich war Shawn Raymond der Grund für meine erste Kontaktaufnahme mit Familie Lennox gewesen, und jetzt wusste ich zwar, was er für ein Mann gewesen war, aber damals war ich als seine Fürsprecherin aufgetreten. Es war nur natürlich, dass sie mir mit Misstrauen begegneten.

Ich rief mir wieder in Erinnerung, wie zärtlich Ben und ich uns in der vergangenen Nacht geliebt hatten. Shawn Raymond war tot. Gina Lennox war tot. Ben hatte die Nachricht von der Festnahme von Shawns Mörder zwar etwas seltsam aufgenommen, aber war das wirklich so verwunderlich? Shawn Raymond war ihm im Grunde völlig egal. Wenn ich's recht bedachte, war seine Reaktion durchaus angemessen. Ben hatte mir erklärt, dass er nichts zu verbergen hatte. Warum konnte ich ihm das nicht einfach glauben? Schließlich hatte ich ja eben die Nacht mit dem Mann verbracht, nicht wahr? Ich bog mit dem Entschluss in Annies Einfahrt ein, meine Bedenken in den Wind zu schlagen, und das gelang mir hervorragend. Als ich an ihrer Hintertür klingelte, dachte ich an Ben Lennox und unsere gemeinsame Nacht.

Annie betrachtete mein Gesicht wie ein Lotterielos. »Ha, wer hat dich denn so zum Glühen gebracht?«, fragte sie, während sie mich von oben bis unten musterte. »Und dabei ist es noch nicht mal Mittag! Wieso bist du an einem Samstag schon so früh auf? Komm rein, Mädchen, und erzähl mir, was du Freitagabend so getrieben hast.«

»Ich glüh so von der Kälte, und letzte Nacht war ich daheim in meinem Bett«, erklärte ich wahrheitsgemäß und mit einem würdevollen Nicken, von dem ich hoffte, es würde ihren Spekulationen ein Ende setzen. Aber nein.

»Hast du mit Jamal gesprochen?«, fragte ich, als ich ihr die Tasche mit seinen Sachen reichte.

»Soll das heißen, Jamal ist nicht zu Hause?« Jetzt war sie doppelt misstrauisch geworden.

»Nein, er hat bei einem Freund von der Basketballmannschaft übernachtet. Er hat allerdings gesagt, er kommt heute Morgen vorbei, um dir mit der Garage zu helfen. Ich wollte das da für ihn abgeben. Er geht heute Abend zu einem Spiel von den Knicks und will sich hier umziehen.«

»Wenn kalte Luft die Augen so zum Strahlen brächte, dann würden sich nicht so viele Sisters einen Nerz zulegen. Mir kannst du nichts vormachen.«

»Annie, hol dir deinen billigen kleinen Nervenkitzel aus zweiter Hand von dem Liebesleben anderer Leute, aber nicht von mir.« Damit ließ ich mich in einem Sessel nieder. In der Küche roch es nach Zimt und Äpfeln, und mein Magen begann hungrig zu knurren.

»Du willst also noch nichts erzählen?«

»Da gibt's nichts zu erzählen, Annie – jedenfalls nichts, was dich etwas angeht.«

»Zieh deinen Mantel aus, und bleib ein bisschen. Hast du schon gefrühstückt? Ich hab grad Apfelringe gebraten, wenn du welche magst. Süße Brötchen sind im Ofen.«

»Nein, danke. Ich muss gleich wieder nach Hause, ich –«

»Nun mal langsam, Baby. Das hat's ja noch nie gegeben, dass Tamara Hayle zu einer Portion Apfelringe mit süßen

Brötchen Nein sagt. Jamal ist nicht zu Hause. Du kommst hier an und strahlst wie frisch verliebt. Du glaubst wohl, ich komm aus dem Mustopf – ich weiß doch, dass da was dahintersteckt. Er ist also nett, ja? Und seinen Namen brauchst du mir gar nicht zu verraten. Den erfahr ich nachher von Jamal.«

»Wie kommt es nur, dass ihr verheirateten Leute immer meint, über das Liebesleben von Alleinstehenden könnte sich jeder das Maul zerreißen?«

Sie machte eine wegwerfende Handbewegung. »Na, komm schon, setz dich hin, und iss ein paar Apfelringe. Ich hab sowieso zu viele gemacht, und William schläft noch. Ich brauche Gesellschaft. Auf deinen Hüften machen sie sich viel besser als auf meinen.«

»Nein, ich geh lieber wieder heim …«

»Damit du ja nicht die nächste Nummer verpasst?«

»Okay! Du hast gewonnen!«, sagte ich belustigt, aber mit leisem Ärger.

»Und wer ist nun dieser Mister Namenlos?«

»Ein Mister Namenlos.«

»Ist es dieser süße Brother aus Jamaika, der –«

»Nein, Annie, der nicht.« Ich machte ihren Erinnerungen an meine höchst persönliche Vergangenheit ein Ende, während sie mir einen Teller mit gebratenen Äpfeln brachte. Ich konnte nicht widerstehen und nahm einen ordentlichen Bissen.

»Einen Moment noch. Die Brötchen sind gleich fertig.« Damit schenkte sie sich selbst eine Tasse Kaffee ein. Ich nahm noch einen Happen und griff nach einem Stapel Fotos, der neben der Zuckerdose lag.

»Die sind von der Reise, von der du nichts hören wolltest, weil du immer zu beschäftigt warst«, schimpfte Annie, als ich sie durchblätterte. Es waren Bilder, wie man sie von einer Kreuzfahrt erwartet: kunstvoll angerichtetes Essen, Männer in knappen Badehosen, glasig dreinschauende Frauen mit Drinks in der Hand, die mit tropischen Früchten garniert waren. Während ich die Bilder einzeln hochhielt, gab Annie ihre begeisterten Kommentare dazu ab.

»Das Mitternachtsbuffet«, erläuterte sie zu einem großen Hochglanzfoto von einem Arrangement von Meeresfrüchten mit Hummerschwänzen und Bergen von Shrimps. »Mädchen, ich hab so viel Lachs gegessen, dass mir fast schlecht wurde. Es war direkt peinlich. Jetzt ist mir allein schon der Geruch zuwider. Eine Sünde und Schande!

Das war das Festbankett«, sagte sie, als ich ihr ein Bild von ihr und mehreren ehemaligen Studienkolleginnen zeigte, alle in Abendgarderobe mit langem Kleid und Stola. »William hat den Smoking getragen, den ich ihm letztes Jahr zu Weihnachten geschenkt hab. Und ich konnte endlich das lange orangefarbene Kleid anziehen, von dem Mama behauptet, es wäre so grell wie die Trompeten von Jericho.«

»Wie hieß euer Schiff noch gleich?«

»*Odyssey*. Willst du auch einen Kaffee zu den Äpfeln?«

Ich hörte auf zu blättern.

»Die Reederei heißt Odyssey Adventures. Ein schönes Schiff. Große Kabinen. Hübsches Kasino. Ich hab sogar hundert Dollar am Glücksspielautomaten gewonnen – die hab ich dann allerdings gleich wieder reingesteckt. William war ganz entsetzt. Ich sag dir, Tamara, dir würde das auch gefallen. Selbst der Preis ist gar nicht so übel, wenn man bedenkt, was man dafür kriegt.«

»Und wo hat das Schiff überall gehalten?« Jetzt war meine Neugier geweckt.

Annie lächelte, als sie daran zurückdachte. »Also, in Aruba ging es los, dann zu den San Blas Islands in Panama, dann der Kanal, Costa Rica und, ach ja, Cartagena.« Sie verdrehte die Augen. »Wie kann ich nur Cartagena vergessen! Und woher dieses plötzliche Interesse an meiner Kreuzfahrt?« Dabei schnappte sie sich eifersüchtig wieder ihre Bilder und blätterte mit strahlendem Lächeln selbst darin.

»Was war denn in Cartagena?«

Sie zog die Stirn kraus wie bei einer unangenehmen Erinnerung. »Mit der Stadt hat das nichts zu tun. Es ist eine der schönsten Städte, die ich je gesehen habe. Lauter uralte, enge Gassen, die alle möglichen Abenteuer versprechen. Ganz malerische alte Bauwerke. Auch wenn es in den Reiseführern nicht so aussieht, wimmelt es in Kolumbien, Brasilien, Peru und allen anderen Ländern in Mittel- und Südamerika nur so von Schwarzen. Da haben die Sklavenschiffe eindeutig auch ihre Fracht abgeladen. Manchmal, wenn ich vom Schiff runterkam, hab ich gedacht, ich wär an der Ecke Broad Street/Market Street.«

»Und was ist in Cartagena passiert?«, versuchte ich sie wieder zum Thema zurückzuführen.

»Jemand hat einer Freundin aus meiner Studentinnenverbindung, Pauline aus Dallas, den Pass geklaut. Die Stadt ist wunderschön, aber es geht da wilder zu als im Wilden Westen. Es gibt viel Kriminalität und Rauschgiftschmuggel. Pauline hat erst beim Ausschiffen in San Juan gemerkt, dass ihr Pass weg war. Das hat bei allen einen schalen Nachgeschmack hinterlassen.«

»Haben sie denn in den anderen Häfen nicht die Pässe kontrolliert, wenn das Schiff angelegt hat und ihr an Land oder wieder an Bord gegangen seid?«

»Man muss der Mannschaft nur einen Schiffsausweis mit dem Namen und der Kabinennummer drauf zeigen. Den hatte Pauline zum Glück in der Tasche. Solange man den Ausweis hat, ist alles okay. Auf dem Schiff macht einem keiner Scherereien, verstehst du. Die wissen ja so ziemlich, wer zum Schiff gehört und wer nicht, darum gibt es beim Landgang keinen förmlichen Appell oder so etwas.«

Ich stellte die Kaffeetasse ab und legte die Gabel neben den Teller mit gebratenen Äpfeln. »Solange man also diesen Ausweis hat, kann man nach Belieben von Bord gehen und wiederkommen, und niemand weiß genau Bescheid oder hat irgendwelche Unterlagen darüber?«

Annie dachte einen Moment nach. »Na ja, irgendjemand wird es wohl wissen, zum Beispiel die eigenen Reisegefährten. Die würden es vermutlich dem Kapitän sagen, wenn jemand das Schiff verpasst, und das würde dann warten. Und wenn man allein reist, dann würden es wohl die Tischgenossen und die Kellner merken. Was ist denn, Tamara? Willst du auch eine Kreuzfahrt machen?«

Die gebratenen Äpfel waren in meinem Mund zu einem zähen Brei geworden. Ich hatte das Gefühl, sie nie mehr hinunterschlucken zu können. Grauen überfiel mich.

»Was hast du denn, Mädchen?«, fragte Annie besorgt. »Du siehst aus, als wäre dir ein Gespenst erschienen.«

Das stimmte, und es war Shawn Raymond.

Ben saß am Küchentisch, als ich hereinkam. Er wandte mir den Rücken zu, und einen Augenblick lang war ich mir nicht sicher, ob er gemerkt hatte, dass ich da war. Seine Hand lag auf der Kaffeetasse, als habe er sie eben angehoben oder gerade erst abgestellt, und ab und zu nickte er leicht, als führe er ein stummes, verstörendes Selbstgespräch.

Wie weit war er in Shawn Raymonds Tod verwickelt?, überlegte ich. *Wo beginnt seine Schuld, wo endet sie?* Wer war von dieser Kreuzfahrt zurückgefahren nach Jersey und hatte den Schuss abgegeben, der das Leben dieses Menschen auslöschte? War es Gus gewesen, der von allen das stärkste Motiv hatte? Oder Ben, um seinem Bruder einen Gefallen zu tun? Selbst Mattie stand unter Verdacht. Das Motiv war von Anfang an da, und ich hätte wissen sollen, dass ein Killer immer einen Weg findet. Und dieser Tod hatte den anderen nach sich gezogen, der diesen Mann letzte Nacht in mein Bett geführt hatte.

Ich stand da und beobachtete ihn noch ein Weilchen, dann setzte ich mich auf den Stuhl gegenüber, und wir starrten uns eine Weile schweigend an. Mir war traurig zumute, bis mir peinlich bewusst wurde, dass ich auf ihn hereingefallen war; da wurde ich unsäglich wütend, und das hat er mir wohl angesehen, denn er ließ beschämt den Kopf sinken. Vielleicht konnte er meine Gedanken lesen; ich habe meine Gefühle noch nie gut verbergen können. Oder vielleicht hatte er einfach das Lügen satt.

»Du weißt es?«

»Ja.«

»Du hast es dir zusammengereimt?«

»Noch nicht ganz.«

»Was fehlt dir noch?«

»Wer genau es getan hat und wie.«

Er lächelte. »Das heißt, eigentlich alles, Tamara.« Er trank einen Schluck Kaffee, aber seine Hand zitterte.

»Komm mir nicht auf die dämliche Tour, Ben.« Noch nie war es mir mit etwas so ernst gewesen. Er hörte auf zu lächeln.

»Wir haben es alle zusammen getan«, sagte er. »Gus hat abgedrückt, aber wir haben es alle zusammen getan.« Die Worte blieben eine Zeit lang in der Stille des Raums stehen, und ich spürte, wie mir die Tränen kamen, darum sah ich ihn nicht an. »Also sind wir alle mitschuldig, nicht wahr? Vera wollte nichts damit zu tun haben und mit mir auch nicht mehr, als sie das erfuhr.«

»Und darum hat sie dich verlassen.«

»Darum hat sie mich verlassen.« Er rutschte mit niedergeschlagenen Augen auf seinem Stuhl herum. »Es ist wohl sinnlos, noch länger ein Geheimnis daraus zu machen.«

»Es sei denn, du willst mich auch umbringen.«

»Tamara …«

Ich sprach weiter, ohne mich um die Verletztheit zu kümmern, die ich auf seinem Gesicht erkennen konnte. »Hat Gus Gina auch umgebracht?«

»Seine eigene Tochter? Wie kannst du nur so etwas sagen? Nein, natürlich nicht. Gus hat Gina nicht umgebracht. Wie könnte er das tun? Aber er hat Shawn Raymond umgebracht, weil sie nicht von ihm lassen konnte, das war der wahre Grund. Für Gus sah das anders aus. Aber in Wirklichkeit war es so. Gina konnte nicht von Shawn lassen, nicht einmal nach dem, was da zuletzt passiert ist.«

Er konnte es mir wohl vom Gesicht ablesen, dass ich wusste, was da zuletzt passiert war, dass Shawn seine ›Puppe‹ benutzt hatte, damit seine Freunde ihren Spaß hatten, und er schüttelte den Kopf, als wolle er sagen, er sei immer noch verwundert und entsetzt über das, was geschehen war. »Und damit wäre es noch nicht zu Ende gewesen«, sagte er, ohne mich anzusehen, und seine Stimme überschlug sich bei seinen Erklärungen. »Er hätte sie auch noch für sich anschaffen lassen. Das war der nächste Schritt. Hätte sie für sich anschaffen lassen, wie seine Mutter es getan hat, und sie hätte sich ihm zuliebe verkauft, weil sie nicht von ihm lassen konnte und wollte. Das gab den Ausschlag. Das und das Rauschgift. So ein gemeines Dreckschwein.« Er hielt inne und warf einen suchenden Blick durchs Zimmer. »Ist es zu früh für einen Schluck von dem Brandy von gestern Abend?« Ich ging schweigend ins Wohnzimmer, wo ich die Flasche abgestellt hatte, dachte kurz an den vergangenen Abend zurück und verdrängte die Erinnerung daran, als ich mich wieder hinsetzte und ihm etwas in seine Tasse goss.

»Gus wusste, dass er ihn umbringen musste. Weil er erkannt hatte, dass Shawn andernfalls Gina zugrunde richten würde und Lena vielleicht gleich mit dazu. Gus weiß aus langjähriger Erfahrung, worum es bei den Ermittlungen in einem Mordfall geht: Wer hat ein Motiv, die Mittel und die Gelegenheit – so sagt man doch bei der Polizei? Alle Welt wusste, dass er Motive und Mittel zur Genüge hatte, darum musste er die Gelegenheit ausschließen, nicht nur für sich, sondern für alle anderen auch. Wer auf einem Kreuzschiff in der Karibik ist, kann nicht in Newark einen Menschen erschießen. Er hatte die Kreuzfahrt durch den Panamakanal schon vor zwei Jahren mit Mattie gemacht, daher kannten sie sich aus. Als Lena ihm erzählte, was Shawn Gina angetan hatte, und als er dann noch erfuhr, dass sie schwanger war und dadurch ihr Leben lang nicht mehr von dem Dreckskerl loskommen würde, da wusste er, was er zu tun hatte.«

»Er hat dir also erzählt, was er vorhatte?«

»Yeah.«

»Und was hast du getan?«

»Was ich nur konnte, um ihm zu helfen.«

»Und es gab keine andere Möglichkeit, als Shawn Raymond umzubringen?«

»Ich war dabei, als Gus den Schweinehund aufgesucht hat. Er hat uns einfach ins Gesicht gelacht, ins Gesicht gespuckt und uns erklärt, er könnte sie für sich anschaffen lassen, wenn er wollte, so weit hätte er sie in der Hand, und ich hab gesehen, wie Gus den Kerl angeguckt hat. Da wusste ich, dass er etwas unternehmen würde, ich wusste nur noch nicht, was.« Ben hielt inne, um einen Schluck von seinem Kaffee mit Schuss zu trinken, und goss sich noch mehr Brandy nach.

»Er hat also für uns alle gebucht, auch für mich und Vera. Und dann hat er sich einen falschen Pass besorgt. Ein Cop im Ruhestand kennt genügend Leute, die es mit dem Gesetz nicht allzu genau nehmen und sich mit so was auskennen, das Ganze ist eigentlich ein Kinderspiel. Man kann sich zum Beispiel einfach einen kaufen, wenn man die richtigen Adressen kennt. Aber Gus ist in den Süden runtergefahren, nach Mississippi aufs Land, und hat so eine hundert Jahre alte Kirche von Schwarzen mit einem alten Friedhof drumrum ausfindig gemacht, so eine, wie sie die Rednecks vor einer Weile reihenweise angezündet haben, und da hat er das Grab eines Kindes gefunden, das im selben Jahr geboren wurde wie er und nach kurzer Zeit gestorben ist. Da unten kümmert sich die Obrigkeit einen Dreck um die Schwarzen, ob tot oder lebendig, darum hat sich keiner die Mühe gemacht, über Geburten und Sterbefälle und dergleichen anständig Buch zu führen. Es wurde nur im Kirchenbuch, auf dem Grabstein oder in der Familienbibel festgehalten. Er hatte also ein Geburtsdatum und hat sich dann aufgrund der Eintragung im Kirchenbuch eine Geburtsurkunde und eine gefälschte eidesstattliche Erklärung besorgt, die niemand nachprüfen würde. Wer eine Geburtsurkunde hat, der bekommt auch ohne Weiteres einen Pass.«

»Er hat wirklich an alles gedacht.«

Ben lächelte ironisch. »Das sollte man auch, wenn man vorhat, jemanden umzubringen, ohne erwischt zu werden.«

»Dann ist er also mit zwei Pässen auf die *Odyssey* gegangen. Einem echten und einem falschen«, spann ich die Geschichte für ihn weiter.

»Wir hatten einen Vierertisch reserviert – für mich, Mattie, Gus und Vera. Gus hat eine große Show abgezogen und jeden Abend mit den Kellnern und dem Ober geredet und gelacht, damit sie sich gut an ihn erinnern. Um den dritten Tag der Kreuzfahrt herum ist er abends einmal nicht zum Essen erschienen, und Mattie hat gesagt, er hätte es mit dem Magen, und ließ ihm etwas zu essen aufs Zimmer schicken.«

»Und dann kam der fünfundzwanzigste April.«

»Yeah«, sagte Ben und wich meinem Blick aus, wahrscheinlich wollte er nicht darüber reden oder auch nur daran denken. »Er hatte einen Freund bei der Polizei angerufen und ihm irgendeinen Blödsinn über Zeke erzählt, damit sie ihn abholen und für ein paar Tage in Untersuchungshaft nehmen, und damit hatte er seinem Bruder ein Alibi verschafft. Den Fünfundzwanzigsten hatte er gewählt, weil Claudia Holly da Geburtstag hat, und Mattie hatte Gina und Lena zugesetzt, sie sollten Claudia mit einem Fresskorb überraschen. Sie hat sogar alles bezahlt und Claudias Mutter erzählt, sie hätten eine Überraschung vor, damit sie sich verpflichtet fühlten, es auch wirklich zu tun. Dadurch hatten die beiden ein Alibi. Lena hätte drauf kommen können, dass da was im Busch war, aber keiner hat ihr was verraten.«

Mir fiel wieder ein, was Claudia mir über Lenas Besorgnis erzählt hatte, als Gina in letzter Minute beschloss, noch Eis holen zu gehen. Sie wollte sicherstellen, dass ihre Schwester vor Zeugen im Haus war, falls tatsächlich etwas passieren sollte.

»Gina hat keinen Verdacht geschöpft, als Shawn tot war?«

»Gina war ja nicht dumm, auch wenn sie sich wie eine Närrin aufführte. Sie hat bestimmt etwas vermutet, aber was konnte sie schon tun?«

Dafür sterben, du dreckiger Lügner, wollte ich schon sagen, aber ich schwieg. Ich blieb ganz ruhig und hielt mich so weit wie möglich zurück. »Wie hat Gus es genau angestellt?«

Ben schloss wieder die Augen, und seine hübschen Wimpern erinnerten mich noch einmal daran, wie wir im Auto hierhergefahren waren und wie mich seine Verletzlichkeit gerührt hatte. Mich durchzuckte ein jähes schmerzliches Bedauern darüber, was sich zwischen uns hätte entwickeln können, jetzt aber unwiderruflich verloren war. Er spürte das auch. Ich hörte es an seiner Stimme und sah es in seinen Augen. Er seufzte schwer und erzählte dann nüchtern weiter, ohne Gefühlsregung und ohne Zögern.

»Wir legten um acht Uhr morgens in Cartagena an, und nach dem Frühstück, so gegen neun, gingen wir alle an Land, um uns die Stadt anzuschauen. Gus hatte an dem Morgen extra jedes Essen zurückgewiesen und sich beiläufig beim Kellner beklagt, dass sein Magen ihm wieder zu schaffen machte. Er ging mit allen anderen von Bord, und als später eine andere Schicht Dienst hatte, kamen wir drei – erst Mattie, dann ich und Vera – nach und nach wieder zurück. Gus war mit seinem falschen Pass inzwischen schon mit einem Charterflugzeug von Cartagena nach San Juan unterwegs, und um drei flog er von San Juan nach New York ab.«

»Niemand hat ihn aufgehalten und seinen falschen Pass überprüft?«

»Er ist von Cartagena abgeflogen, Tamara, von *Cartagena*! Er hatte für alle Fälle genug amerikanische Dollars, um jeden zu bestechen, der geschmiert werden musste. Er hatte haufenweise Bargeld dabei und sah aus wie ein Tourist. Einen Touristenpass schaut sich keiner so genau an.

Gus hatte in New York auf seinen falschen Namen und mit dem falschen Pass ein Auto gemietet und alles bar bezahlt, und der Wagen stand schon auf dem Dauerparkplatz für ihn bereit. Den Revolver, einen nicht registrierten

38er, bei dem sich der Besitzer nicht feststellen ließe, hat er im Handschuhfach versteckt. Als wir anderen uns um acht auf der *Odyssey* zum Abendessen setzten und dem Kellner etwas von Gus' Magenverstimmung vorlogen, war er schon unterwegs nach Newark, um Shawn Raymond zu töten.«

»Mit einem glatten Herzdurchschuss, wie ein erfahrener Scharfschütze.« Ich erinnerte mich, was mir durch den Kopf gegangen war, als Osborne mir von dem tödlichen Schuss erzählte. Und noch etwas wurde mir klar: Wenn Shawn Raymond in letzter Sekunde Verdacht geschöpft, wenn ihm eine innere Stimme gesagt hätte, dass sein letztes Stündchen geschlagen hatte, dann hätte Gus' Stimme durch die Tür fast genauso geklungen wie die seines Bruders Chee-chee, und er hätte nichts Böses vermutet.

»Am nächsten Tag ist er in aller Herrgottsfrühe nach San Juan zurückgeflogen und von dort aus auf die San Blas Islands in Panama, wo das Schiff an dem Morgen anlegte. Wir sind zu unterschiedlichen Zeiten an Bord zurückgekommen, aber zum Abendessen waren wir alle wieder versammelt und konnten mit den Kellnern schwatzen und scherzen. Als wir am nächsten Tag durch den Panamakanal fuhren, hat er eine Flasche teuren Champagner bestellt, um einen Toast auf den Kanal auszubringen.« Er schwieg kurz und leerte seine Tasse. »Gus hatte recht, stimmt's?«

»Womit?«

»Er wusste, dass ich es dir früher oder später erzählen würde. Hast du nicht gemerkt, welche Angst er hatte, dass sich unsere Beziehung entwickeln, dass etwas daraus werden könnte?«

»Aber er hat doch selbst vorgeschlagen, dass du mich anrufst, oder nicht?«

»Er konnte ja nicht ahnen, dass die Dinge so weit gehen würden, dass ich nicht mehr aufhören könnte, wenn ich mich einmal mit dir eingelassen hatte.«

»Und jetzt willst du mir erzählen, dass alles, was zwischen uns war, von deiner Seite aus ehrlich war?«

»Ja. Von deiner nicht?«

»Du hast mich belogen, Ben, in einer Angelegenheit, die so grundlegend, so …« Ich suchte nach Worten, aber vergeblich. »Was sollte denn der ganze Quatsch von wegen Aufrichtigkeit und dass du es satt hast, Spielchen zu spielen und –« Da unterbrach ich mich selbst und schloss mit allem ab, zügelte meine Wut, meine Enttäuschung und die Träume, die ich mir in diesen kurzen Wochen gestattet hatte. Zwei Menschen waren gestorben. Beide waren ermordet worden. Da war es obszön, einem albernen, romantischen Hirngespinst darüber nachzuhängen, was alles hätte sein können.

»Tamara, bitte …«, sagte Ben. Ich hob die Hände, um ihn am Weiterreden zu hindern, aber er sprach trotzdem weiter. »Ich weiß, ich habe kein Recht, jetzt noch irgendetwas von dir zu erwarten. Aber es ist die reine Wahrheit, Tamara, was auch geschieht, ich bin froh über alles, was zwischen uns war. Ich bin froh, dass ich dir alles erzählt habe. Ich bin froh, dass ich mich endlich von dieser Last befreit habe.«

»Von der Last befreit!«, rief ich verblüfft. »Ben, du hast dich doch nicht einfach von einer Last befreit.« *Ob er tatsächlich glaubt, mit diesem Geständnis sei alles erledigt?*, überlegte ich. *Dass ich den Mund halte? Dass er, Gus,*

Mattie und auch seine Frau ungestraft mit dem Mord an Shawn Raymond davonkommen?

»Das ist mir klar.« Der angstvolle, verzweifelte Blick in seinen Augen und das Zittern seiner Stimme zeigten mir, dass es ihm nur allzu klar war.

»Und du wolltest jemand anders dafür büßen lassen.«

Er sah mich beinahe verständnislos an, und als er dann antwortete, hatte seine Stimme einen Unterton, bei dem ich misstrauisch wurde.

»Können wir es nicht einfach auf sich beruhen lassen?«

»Auf sich beruhen lassen?« Ich starrte ihn verwundert an, ehe ich weitersprach. »Du und Gus, ihr hättet es hingenommen, dass ein Kind, irgendein armes, namenloses Kind, den Rest seines jungen Lebens im Gefängnis verbracht hätte für etwas, das ihr beide getan habt.«

»Aber ist das nicht das entscheidende Wort, Tamara – ›namenlos‹?« Er muss den Abscheu in meinen Augen gesehen haben, denn er senkte den Blick, als schäme er sich auch für diesen Teil der Geschichte. »Es gab einfach keinen anderen Ausweg.«

»Es gibt immer einen Ausweg.«

»Nein. Manchmal nicht.«

Ich stand langsam auf. Er erhob sich ebenfalls.

Ein Mörder ist ein Mörder. Auch wenn er nicht die Waffe in der Hand gehalten hat. Selbst wenn man gerade die Nacht mit ihm verbracht hat. Ich sah Ben Lennox an, und mir stockte der Atem. Ich versuchte, keine Panik aufkommen zu lassen, während ich überlegte, ob ich nicht mehr in Gefahr war, als ich bisher gedacht hatte. Er war ein großer, kräftig gebauter Mann, und die starken, wohlgepflegten

Hände, die mich gestern Nacht so zärtlich liebkost hatten, erschienen mir plötzlich bedrohlich und Furcht erregend.

Und wer würde es je erfahren?

Ich war Annies Fragen über die vergangene Nacht so geschickt ausgewichen, dass sie rein gar nichts wusste, nicht einmal seinen Namen. Aber Jamal wusste Bescheid. Ich spürte einen Knoten im Magen und merkte, wie sich mir die Kehle zuschnürte. Sollten Gus oder Ben mich töten, müssten sie also auch meinen Sohn umbringen. Der Revolver fiel mir ein, den ich in einem Kasten mit Zahlenschloss in meinem Kleiderschrank aufbewahre, die Waffe, an die ich nur denke, wenn es gar nicht anders geht. Ben sah mich mit einem sarkastischen Lächeln auf den Lippen an, als wisse er, was ich dachte.

»Ich tu dir nichts, Tamara. Weißt du nicht, was ich für ein Mensch bin?«

»Ich weiß genau, was für ein Mensch du bist.«

»So viel solltest du doch begriffen haben. Das ist doch das Mindeste nach all den Wochen, nach gestern Nacht«, fuhr er fort, als hätte er mich nicht gehört.

»Ich weiß jetzt überhaupt nichts mehr.«

Ich wich vor ihm zurück. Er kam auf mich zu, als wollte er mich berühren, setzte sich dann aber wieder hin und legte die Hände wie zum Zeichen der Kapitulation flach vor sich auf den Tisch, was mir wohl bedeuten sollte, dass er sie nicht gegen mich einsetzen würde. Ich blieb stehen und ließ ihn nicht aus den Augen.

»Ich könnte dir nie wehtun, Tamara. Und ansonsten bereue ich nichts. Ich bereue es nicht, dass ich Gus geholfen habe. Er wollte nur seine Familie schützen, weiter nichts. Jeder hat das Recht, das zu beschützen, was ihm gehört.«

»Was ihm *gehört,* Ben? Worin besteht denn dieses Recht? Darin, andere vollkommen zu beherrschen? Einem anderen das Leben zu nehmen, weil er nicht so ist, wie er sein sollte? Gina war kein Kind mehr. Sie war eine Frau, die sich auf törichte Weise selbst geschadet hat, aber das war ihre eigene Entscheidung. Gus Lennox hatte kein Recht, deswegen einen Menschen zu töten, auch nicht einen Menschen wie Shawn Raymond.«

»Shawn Raymond hatte verdient zu sterben.« Er verzog das Gesicht zu einer trotzigen Maske.

»Wer zum Teufel ist denn Gus, und wer bist du, dass ihr das entscheiden könnt?«

»Aber begreifst du denn nicht, verstehst du denn nicht?« Es lag ein Flehen in seinem Blick und in seiner Stimme. »Es wäre alles in schönster Ordnung gewesen, wenn es nicht mit Gina so auf uns zurückgeschlagen wäre.«

»Hast du wirklich geglaubt, du könntest einen Menschen töten, ohne dass es auf dich zurückschlägt?«

Wir saßen noch eine Weile so da, dann reichte ich ihm das Telefon. Er schaute mich an und wusste, was ich von ihm erwartete, und seine Augen baten mich, ihn nicht zu diesem letzten Schritt zu zwingen, hofften, ich würde es mir vielleicht noch anders überlegen.

»Tu du es, Ben, sonst tu ich es.« Ich hörte zu, wie er das nächstgelegene Polizeirevier anrief und dem Beamten dort erklärte, er wolle eine wichtige Aussage in einem Mordfall machen. Dann rief er einen ihm bekannten Anwalt in South

Orange an und erklärte ihm, was er getan hatte und dass er einen Rechtsbeistand brauche, und bat darum, dass er ihn bei mir abholte und zum Revier brachte. Und dann rief er Gus an. »Ich hab's ihr erzählt«, sagte er nur.

Wir sprachen nicht miteinander, während wir warteten, bis ihn sein Anwalt abholte. Ben trank den Brandy jetzt pur, und ich wünschte, diesen Tag hätte es nie gegeben.

»Tamara.« Er sprach meinen Namen zärtlich aus, so verführerisch, wie er ihn in der vergangenen Nacht geflüstert hatte.

»Ja, Ben.«

»Es tut mir leid.«

»Mir auch.«

»Hast du eine Ahnung, wer meine Nichte umgebracht hat?« Die Frage galt eher ihm selbst als mir.

Ich schwieg, obwohl ich die Antwort wusste.

Geh der Spur des Geldes nach, heißt es immer, wenn man einen Mörder fassen will. »Geh der Spur des Kummers nach«, schoss es mir jetzt durch den Kopf, und das würde mich geradewegs wieder an meinen Ausgangspunkt zurückführen.

12

Der Revolver hatte mich darauf gebracht. Es war ein Kaliber 38 gewesen, mit sicherer Hand abgefeuert von jemandem, der auf ihr Herz zielte, so wie er damals in der Nacht auf mein Herz gezielt hatte. Ein Kind, das sich blitzschnell umdrehte und geradeaus schoss. Bessie hatte gesagt, sie habe nichts als die Wahrheit und sei bereit, ihr ins Gesicht zu sehen, doch als ich jetzt zu ihrer bescheidenen Wohnung in dem einstmals vornehmen Haus fuhr, da wusste ich, dass diese Wahrheit bitterer sein würde, als sie sich je hatte vorstellen können.

Viola Rudell hatte recht gehabt und wusste nicht einmal, warum.

Gina Lennox, diese reiche Ziege, ist schuld, dass Shawn Raymond tot ist. Das sag ich mir und meinem Jungen jeden Tag hundertmal laut vor.

Wie oft hatte sie Rayshawn Ginas Baby vorgehalten, vor ihm Ginas Namen verflucht? Und ihre Familie, ›diese aufgeblasenen schwarzen Herrschaften von der Bergen Street‹? Sie hatte die Saat in die Erde gebracht, und sie war aufgegangen, zur Blüte gelangt und hatte Früchte getragen, als ihr Sohn vorletzte Nacht auf dem Bürgersteig vor dem Haus von Gus Lennox dessen Tochter ermordete. Auf diesen Moment hatte Rayshawn Rudell zugesteuert, seit ich ihn damals zum ersten Mal sah. Wahrscheinlich hatte er den Revolver versteckt, wie kleine Jungen sonst Pornohefte verstecken, die sie ab und zu verstohlen betrachten, bevor sie abends ins Bett gehen. Er hatte damit geübt und die Macht ausgekostet, die er ihm verlieh, die gleiche Macht, die er gespürt hatte, als er ihn auf mich richtete und sich dabei noch stärker mit seinem verfemten Vater identifizierte. Er wusste, wie Gina aussah, weil er ja Lena kannte. Eines Tages hatte er sie durch Zufall entdeckt und war ihr gefolgt, oder er hatte auf der Bergen Street gewartet, bis er sie sah, und war ihr dann nachgeschlichen und hatte überlegt, wie er an sie herankommen könnte. Es hatte eine Weile gedauert, aber am Ende hatte er doch wie ein dummes, eifersüchtiges Kind Rache genommen.

Mir kamen die Tränen, als ich daran dachte, mit welchem Stolz mir Bessie Raymond damals in meinem Büro sein Foto gezeigt hatte, wie ängstlich und gehetzt sie geguckt hatte, als sie spürte, dass ich ihr etwas Furchtbares über ihn zu erzählen hatte, und wie munter ihre Stimme geklungen hatte, als sie mir berichtete, dass sie mit Viola übereingekommen war, ihn im Frühjahr wegzuschicken. Dafür war es nun zu spät.

Mein Schweigen über Rayshawn Rudells Revolver hatte zu Ginas Tod geführt.

Ich wurde von Schuldgefühlen gepackt, bis ich Übelkeit und Ekel vor mir selbst empfand. Vor Bessies Haus trat ich mit voller Wucht auf die Bremse, prallte gegen den Bordstein und landete mit den Vorderrädern auf dem Bürgersteig, während meine Seelenqualen wie Galle in mir hochstiegen. In der trübgrauen Eingangshalle war es still und leer. Ich stürmte zu ihrer Wohnung, dann verlangsamte ich meinen Schritt und überlegte, was um alles in der Welt ich dieser Frau erzählen sollte, welche Worte sie wohl am wenigsten verletzen würden. Doch mir fiel nichts ein, was ich hätte sagen können. Mein Herz raste, als ich an ihrer Tür läutete und auf ihre Schritte horchte.

»Wer ist da?« Ihre Stimme klang leise und ängstlich, misstrauisch.

»Tamara Hayle.«

»Was willst du?«

»Bessie, ich muss dir etwas Wichtiges sagen.«

»Hast du mir nicht schon alles Wichtige erzählt, was du mir zu sagen hattest?« Ihre Stimme hatte einen feindseligen Unterton, bei dem mir unbehaglich wurde.

»Bessie, lass mich bitte rein. Ich hab etwas erfahren, das – das du meiner Meinung nach wissen solltest. Ich fühle mich verpflichtet, es dir zu sagen.« Ich sprach in festem Ton und führte mir dabei selbst meine Verantwortung ihr gegenüber vor Augen.

»Etwa, wer meinen Sohn umgebracht hat?«

»Ja. Aber da ist noch mehr.«

Ich hörte, wie sie den Riegel zurückschob, und dann legte sie die Kette vor und machte die Tür gerade so weit auf, dass sie mein Gesicht sehen konnte.

»Sag's mir jetzt.«

»Nicht, während ich hier draußen im Flur stehe. Lass mich reinkommen.«

Sie öffnete die Tür und machte hinter mir schnell wieder zu. Der lange, schmale Flur, in dem wir standen, wirkte jetzt dunkler als beim ersten Mal, aber vielleicht hielten wir uns nur länger darin auf. Damals brannte sie darauf, mir so viel wie möglich zu berichten, und hatte mich eilig ins Wohnzimmer geführt. Sie hatte Tränen in den Augen gehabt, und auch heute hatte sie wieder geweint. Doch heute war sie irgendwie verändert, sie konnte mir nicht gerade in die Augen schauen und stand steif und unnatürlich da. Hier stimmte etwas nicht. Ich blieb abrupt stehen und stellte mich innerlich auf Gefahr ein, mein sechster Sinn warnte mich.

»Du wolltest reinkommen, jetzt bist du drin«, sagte Bessie Raymond mit seltsamer Entschiedenheit. Ihre Augen waren weit aufgerissen, und ihre Stimme klang unnatürlich laut, als wolle sie etwas beweisen. »Was weißt du noch?«

Ich schlug meine Angst in den Wind. Bessie war so gekleidet wie bei unserer ersten Begegnung; die lindgrüne Dienstmädchenuniform raschelte locker um ihren dürren Körper.

»Ich weiß, wer deinen Sohn wirklich umgebracht hat.«

»Und was noch?«

Sie nahm meine Mitteilung ohne gespannte Erwartung, ohne Erregung oder auch nur Erleichterung auf und zeigte kein Verlangen, es möglichst rasch zu erfahren. Doch ihr Kinn zitterte, und ihre Stimme klang beklommen. Ich sagte es ihr gerade ins Gesicht, denn es gab keine Möglichkeit, es ihr sanft beizubringen.

»Gus Lennox hat Shawn getötet. Er war auf einer Kreuzfahrt und ist nach New York zurückgeflogen, dann ist er nach Newark gefahren und hat ihn erschossen.«

Bessie holte scharf Luft, dann atmete sie stoßweise aus, und am Ende kam ein Seufzer. Sie wankte zurück, als hätte ich ihr einen Schlag versetzt.

»Und was noch?« Sie hatte sich rasch gefangen und stellte mir wieder dieselbe Frage. In ihren tief in dem dunkelbraunen Gesicht liegenden Augen erkannte ich die Augen ihres Sohnes und die ihres Enkels wieder. Ihr Blick wurde verschlossen, und ich konnte nicht ergründen, was in ihr vorging. Doch dann schaute sie einmal rasch und verstohlen hinter sich. Da wusste ich, was sie verbergen wollte.

Rayshawn war da und Viola wahrscheinlich auch, denn sie wusste, dass Bessie ihren Sohn ebenso liebte wie sie selbst und ihn notfalls bis zum letzten Atemzug und mit allen Mitteln beschützen würde. Angespannt lauschte ich auf ein Geräusch aus der Küche oder dem Kinderzimmer, das mir verraten würde, wo sie waren.

»Was noch?«, wollte Bessie wissen.

In dem Moment trat Viola hervor. Ihr Anblick überraschte mich ebenso wenig wie die Waffe – der stupsnasige Colt vom Kaliber 38 –, die sie in ihren kleinen Händen hielt. Sie winkte mich damit ins Wohnzimmer, und ich gehorchte, wobei ich so tat, als sähe ich die Waffe nicht.

»Was noch?«, wiederholte Viola Bessies Frage.

»Du weißt, was noch«, sagte ich.

»Was noch? Sag's mir.«

»Wie oft hast du ihm erzählt, dass Gina Lennox schuld ist am Tod seines Vaters? Wie oft hast du ihm den Namen dieser Frau vorgehalten?«

Viola zeigte keine Veränderung, weder in der Stimme noch in der Miene oder in ihrer Haltung. Es war, als hätte sie mich nicht gehört.

Ich bewegte mich langsam auf sie zu, ließ es darauf ankommen. Ich war fast einen Kopf größer als sie und stärker.

Doch sie war eine Kämpfernatur, das hatte sie mir selbst gesagt, und es war lange her, dass ich mich mit irgendjemandem – sei es ein hartgesottener großer Mann oder eine kampflustige kleine Frau – körperlich angelegt hatte.

»Ich lass nicht zu, dass sie sich Rayshawn holen. Wenn ich dich oder sonst jemand hier im Zimmer umbringen muss, um sie daran zu hindern, dann tu ich das auch.« Sie sprach mit der ruhigen Gewissheit eines Menschen, der weiß, dass nur der Tod ihn besiegen kann. Ich wusste, wie weit sie gehen würde, um ihren Sohn zu verteidigen, denn ich wusste ja, wie weit ich selbst gehen würde für meinen eigenen Sohn. Bei unserem ersten Gespräch in ihrer Wohnung hatte ein Unterton von Paranoia und Verfolgungswahn in ihrer Stimme gelegen, den ich jetzt wieder heraushörte, und ihr Blick verriet dasselbe, während ihre Augen im Zimmer herumhuschten.

»Lass mich mit Rayshawn reden, vielleicht können wir –«

»Du nimmst ihn mir nicht weg!«

Ich hörte Bessie hinter mir atmen. Ich konnte sie aus dem Augenwinkel sehen. War sie bereit, mich zu töten, um ihren Enkel zu schützen? Stand sie auf meiner Seite oder auf der von Viola?

»Bessie?« Ich flüsterte ihren Namen, als könne nur sie mich hören, und drehte mich halb um, sodass ich ihr in die Augen sehen konnte. Auch darin erkannte ich Furcht. Hatte sie Angst vor Viola? Vielleicht hatte sie schon immer Angst vor ihr gehabt.

»Du hast ihn zu seinem Schutz hierhergebracht, nicht wahr?«, fragte ich Viola und gab mir alle Mühe, nicht die

Waffe anzuschauen. »Aber Rayshawn ist noch minderjährig, wenn –«

»Nein!«, fiel Viola mir schreiend ins Wort. »Eher bring ich ihn um, bevor ich zulasse, dass sie ihn sich holen.«

Bessie hielt die Luft an.

»Sag so was nicht, Viola«, gab ich zurück.

»Lieber mach ich's selbst, als dass ich zulasse, dass du oder sonst wer ihn mir wegnimmt.«

Und das würde sie auch tun, da war ich mir sicher. Aus lauter Bosheit und Verzweiflung. Sie war imstande, mich, Bessie, ihren Sohn und dann sich selbst umzubringen, wenn sie keinen anderen Ausweg sah.

Fragen Sie doch die Schlampe, die damit rumläuft!

»Ma«, sagte Rayshawn, und es wurde still im Raum, denn bei diesem Wort und der Stimme, die am Rande der Männlichkeit schwankte, horchten wir alle auf – schließlich war jede von uns die Mutter eines Sohnes. Viola zuckte sichtbar zusammen, und mich durchflutete eine Welle von Angst und Liebe zu meinem eigenen Sohn. »Ma, warum sagst du so was? Warum sagst du so was über mich?« Es klang fast wie ein Hilferuf.

»Geh zurück ins Zimmer, Rayshawn.« Ihr verzweifelter Ton machte mir mehr Angst als alles andere. »Geh zurück ins Zimmer!«

»Er hat es ja nicht mit Absicht getan, Viola«, sagte ich. »Das wird jeder verstehen. Niemand wird ihn dir wegnehmen. Niemand kann ihn dir wegnehmen.«

»Geh zurück ins Zimmer, Rayshawn!«, befahl sie.

»Leg den Revolver weg, Viola«, sagte Bessie hinter meinem Rücken; dann trat sie vor und ging auf Viola zu. »Meinem Sohn hast du nur Unglück gebracht, glaub ja nicht, du könntest meinem Enkel was antun. Leg den Revolver weg.«

Jetzt ging auch Rayshawn auf seine Mutter zu. Er schaute erst sie und dann wieder mich an, ob wir irgendeine Antwort für ihn hätten, und sein Blick war hoffnungslos und leer.

»Du sagst kein Wort, Rayshawn«, warnte Viola.

»Sag's uns, Baby, bitte sag's uns«, bat Bessie, und da wusste ich, dass sie auf meiner Seite war. Rayshawn riss vor Verwirrung und Furcht die Augen auf.

»Mama hat mir erzählt, wo sie wohnt, und das wollte ich einfach sehen, ich wollte sehen, wo das Baby wohnt. Sie hat mir erzählt, ich bin ihm völlig egal. Sie hat gesagt, er weiß nicht mal, wer ich bin.«

»Und du warst wütend, weil du deinen Vater geliebt hast und weil er dir fehlte?«

Mein Sohn.

Ich konnte ihm die Antwort von den Augen ablesen.

»Du hattest den Revolver dabei, weil du ihn immer bei dir hast«, sagte ich an seiner Stelle. Er wirkte noch jünger und verzweifelter als damals, als ich ihn zum ersten Mal sah, doch jetzt las ich Verstörung in seinem Gesicht statt der bedrohlichen Überheblichkeit, die mir damals entgegengeschlagen war. Er stand nun etwas hinter seiner Mutter. Ich sah ihm direkt in die Augen, während ich sprach. »Du wolltest sie gar nicht umbringen, nicht wahr? Er ist noch minderjährig«, sagte ich zu Viola. »Vielleicht lässt sich da etwas machen …« Ich hielt inne, weil ich keine Ahnung hatte, was sich da machen ließe. Er hatte den Tod einer Frau verschuldet. Vielleicht wüsste Jake, wie man die gesetzlichen Bestimmungen handhaben und auslegen konnte. Ich verstand davon nichts. Rayshawn spürte meine Zweifel. Er rückte näher an Viola heran, suchte ihren Schutz.

»Ich wollte sie nicht töten«, murmelte er mit gesenktem Blick.

»Leg den Revolver weg«, sagte Bessie zu Viola, und das lenkte meine Aufmerksamkeit wieder zu ihr zurück. »Leg ihn jetzt weg, Viola. Leg ihn weg.« Ihre Stimme hatte einen drohenden Unterton, und sie ließ Viola nicht aus den Augen.

»Wenn ich dich auch noch umbringen muss, du alte Schlampe, dann bring ich dich auch noch um. Ich lass es nicht zu, dass sie ihn holen.«

Da ging Bessie auf sie zu. Ihr Blick verriet keine Furcht, und ihre Stimme war klarer und ruhiger als je zuvor.

»Du meinst wohl, man hätte dir alles gestohlen, Viola Rudell? *Mir* hat man alles gestohlen. Von da, als das Blut seines Daddys über die elende Prince Street geflossen ist, bis jetzt, bis zu dieser Minute. Shawn war alles, was mir von Antoine geblieben war. Rayshawn ist alles, was mir von Shawn geblieben ist. Verdammt noch mal, Viola, gib den Revolver her!«

Viola wich zurück, als Bessie auf sie zuging, und hielt die Waffe weiter vor sich hin. Einen Moment lang dachte ich, sie würde auf sie schießen. Ihr Griff war fester geworden; ihr ganzer Körper war angespannt, als steuere er auf eine gewaltsame Entladung zu. Doch dann ließ sie den Revolver sinken, und Bessie streckte die Hand aus und nahm ihn ihr so leicht ab, wie man einem Menschen die Hand gibt.

Und dann war es vorbei.

»Ich hab in meinem Leben schon genug Elend von dem Zeug da gesehen. Ich will so was nicht mal anfassen«, murmelte Bessie mit geschlossenen Augen, während sie die Waffe an mich weitergab.

Wir standen alle regungslos da und hatten Angst, uns zu rühren oder zu sprechen, weil niemand so recht glauben wollte, dass die starken Gefühle, die uns eben noch bewegt hatten – Entsetzen, Wut und das heftige Verlangen, andere zu beschützen –, so leicht und rasch verschwinden konnten. Die Hand, die die Waffe gehalten hatte, lag jetzt auf Violas Hüfte, die Finger noch immer verkrallt. Bessie hatte mit gequälter Miene irgendwo eine Zigarette gefunden und sog den Rauch mit heftigen, schnellen Zügen ein. Ich nahm die Patronen aus der Trommel und konzentrierte mich ganz auf meine Hände; ich wollte mir nicht ansehen oder auch nur daran denken, was da eben zwischen uns geschehen war. Viola rührte sich als Erste. Sie ließ sich auf das Sofa fallen und fing an zu weinen. Bessie setzte sich zu ihr und tröstete sie, legte ihr den Arm um die Schulter und nahm ihr Schluchzen in sich auf, als sei es ihr eigenes. Ich stand einen Moment einfach nur da, immer noch mit der Waffe in der Hand, und setzte mich dann schließlich ebenfalls hin und versuchte, Atem zu schöpfen, etwas innere Ruhe zu finden. Und so blieben wir zehn Minuten lang, drei Frauen, drei Mütter – eine, deren Sohn ermordet wurde, eine, deren Sohn ein Mörder war, und ich, die ich mir mehr denn je bewusst war, welche Fallen im Leben eines schwarzen jungen Mannes lauern, und mich fragte, ob ich meinen eigenen Sohn stets würde davor bewahren können.

Rayshawn, der Mittelpunkt des ganzen Geschehens, war

an seinem Platz zusammengesunken und barg den Kopf in den Händen. Vielleicht begriff er jetzt zum ersten Mal so recht, was da geschehen war, was er getan hatte. Ich überlegte, was aus ihm werden sollte, ob er so enden würde wie sein Vater, wie sein Großvater, ob es zu spät war, noch etwas dagegen zu tun.

Dann rief ich Jake an, und eine halbe Stunde später war er in Bessies Wohnung, und wir begleiteten ihn alle vier – Jake, Viola und Rayshawn in Jakes Auto und ich mit Bessie in meinem – zum Polizeirevier, damit Rayshawn sich stellen konnte. Viola blieb noch ein Weilchen in Jakes Büro und sprach mit ihm über Rayshawn. Ich fuhr Bessie nach Hause. Als sie mich bat, mit nach oben zu kommen, weil sie jetzt nicht allein sein wollte, ging ich mit.

Ich musste noch den letzten Mosaikstein einordnen, den Bessie mir gegeben hatte. Als sie ins Schlafzimmer ging, um sich umzuziehen, holte ich mir das Foto, das im silbernen Rahmen auf dem Fernseher thronte, und betrachtete es, als sähe ich es zum ersten Mal. Gesicht und Körper von Antoine Raymond hatten im Lauf der Zeit und durch viele Fingerabdrücke ihre Konturen verloren. Das kunstvolle ›P‹, das tief wie eine Brandwunde in seinen Arm geschnitten war, war nur zu erkennen, wenn man genau wusste, wonach man suchen musste. Es war dasselbe Zeichen, dasselbe ›P‹, das ich auf Zekes Arm gesehen und für eine Narbe gehalten hatte und das wohl auch Gus irgendwo trug.

›P‹ stand für Prince Street Gang.

»Ist das Shawns Vater?«

»Das hab ich dir doch schon gesagt.«

»Wie ist er gestorben?«

»Hab ich dir auch schon erzählt, weißt du nicht mehr?« Bessie stieß den Rauch ihrer Zigarette so heftig aus, als wolle sie damit alles Leid loswerden, das ihr je widerfahren war. »Ich hab's dir gleich am ersten Tag erzählt. Ein Schuss hat ihn getötet, und wie der Teufel es will, ist sein Sohn jetzt auf dieselbe Art umgekommen.«

»Wer hat ihn erschossen?« Ich betrachtete ihr Gesicht genau und fragte mich, ob sie wusste, was ich wusste, und ob ich es ihr andernfalls sagen sollte.

Sie zuckte die Achseln. »Einer von diesem Gangsterpack, mit dem er sich rumgetrieben hat. Ich hab nie rausgefunden, wer genau es war. Die verfluchten Cops wollten mir nichts verraten. Haben sie nie, wollten sie nie. Ein paar von denen haben sie allerdings eingebuchtet. Antoine hat als Einziger für ihre Dummheit, ihre Gemeinheit mit seinem kostbaren Leben bezahlt. Die Raymonds haben offenbar alle nicht viel Glück, nicht wahr?« Sie gab ein klägliches Lachen von sich.

»Weißt du noch, wie ich dich nach Chee-chee gefragt habe?« Ich stellte das Foto sorgfältig wieder an seinen Platz zurück und wählte auch meine Worte mit Bedacht.

»Chee-chee?« Ihre Miene verriet die gleiche Verwunderung wie schon beim ersten Mal, als ich den Namen erwähnte. »Nie gehört.«

»Ich hab rausgefunden, dass Chee-chee ein Freund von Shawn war. Aber mit richtigem Namen heißt er Zeke. Zeke Lennox. Hat Shawn ihn dir gegenüber je erwähnt?«

»Nein.«

»Er ist der Onkel von Gina Lennox. Hat Antoine dir gegenüber je einen Zeke erwähnt?«

»Gina Lennox hatte einen Onkel, der Chee-chee hieß?« Sie begriff immer noch nicht recht.

»Shawn hat auch nie von einem Zeke oder Chee-chee gesprochen?«

»Shawn hat mir nie was über seine Angelegenheiten erzählt.«

»Hat Antoine je von einem Zeke gesprochen?«, fragte ich wieder.

Sie seufzte und schüttelte den Kopf. »Das ist alles schon so lange her, Baby. So lange her.«

»Versuch dich zu erinnern, Bessie.«

Sie dachte eine Weile nach, ihre Hand flatterte zum Mund und wieder zurück, und dann lächelte sie. »Mir scheint, er hat sich wirklich mit jemand rumgetrieben, der so einen komischen Namen hatte. So ein eingedrücktes Gesicht wie bei den kleinen Hunden, die reiche Ladys mit sich rumtragen? Zeke? Mir kommt's so vor, als ob Antoine wirklich mal was mit jemand zu tun hatte, der einen Namen mit Z hatte, das weiß ich. Sie haben sich immer damit aufgezogen, dass man mit ihnen von A bis Z nur Ärger hat. Könnte Zeke gewesen sein, sonst fallen mir gar nicht so viele Namen ein, die mit Z anfangen. Hat er was mit dem Mord an Shawn zu tun? Ja?« Ihre Augen zogen sich zusammen, und ihr Körper straffte sich, als wolle sie gleich zum Angriff übergehen oder einen Fluch ausstoßen.

»Nein«, sagte ich. »Ich glaube, er betrachtete Shawn als seinen Freund.«

Und vielleicht hatte er das auf seine Art ja wirklich getan – nachdem sein Bruder Shawns Vater erschossen hatte, nach dem Gefängnis und allem anderen, was er, der ›böse‹

Bruder durchgemacht hatte. Wo waren sie sich wohl über den Weg gelaufen, Zeke Lennox und Shawn Raymond? Vielleicht im Gefängnis, wo sie zusammen gesessen hatten, oder eines Samstagnachts in einer trüben Seitenstraße. Shawn sah Antoine Raymond ähnlich; dem Bild nach zu urteilen, trat er genauso auf. Aber vielleicht hatte Zeke an den Augen erkannt, dass Bessie Raymond seine Mutter war, Antoines braunhäutige, helläugige Frau. Vielleicht hatte Shawns Gesicht für Zeke die Vergangenheit ebenso rasch und eindringlich wiederaufleben lassen, wie Rayshawns Gesicht es bei mir bewirkt hatte.

Hatte Zeke Shawn Raymonds Freundschaft gesucht, um es auf seine unbeholfene Art wiedergutzumachen, dass sein Bruder ein Leben vernichtet hatte? Oder beruhte ihre Beziehung auf rein praktischen Erwägungen, von User zu Dealer? Wann hatte Zeke ihn über die Verhältnisse der Vergangenheit aufgeklärt? Bei einer Sauftour oder einer Beichte im Drogenrausch? Wie immer das gewesen sein mochte, Shawn hatte den Tod seines Vaters gerächt, indem er sich an Gus' Lieblingstochter verging, und er hatte dafür mit seinem Leben bezahlt und war dann seinerseits von seinem Sohn gerächt worden, der so oder so für den Rest seines Lebens dafür bezahlen würde.

»Sie waren also alte Bekannte, Zeke und Shawn und Antoine«, sagte Bessie langsam, als begreife sie allmählich eine für sie neue Wahrheit, und dann schüttelte sie den Kopf, als müsse sie sich von Gedanken befreien, die sie niemandem anvertrauen wollte. »Wenn ich daran denke, dass Rayshawn dieses reizende Mädchen umgebracht und meinem Enkelkind die Mutter genommen hat, dann schäm ich mich so, dass ich nicht weiß, wie ich damit leben soll. Glaubst du, die Lennox-Leute können mir verzeihen, was Rayshawn ihrer Tochter angetan hat?«

»Wenn du ihnen verzeihen kannst, was Gus Lennox deinem Sohn angetan hat.«

»Es hört wohl niemals auf, nicht wahr?«, sagte Bessie. Dann fasste sie meine Hand und hielt sie fest, bis sie sich stark genug fühlte, sie wieder loszulassen.

Epilog

Ich bin genauso schuldig wie alle anderen. Ich wusste von dem verdammten Revolver. Ich hätte Gina Lennox das Leben retten können. Das kann ich mir nicht verzeihen.«

Jake saß mir gegenüber wie vor ein paar Stunden noch Ben, aber jetzt war es spät, und wir saßen schon fast zwei Stunden lang da, wovon ich mich die meiste Zeit in Selbstvorwürfen ergangen hatte. Alles – Körper wie Seele – tat mir weh. »Wenn ein Kind eine Waffe hat, wird es sie früher oder später auch einsetzen. Hätte ich es nur der Polizei gemeldet, wie es meine Pflicht gewesen wäre. Hätte ich nur – «

»Solche Überlegungen bringen doch nichts, Tamara. Hätte Zeke nicht zur Prince Street Gang gehört, dann hätte Gus ihn nicht verraten müssen. Hätte Gus nicht Antoine Raymond umgebracht, dann wäre sein Sohn vielleicht nicht auf die schiefe Bahn geraten. Wäre Shawn nicht mit Zeke zusammengekommen, dann wäre Gina Lennox vielleicht noch am Leben. Solche Gedankengänge sind müßig, weil man es nicht ändern kann. Was geschehen ist, ist geschehen.«

»Aber wenn ich doch nur zur Polizei gegangen wäre ...«

»Wie oft hast du mir schon erzählt, dass du der Polizei

nicht traust? Du hast getan, was du damals für richtig hieltest, und mehr kannst du von dir nicht verlangen. Lass es gut sein.« Er lächelte das kluge, tiefsinnige Lächeln, das mich immer bezaubert. Doch jetzt empfand ich nur Kummer.

»Ich muss immerzu an Gina denken.«

»Gina war das perfekte Opfer – für ihren Vater, ihren Liebhaber und seinen Sohn. Wenn ich an Gina denke, will ich auf der Stelle nach Hause gehen und Denise in die Arme nehmen.«

»Was wird jetzt aus Rayshawn?«

Jake wurde ernst. »Er hat Ginas Leben auf dem Gewissen, aber er ist ja erst dreizehn, und ein Kind muss mindestens vierzehn sein, um hier in New Jersey als strafrechtlich voll verantwortlich zu gelten, was sich zu seinen Gunsten auswirkt. Er kann eine Jugendstrafe von zwanzig Jahren bekommen, aber wenn er Besserung erkennen lässt und zeigt, dass er zu einem ›rechtschaffenen Lebenswandel‹ fähig ist, dann kommt er vielleicht mit achtzehn wieder raus. Es hängt viel davon ab, ob er irgendwo Unterstützung findet.«

»Dann muss sich Viola zusammenreißen, um für ihn da zu sein.«

»Ich hab es schon oft erlebt, dass eine Familie durch so etwas zur Besinnung kommt. Außerdem habe ich mich entschlossen, den Fall als ehrenamtlicher Verteidiger zu übernehmen.«

»Danke, Jake.« Er bedeutete mir mit einem Achselzucken, dass es da nichts zu danken gab. »Und Mattie und Lena und Ben? Was wird aus denen?« Bei Bens Namen wich ich seinem Blick aus, da ich noch nicht über ihn nachdenken und reden konnte.

»Gus wird so viel Schuld und Verantwortung auf sich nehmen, wie er nur kann. Egal, welche Lügen er erzählen muss, um seine Familie zu schützen, er wird es tun. So gut kenne ich den Mann.«

Nach Bessie Raymond erkundigte ich mich nicht, weil ich die Antwort schon kannte. Mein Leben war in der Vergangenheit durch Johnny und in der Gegenwart durch Rayshawn mit ihrem verbunden, und diese Bindung konnte ich guten Gewissens nicht mehr lösen. Ich würde für sie und die Ihren da sein, wann immer sie mich brauchten. Johnnys Schuld würde endlich beglichen werden.

»Tja, vielleicht ist bei dem Ganzen doch etwas Gutes herausgekommen.«

»Was denn?«, fragte Jake.

»Bessie Raymond kann endlich ihr Enkelkind sehen.«

Da mussten wir beide lächeln. Nachdem sie alle so viel Hass, Gewalt und Kummer erlitten hatten, war es wohl an der Zeit, dass ein wenig Liebe in ihr Leben kam.

Danksagung

Ich danke meiner Agentin Faith H. Childs und meiner Lektorin Stacy Creamer für ihren sachkundigen Rat. Des Weiteren gilt mein Dank Rosemarie Robotham, Joy Cain, Regina Joseph, Greg Boyea, Benilde Little, Lieutenant Hugh Holton von der Chicagoer Polizei sowie Jomo Ray für zusätzliche Hilfe und Unterstützung. Und natürlich wie immer meinem Mann Richard.

Krimi
Aus dem Amerikanischen von Gertraude Krueger
288 Seiten
Auch erhältlich als eBook und Hörbuch-Download

Tamara Hayle hat ihren Job als Polizistin an den Nagel gehängt, ihrem Ehemann DeWayne den Laufpass gegeben und schlägt sich alleine als Privatdetektivin auf dem harten Pflaster von Newark, New Jersey, durch. Doch DeWayne, Vater ihres Teenagersohnes Jamal, meldet sich spätestens, wenn er in Schwierigkeiten ist. Terrence, sein Sohn aus einer anderen Beziehung, ist ums Leben gekommen. Nun fürchtet Tamara um ihr eigenes Kind: »Wenn wir abwarteten, bis die Polizei die Sache in die Hand nahm, würde Jamal sterben.«

Krimi
Aus dem Amerikanischen von Gertraude Krueger
288 Seiten
Auch erhältlich als eBook und Hörbuch-Download

Als Alleinerziehende stets knapp bei Kasse, nimmt Tamara den Auftrag des Investmentbankers Lincoln Storey an: Sie soll den Freund seiner Stieftochter Alexa beschatten – ausgerechnet ein Exlover Tamaras. Doch ehe sie auch nur den ersten Honorarscheck erhält, ist der Auftraggeber tot und Privates nicht mehr von Beruflichem zu trennen. Tiefer und tiefer dringt Tamara in die undurchsichtige Vergangenheit des Investmentbankers ein und riskiert dabei ihr eigenes Leben.